LA SOMBRA DEL MAL

LOS MISTERIOS DE LA DETECTIVE KAY HUNTER

RACHEL AMPHLETT

cesto elevador de acero. Apoyó los pies en el suelo de rejilla y esperó mientras Howard controlaba el ascenso. Con un solo movimiento fluido, ya estaba en el aire y pudo estirarse para cortar la parte superior de la guía de un solo tajo de guadaña.

Abajo, Daniel hizo lo mismo, dejando unos centímetros de la guía sobresaliendo del suelo, y llevó los restos al remolque que arrastraba el segundo tractor antes de volver.

Los dos hombres repitieron la operación a lo largo de la hilera de lúpulo antes de que Howard bajara el cesto elevador y Alexandru saliera de él mientras el tractor se posicionaba para volver por la siguiente hilera.

El remolque solo estaba lleno hasta un cuarto y el motor del segundo tractor permanecía al ralentí mientras el conductor esperaba a que reanudaran la cosecha.

Mientras el cesto elevador lo alzaba por los aires, Alexandru se tomó un momento para admirar el paisaje. Estaba seguro de que nunca se cansaría de aquello. Desde allí, podía ver a lo largo de las guías y más allá, hacia el camino de tierra principal que llevaba del campo al patio de la granja. Un viejo muro de piedra recorría el ancho del lupular y desaparecía en un bosquecillo de hayas, robles y fresnos que se estaba regenerando con parte de los beneficios de la explotación. La cancela que comunicaba el campo con el patio estaba abierta para facilitar el acceso de los dos tractores y los trabajadores, y más allá había aparcados un todoterreno verde oscuro y una camioneta *pick-up* azul que usaban el propietario y su mujer.

La casa de campo era de estilo victoriano tardío, un edificio llamativo que reflejaba el sol de la mañana en sus

—He dicho que os quedéis aquí. —Pudo oír el miedo en su propia voz, y los ojos del otro hombre se abrieron de par en par, al ver algo en su expresión que no admitía discusión—. Dejad que compruebe primero. Puede que me haya equivocado.

Se dio la vuelta antes de que Daniel y Howard pudieran protestar más y caminó a lo largo de la hilera. Tenía una curva natural causada por la topografía del lupular. En una suave pendiente que captaba los rayos del sol durante todo el día y que drenaba bien tras las lluvias torrenciales, el centro de la hilera de guías quedaba oculto a la vista en ese momento, revelando su secreto a medida que él se acercaba.

Los pasos de Alexandru eran ahora más lentos y vacilantes mientras miraba hacia arriba y recorría con la vista el entramado de espalderas, intentando calcular lo cerca que estaba de… aquello.

Entonces una ráfaga de viento se coló entre las guías y las hojas se apartaron para revelar un jirón del mismo azul pálido que había visto desde la plataforma del cesto elevador.

Excepto que no era un jirón.

Era una camisa de hombre, ahora lo veía. La habían rasgado a lo largo, del cuello al dobladillo, y tenía lo que parecía...

Sangre.

Había empapado el bajo de la camisa, bajando por los pantalones cargo de color gris oscuro y por encima de unas botas de trabajo sucias y muy gastadas, antes de formar un charco en el suelo entre...

Alexandru se llevó la mano al crucifijo de plata que

llevaba en la nuca. La bilis le subía por la garganta mientras alzaba la vista hacia el hombre ensangrentado que estaba atado por las muñecas y los tobillos a los alambres de la espaldera, con el rostro contraído en una mueca de agonía.

Había tanta sangre, tanto horror en los ojos de aquel hombre, y su…

—¡Dios mío! —consiguió decir Alexandru. A continuación, se dio la vuelta sobre sus talones y retrocedió tropezando hacia Daniel y Howard.

CAPÍTULO 2

La inspectora Kay Hunter bajó del coche de servicio color gris y apoyó el brazo en la puerta, mientras una suave brisa le acariciaba el fino vello rubio de la nuca.

Ya era un día cálido, y la previsión del tiempo anunciaba un calor abrasador que se apoderaría de la campiña de Kent durante las próximas veinticuatro horas, sin promesa de lluvia durante al menos otra semana. Mientras se remangaba la camisa y examinaba con la vista la hilera de coches rotulados de la policía de Kent, una furgoneta blanca sin distintivos del equipo forense y una berlina plateada de cuatro puertas que pertenecía al forense del Ministerio del Interior, Kay se apartó el flequillo de los ojos de un soplido y deseó haberse acordado de traer una botella de agua.

Pero no había tenido tiempo.

La centralita le había pasado la llamada hacía una hora, la primera patrulla había llegado al lugar a los veinte minutos, y a ella y a su oficial, Ian Barnes, les habían asignado la investigación subsiguiente quince minutos después. A pesar de su carga de trabajo actual, sus superiores en Gravesend habían echado un vistazo a su ubicación (un desguace en las afueras de Tunbridge Wells que llevaban investigando el último mes) y habían optado por enviar al inspector más cercano que estuviera disponible.

—Vaya suerte la mía —masculló. Al cerrar la puerta, miró por encima del techo del coche mientras Barnes salía del asiento del copiloto, aflojándose la corbata—. ¿Qué ha dicho Gavin?

Barnes se guardó el móvil en el bolsillo de la camisa y se protegió los ojos con la mano mientras observaba a tres especialistas forenses, ataviados con trajes de protección blancos, que se movían entre su furgoneta y un edificio al fondo de la granja. —Dice que aquí nunca ha habido ni el más mínimo problema. El incidente más cercano registrado fue un accidente por conducir ebrio a cosa de una milla por esta carretera en dirección a Headcorn, en febrero.

—Recuerdo ese caso. Tres chicos de diecinueve años, ¿no? —Kay se estremeció—. Creo que uno de los agentes de Tráfico que acudió todavía está de baja.

—Sí. Fue muy desagradable. —Barnes bajó la mano y miró por encima del coche—. ¿Lista?

—Todo lo que se puede estar. Parece que Nadine tiene el cordón controlado.

Kay se dirigió hacia el fondo del terreno, donde una joven agente uniformada con el pelo castaño recogido en una coleta impecable estaba de pie junto a una portilla metálica de cinco barrotes. La portilla estaba abierta; una cadena oxidada rodeaba el barrote superior y su otro extremo colgaba de un poste de madera clavado en el muro de piedra seca de al lado.

Nadine había extendido cinta de la escena del crimen azul y blanca entre el poste y un trozo de sílex que sobresalía del muro opuesto, y permanecía de pie con un sujetapapeles en una mano y un bolígrafo negro en la otra. Se enderezó al ver a los dos detectives.

—Buenos días, inspectora —le dijo a Kay, saludando a Barnes con un gesto de la cabeza y tendiéndole el portapapeles—. Kyle me dijo que estabais de camino.

Kay garabateó su firma y la hora en la hoja de acceso antes de pasarle el portapapeles a su compañero. —¿Estás ayudando a Gavin a preparar el centro de control?

—Sí, y a Laura y a Debbie las han asignado también a este caso —dijo Nadine—. Están listas para empezar a procesar información en cuanto tengamos algo.

—Es un gran trabajo. ¿Fuisteis los primeros en llegar?

—Yo y Tim Wallace. Él está abajo, en los campos de lúpulo, ayudando a coordinarse con el equipo forense de Harriet. Han llegado hace unos diez minutos, así que se están asegurando de que no hayamos contaminado nada.

—¿Y lo habéis hecho? —preguntó Barnes.

—No, oficial. En cuanto los trabajadores nos enseñaron la escena del crimen, los trasladamos a todos a la sala de descanso de ese granero de allí. Harry Davis y Sean Gastrell han llegado hace veinte minutos y han empezado a tomar declaración, empezando por el tipo que encontró el cuerpo.

—¿Se ha identificado a la víctima?

—No, oficial. Esperaremos a que el equipo de Harriet nos devuelva la escena del crimen y entonces organizaremos una inspección ocular con ellos para ver si podemos encontrar su cartera, su móvil o cualquier otra cosa.

Mientras Kay escuchaba, la conciencia de que todo lo que ella y su equipo hicieran sería examinado con lupa por sus superiores se veía atenuada por la metódica calma con la que una de las agentes más jóvenes llevaba a cabo sus tareas.

Sonrió. —Parece que lo tienes todo bajo control. ¿Tenemos que ponernos los trajes aquí?

—No, inspectora. —Nadine se giró y señaló más allá de la portilla, hacia las hileras de lúpulo que cubrían los emparrados hasta donde Kay alcanzaba a ver—. Si seguís el camino unos doscientos metros, llegaréis a una pista más ancha entre los lúpulos que los agricultores usan para acceder al campo que hay detrás de este. Lucas está allí abajo, y creo que es donde el equipo de Harriet ha establecido su base también.

—Genial, gracias.

Kay marcó un paso rápido junto a los lúpulos, cuyo fuerte aroma era casi abrumador. Nunca había estado tan cerca de un cultivo adulto y, al mirar entre las hileras de emparrados, se estremeció al ver cómo se elevaban por encima de ella, bloqueando cualquier luz que pudiera filtrarse entre ellos.

Había una quietud en el aire, una expectación de que lo que fuera que había sucedido allí se extendería como una onda expansiva entre los que trabajaban en el cultivo, así como entre familias, amigos y vecinos; todos ellos se verían afectados por la muerte de la víctima y la consiguiente investigación.

A la izquierda del camino había un arcén de hierba alta que lo separaba de los emparrados, y a medio camino distinguió un par de cajas de cartón abiertas, junto con un contenedor de residuos biológicos del que se encargaba un miembro del equipo de Harriet, que se paseaba a su lado con el móvil pegado a la oreja.

Los senderos que discurrían entre los cuatro emparrados a cada lado de él estaban acordonados por una segunda cinta de la escena del crimen, y junto a ella se encontraba un sargento uniformado, un gigante de pelo rubio ceniza con rostro estoico.

—Buenos días, Tim —dijo Kay—. He oído que aquello es un buen lío.

—Lo es, inspectora —dijo el sargento Wallace—. Por eso he pensado que lo mejor era decirle a Nadine que se encargara del primer cordón mientras yo venía aquí abajo cuando hemos llegado.

—Gracias. —Kay le dedicó una sonrisa de agradecimiento y luego se volvió hacia el especialista forense cuando este terminó la llamada—. Buenos días, Gareth.

—Buenos días, inspectora Hunter.

—¿Te importa si cogemos dos de esos monos?

—Sin problema. —El técnico se agachó un momento y sacó dos monos protectores envueltos en plástico de la primera caja y guantes y patucos a juego de la otra. Mientras Kay y Barnes se los ponían con dificultad por encima de sus trajes, Gareth señaló el pasillo a la izquierda de Tim—. Hemos establecido un sendero delimitado por allí. Por suerte, es bastante ancho porque necesitan meter un remolque durante la cosecha, así que no correréis el riesgo de tocar nada mientras camináis. Lucas está por allí ahora.

—De acuerdo, gracias.

Esperó a que Tim levantara la cinta de la escena del crimen para que ella y Barnes pasaran por debajo, y luego se puso a la altura de su compañero. —En cuanto hayamos visto a qué nos enfrentamos, me gustaría interrogar al hombre que lo encontró.

—Alexandru Popa —dijo Barnes de memoria—. Es uno de los trabajadores rumanos a tiempo parcial que vienen para la temporada de la cosecha.

—¿El visado está en regla?

—Sí, todo en regla. Hay cuatro de ellos en esta explotación, y más ciudadanos rumanos repartidos por otros campos de lúpulo y fruticultores de la zona, junto con algunos polacos y húngaros. Este es el quinto año que Alexandru trabaja aquí.

—Gracias —murmuró Kay, y luego aminoró el paso al ver una familiar figura desgarbada que bloqueaba el centro del pasillo, esperándolos.

Simon Winter se había unido al equipo de patología de Lucas Anderson hacía unos años y era un miembro clave de aquel unido contingente de expertos. Ella había trabajado con él en varias ocasiones, y su enfoque tranquilo y metódico en el trabajo era de los que calmaban a los visitantes más nerviosos del depósito de cadáveres de Dartford.

Saludó a los dos detectives con un gesto de cabeza y luego se hizo a un lado cuando una figura corpulenta se unió a él. El hombre mayor le dio un codazo a Simon antes de entregarle una tablet.

—Gracias por llegar tan rápido, Lucas —dijo Kay. Luego observó cómo Simon pasaba junto a ella y Barnes, con expresión preocupada mientras miraba la pantalla de la tablet.

—De nada. Uno de los de criminalística me dijo que estabais bajando desde la finca, así que he pensado en reunirme aquí con vosotros. —Lucas Anderson se rascó con un dedo enguantado la capucha de plástico que le cubría la cabeza—. Os advierto que no es nada agradable.

—¿A qué te refieres con "no es nada agradable"?

El patólogo la miró por encima de la mascarilla con ojos sombríos. —Bueno, puedo confirmar que no murió por causas naturales. Y creo que también podemos descartar un accidente.

—¿Por qué?

Como respuesta, les hizo un gesto para que se acercaran. —Probablemente sea mejor que os lo enseñe en lugar de intentar explicároslo.

Dicho esto, Lucas los guio por la ligera curva del emparrado antes de hacerse a un lado y señalar hacia arriba.

Kay siguió la indicación con la mirada, y entonces ahogó un grito y dio un paso atrás, sintiendo el sabor de la bilis en la garganta a pesar de sus años de experiencia mientras contemplaba el cuerpo del hombre suspendido de los alambres del emparrado, con los pies colgando sobre el suelo.

Sangre seca manchaba la tierra bajo él, y pudo ver dónde había teñido los pantalones del hombre. Lo que quedaba de su camisa dejaba al descubierto una brutal herida abierta que comenzaba justo debajo del esternón de la víctima y se abría paso por su estómago y abdomen; los intestinos del hombre serpenteaban por el suelo, donde las moscas zumbaban y se arrastraban.

—Joder —dijo Barnes, palideciendo—. Supongo que también podemos descartar el suicidio.

Kay tragó saliva y luego examinó las ataduras que sujetaban a la víctima. —¿Cómo diablos lo subieron ahí? ¿Está a dos, tres metros del suelo?

—Y tiene un peso considerable para su edad —dijo Lucas—. Harriet tendrá sus propias teorías a partir de sus hallazgos a su debido tiempo, pero calculo que habrían hecho falta al menos dos personas para subirlo ahí.

—¿Se lo hicieron antes o después de matarlo?

—Antes —dijo el patólogo sin dudar—. Hay demasiada sangre aquí como para que lo hayan movido de otro lugar, y no hay rastros de sangre por el camino que lleva a este emparrado.

Kay miró por encima del hombro antes de dar un paso atrás y luego estiró el cuello para ver a lo largo de los sombreados pasillos de lúpulo. Pudo ver tres figuras agachadas con idénticos monos protectores blancos en el extremo más alejado. —¿Qué son esas huellas de rodadas que van en esa dirección?

—Harriet y su equipo ya están allí procesándolas junto con unas huellas de pisadas que encontraron —explicó Lucas—. Está trabajando con la teoría inicial de que quienquiera que hiciera esto usó la plataforma elevadora que utilizan aquí para cortar la parte superior de las guías del emparrado para subirlo hasta ahí arriba.

—Aun así, eso debió de costar lo suyo. —Kay miró a

su alrededor, observando la tierra reseca y las retorcidas raíces de lúpulo—. ¿Alguna señal del arma?

Lucas suspiró. —Según el propietario, ahora mismo hay seis personas en las instalaciones, todas con guadañas para lúpulo. Elige tú misma.

—Por favor, dime que Harriet ha incautado todo eso para analizarlo.

—Sí, lo ha hecho en cuanto le he dicho que la herida la había causado un cuchillo o algo parecido.

—Vale, gracias. —Kay le echó un último vistazo a la víctima, grabándose su rostro en la memoria a pesar de las pesadillas con las que tendría que vivir. Se clavó las uñas en las palmas de las manos.

—¿Para cuándo crees que podrá estar la autopsia? —preguntó Barnes, que empezaba a recuperar el color en la cara.

—Mañana por la mañana. ¿Vais a venir?

—Sí.

—Yo también iré —dijo Kay, echando un último vistazo a su alrededor—. Quienquiera que haya hecho esto lo ha planeado bien, y eso me preocupa. Y mucho.

CAPÍTULO 3

Kay encontró a Alexandru Popa en un acogedor salón junto a la cocina de la casa principal. Los rasgos curtidos del hombre parecían preocupados mientras estaba sentado en un sofá desvencijado, con la mirada fija en una taza de café vacía que sostenía en las manos.

El salón tenía un techo bajo de yeso surcado por vigas de roble a la vista y, en el extremo opuesto, una gran chimenea de piedra que en ese momento albergaba un jarrón lleno de lirios orientales de color rosa, alrededor del cual se habían esparcido un puñado de conos de lúpulo secos. Un televisor colgado en la pared observaba la estancia sin expresión desde su lugar sobre la repisa de la chimenea; una luz roja de modo de espera en la esquina inferior era la única señal de vida. Un piano vertical de palisandro rozado ocupaba el espacio entre dos estanterías en la pared de la derecha, y la pared de la izquierda daba paso a dos amplias ventanas de guillotina con vistas a un extenso jardín. Una mesa de centro, larga y baja, se encontraba delante del sofá, separándolo de dos sillones con cojines gastados y armazones que parecían haber sido arañados por un gato, que en ese momento no estaba en la habitación. Sobre la mesa había una selección de revistas de agricultura, un ejemplar de un folleto turístico del campo de lúpulo y un mando a distancia del televisor sin la tapa trasera y con dos pilas tiradas al lado.

La luz del sol moteaba la alfombra bajo los pies de Alexandru y, mientras Kay se sentaba en uno de los sillones frente a él y esperaba a que Barnes sacara una libreta y un bolígrafo del bolsillo de la camisa, vio que las canas salpicaban el cabello ralo del hombre y que unas manchas de la edad le cubrían el dorso de las manos.

—Alexandru, soy la inspectora Kay Hunter, y este es el oficial Ian Barnes. Somos de la policía de Kent —empezó ella—. Sé que se ha llevado usted un susto terrible esta mañana y que también ha prestado declaración a mis compañeros, pero me gustaría hacerle unas preguntas. ¿Le parece bien?

El hombre alzó la vista hacia ella; sus ojos, de un marrón oscuro, estaban enrojecidos por el llanto. Sorbió por la nariz, se inclinó hacia delante, dejó la taza de café sobre la mesa y soltó un suspiro tembloroso antes de hablar.

—Yo no lo he hecho.

—¿Sabe quién ha sido?

—No. No he visto a ese hombre en mi vida.

—¿Algún problema en Rumanía?

Negó con la cabeza. —Ninguno. Mi mujer murió hace cuatro años, mis dos hijas están casadas con hombres maravillosos y mis tres nietos van al colegio.

—¿Por qué trabaja aquí durante el verano?

Los ojos de Alexandru se abrieron de par en par. —¿Ha visto usted lo que cuestan las universidades?

—Sí, son caras. ¿Cuestan lo mismo en su país?

—Sí, sobre todo cuando una de tus nietas decide que quiere estudiar medicina. Por eso vengo aquí, para ayudarla a ahorrar.

—Es muy amable por su parte.

Se encogió de hombros. —Quiero a mi familia.

—Debe de echarlos de menos.

—Solo son unas semanas más.

Kay se recostó en el asiento, manteniendo las manos relajadas en el regazo. —¿Cuánto tiempo lleva trabajando en los campos de lúpulo de aquí?

—Cinco años. Siempre aquí.

—¿Cómo se enteró de este trabajo?

—Por un amigo que se jubilaba. Vine con él el primer año y me pidieron que volviera. —Una leve sonrisa asomó a los labios de Alexandru—. Los Mallory son una buena familia para la que trabajar.

—Cuénteme qué ha pasado esta mañana.

El cuerpo de Alexandru se estremeció al recordarlo. —Estaba subido en la recolectora; es una plataforma elevada que usamos para poder llegar a la parte superior de las plantas. Daniel había pasado la primera hora allí arriba, así que nos turnamos. Nos da un respiro a cada uno para no tener que agacharnos a cortarlas por abajo y subirlas al remolque. Estaba mirando las siguientes hileras, calculando cuántas quedaban de esa cosecha y cuánto tiempo nos llevaría, cuando vi algo que se movía. Hace calor ahí fuera, pero corre brisa entre los lúpulos, y el viento movía… lo que resultó ser la camisa de ese hombre… ¿Saben quién es?

—¿Por qué decidió ir a investigar? —preguntó Kay, ignorando la pregunta de él.

—No lo sé. Yo… —Alexandru se interrumpió y se encogió de hombros antes de continuar—. Me pareció… raro. Fuera de lugar. Quería ver qué era. Supongo que pensé que, si había un problema, debíamos averiguarlo antes de que causara un retraso… El lúpulo tiene que recogerse antes de que pierda su sabor, ¿sabe?

—¿Y entonces fue a echar un vistazo?

—Sí. Daniel y Howard me siguieron, pero cuando vi la sangre, los mandé de vuelta. —Alexandru miró a Barnes—. Estuve en el ejército cuando era más joven. Como recluta. Vi algunas cosas en aquella época como sanitario… No quería que vieran a aquel hombre, así. Tendrían pesadillas.

—¿Y usted? —dijo Kay, esperando a que él volviera a prestarle atención—. ¿Estará bien?

—Creo que sí.

—¿Tiene acceso a un profesional sanitario, a un médico, mientras está aquí?

El hombre asintió. —Nos pasa a todos.

—Por favor, hable con ellos si tiene problemas para dormir o necesita a alguien con quien hablar —dijo ella—. Podrán ayudarle.

Alexandru asintió con la cabeza. —Gracias.

—Cuando encontró al hombre en el campo de lúpulo, ¿tocó algo? —preguntó Kay.

—No. Sabía que no debía tocar nada. Mantuve las manos en los bolsillos.

—¿Qué hizo después?

—En cuanto vi toda la sangre, supe que no había esperanza para él. Le vi la muerte en los ojos. Llevaba ya un tiempo muerto. —Alexandru se pasó la lengua por los labios—. Salí corriendo. Vomité y luego le dije a Howard que usara su móvil para pedir ayuda. Después, se lo contamos a Justin y él les dijo a todos que salieran del campo de lúpulo.

Kay lo observó un instante y después se inclinó hacia delante. —¿Se le ocurre quién podría querer matar a un hombre así? ¿Quienquiera que sea?

—No. —La mirada de Alexandru descendió hasta sus manos. Se las juntó como en una plegaria silenciosa, con los nudillos blancos—. Quienquiera que le hiciera eso es un demonio.

CAPÍTULO 4

El oficial Ian Barnes siguió a Kay por la plantación, y el sudor empezó a perlarle la frente a los pocos segundos de abandonar el frescor de la casa.

Sacó un pañuelo de algodón del bolsillo del pantalón, una costumbre heredada de su difunto padre, y se secó la frente antes de esquivar a una joven técnica forense que se apartó de su camino y corrió hacia la furgoneta blanca.

En la plantación reinaba una quietud que parecía haber detenido el tiempo. Donde normalmente esperaría oír el estruendo de la maquinaria de la recolección del lúpulo y de las modernas secadoras del granero contiguo al antiguo secadero, y las voces que se llamaban de un lado a otro del terreno mientras los tractores y remolques llegaban con más cosecha de la temporada, no se oía nada.

Hasta los pájaros estaban en silencio.

Barnes examinó con la vista el bloque de establos reconvertido al que se acercaban y se fijó en las tejas de arcilla más nuevas del extremo y en la pintura fresca que se había aplicado a los marcos de las ventanas y las puertas en algún momento del verano. Los cristales de las ventanas estaban polvorientos y había cáscaras de lúpulo esparcidas por el pavimento de hormigón de debajo, pero los tejados a dos aguas de la parte superior estaban decorados con vistosas cestas colgantes, lo que daba la impresión de que toda la propiedad estaba bien cuidada y que el negocio era próspero.

El bloque de establos se había dividido en tres estancias separadas. La del extremo, la más cercana a todos los coches patrulla y demás vehículos, era la más grande de las tres, según Nadine, y servía de oficina de recepción y centro de visitantes. Barnes se humedeció los labios al pensar en una cerveza fría, pero centró su atención en la estancia del medio, que se utilizaba como sala de descanso y cocina para el personal. La puerta estaba abierta cuando pasaron por delante, pero no había nadie dentro y las encimeras de acero inoxidable a cada lado de un fregadero a juego estaban despejadas.

La última estancia del bloque se había convertido en una oficina de la granja, y fue a esta puerta a la que Kay se dirigió. Llamó a la superficie de roble y Barnes oyó un "adelante" ahogado antes de que ella abriera la puerta y entraran.

Barnes miró por encima del hombro de su inspectora y vio a un hombre de unos treinta y tantos años sentado en una silla de cuero detrás de un escritorio de pino, con la cabeza entre las manos mientras contemplaba un fajo de informes que había extendido ante sí.

Levantó la vista con expresión cansada e indicó a los dos detectives que se sentaran en un par de sillas para visitas situadas bajo la ventana, a cada lado de una pequeña mesa auxiliar con una mancha de agua en el centro. —Supongo que son ustedes los dos detectives que dijeron que iban a venir.

Barnes hizo las presentaciones y sacó su libreta. —¿Puede confirmarme su nombre, por favor?

—Justin Mallory —dijo el hombre. Se reclinó en la silla y suspiró, y el crujido del cuero desgastado pareció secundar el sentimiento—. Soy el dueño de la granja, junto con mi esposa, Cassandra. ¿La han conocido?

—La hemos encontrado en la cocina, repartiendo café a todo el mundo. Nos ha dicho que lo encontraríamos aquí —dijo Barnes.

—Eso es muy de Cassandra. —El granjero esbozó una sonrisa triste—. Siempre es la primera en plantarle cara a cualquier crisis.

—¿Cuánto tiempo llevan con la granja?

—Era de mi abuelo —dijo Justin, recogiendo los informes y apilándolos en una bandeja a la izquierda de la pantalla de un ordenador. Una vez hecho esto, apartó el teclado y el ratón y cruzó los brazos sobre el escritorio; su piel bronceada resaltaba con el polo verde claro que llevaba—. Era una granja de cultivo hasta que mi padre decidió experimentar con el lúpulo. Desde entonces, ha sido todo un éxito.

—¿Cuándo se jubiló su padre?

La boca del granjero se torció. —Él dice que hace dos años, aunque en realidad nunca lo ha dejado. Le gusta seguir metido en el trabajo.

—¿Ah, sí? —Barnes enarcó una ceja—. ¿Y eso causa problemas por aquí?

—No a menudo. Todavía tiene influencia sobre

algunos de los empleados más antiguos, pero son lo bastante amables como para seguirle la corriente sin ofenderlo, y luego entre todos encontramos una solución. —Justin esbozó una sonrisa triste—. Mantuvo este lugar a flote durante épocas muy malas a lo largo de los años, así que no quiero que se sienta excluido.

—¿Están solo usted y su esposa aquí?

—Tenemos hijas adolescentes, pero ahora mismo están en casa de los padres de Cassandra en Wiltshire, gracias a Dios. Mi padre tiene la casa de campo al otro lado de la granja, más cerca de una propiedad vecina; hay dos allí, y alquilamos la otra durante el verano para tener unos ingresos extra. Y tenemos tres empleados a tiempo completo que viven cerca. Gloria se encarga de la parte turística: las reservas de las visitas guiadas, la casa de campo que acabo de mencionar y nuestra página web y blog. Howard es nuestro peón a tiempo completo, lleva con nosotros más de una década, y luego está Trevor, que lleva conmigo la parte de la producción: el procesamiento y secado del lúpulo, cosas así.

—Tiene muchas vides ahí fuera —dijo Barnes—. ¿Cuánto se tarda en cosecharlo todo?

Justin sonrió con paciencia. —En el sector las llamamos plantas trepadoras. "Vides para el vino, lúpulo divino", así se lo contamos a los grupos de turistas. Empezamos en agosto, dependiendo de la variedad, y podemos estar cosechando hasta principios de octubre.

—¿Algún problema en el negocio?

—No. —La respuesta del hombre fue tajante—. Acabo de firmar un contrato con un nuevo cervecero local por una variedad que llevamos probando desde el año pasado y ya han hecho un pedido para asignarse el cincuenta por ciento de la cosecha de esa variedad del año que viene. En cuanto al resto del lúpulo de este año, estamos al máximo de capacidad y preparándonos para los festivales del lúpulo fresco del mes que viene.

—¿Lúpulo fresco? —preguntó Kay.

—Son cervezas nuevas, muy jóvenes y de gusto adquirido —explicó Justin—. Pero es una parte fundamental de nuestro marketing: hace que los cerveceros se entusiasmen con el potencial de las variedades nuevas y existentes y nos ayuda a vender el lúpulo que cosechamos, además de sentar las bases para la cosecha del año que viene. Es lo que nos ayuda a mejorar el balance final. Al hacernos una idea de las tendencias o de lo que podría ser el próximo bombazo, podemos adaptar la siembra en febrero y marzo para satisfacer esas necesidades.

—¿Ha recibido alguna amenaza que pueda explicar lo que ha ocurrido aquí esta mañana? —dijo Barnes—. Y me refiero a *cualquier cosa*. Aunque le parezca insignificante.

—Nada —dijo el hombre. Señaló con un gesto de la mano los informes de la bandeja—. He estado pensando en eso mientras revisaba los pedidos. No ha habido amenazas, no se ha dicho nada (que yo sepa) en los pubs de la zona… Así que no, no tengo ni idea de por qué hay un hombre muerto colgado en mi campo de lúpulo.

—¿Lo ha visto?

—Acompañé a su sargento, Wallace, cuando llegó. —Justin se estremeció—. No llegué a acercarme hasta… eso…, pero era evidente que fuera quien fuese, estaba muerto.

—¿Sabe quién era?

—No le vi la cara.

—Si consiguiéramos una fotografía, ¿estaría dispuesto a echarle un vistazo para ver si lo reconoce? —dijo Barnes.

—Quizá… —El tono de Justin era receloso.

—No se preocupe, será después de que lo hayan aseado y me aseguraré de ser yo quien se la muestre. ¿De acuerdo?

—De acuerdo. Supongo que sí, si eso ayuda.

—Gracias, nos ayudaría mucho. —Barnes actualizó sus notas antes de continuar—. Ha dicho que la granja recibe visitas guiadas, ¿con qué frecuencia se realizan?

—Los martes, los jueves y los fines de semana. Los lunes, si es festivo —dijo Justin, relajando un poco los hombros ante el cambio de tema—. Gloria las organiza a través de nuestra web, y las visitas las hacemos Trevor o yo. También ofrecemos instalaciones para conferencias de empresa, bodas, catas privadas por las tardes durante el verano con un pícnic en el campo de lúpulo; para eso contratamos un servicio de cáterin que nos ayuda. Lo lleva alguien del pueblo. Intentamos compartir el éxito de la granja con otros negocios locales siempre que podemos.

—Suena bien. ¿Algún problema con el público en alguna de esas visitas?

—Ninguno. —Justin negó con la cabeza—. Tenemos mucho cuidado con la cantidad de alcohol que servimos. Tengo que hacerlo, al fin y al cabo, para mantener la licencia, y dejamos muy claro en nuestra publicidad que no nos interesa acoger despedidas de soltero o soltera, ese tipo de cosas. Algunas de las reuniones de empresa y las bodas pueden volverse un poco ruidosas, pero nada fuera de lo normal. Las bodas suelen ser de grupos pequeños en comparación con algunas de las fiestas que organizan los hoteles de por aquí. Nos publicitamos por la exclusividad del entorno, ¿sabe?

—¿Qué efecto va a tener lo de hoy en su negocio, señor Mallory? —preguntó Kay.

Su atención se centró bruscamente en ella, como si se hubiera olvidado de que estaba allí, y Barnes vio el miedo en sus ojos.

—¿Aparte de las visitas que se acaban de cancelar en el último momento? En el cultivo del lúpulo el tiempo lo es todo —dijo Justin, tamborileando sobre ļa mesa con las manos entrelazadas para dar énfasis a sus palabras—. De hecho, en cualquier sistema de agricultura de cultivo. Si es demasiado pronto, el sabor será demasiado amargo. Si es demasiado tarde, se perderán todos los aromas y sabores. Si no se cosecha el lúpulo a tiempo, se echará a perder. Si no cosecho esa nueva variedad esta semana, todo por lo que hemos trabajado durante los últimos dos años se irá al traste.

—¿Y cuánto dinero perderá? —dijo ella.

—Cientos de miles de libras —replicó Justin—. Me doy cuenta de que han torturado y matado a un pobre hombre ahí fuera, pero si no descubren quién lo ha hecho, podría perder mi negocio… y mi casa.

CAPÍTULO 5

El agente detective Gavin Piper le dio un sorbo a su lata de bebida energética y examinó la ajetreada sala de incidencias con una familiar sensación de expectación.

Dos pisos más arriba y al fondo de un pasillo desde la recepción principal de la comisaría de Maidstone, podía oír el estruendo y los bocinazos del tráfico de Palace Avenue a través de las ventanas de doble acristalamiento, con la sirena de una ambulancia añadiendo un lúgubre estribillo a lo lejos. Al otro lado de la sala, donde un grupo de cuatro administrativos estaban sentados en una isleta de escritorios, una enorme impresora y fotocopiadora escupía página tras página de informes y actualizaciones de las primeras pesquisas, y el olor a tóner quemado se mezclaba con el aroma a café rancio de la pequeña cocina situada a un lado.

Otros dos detectives estaban sentados en unos escritorios situados frente a un despacho abandonado, con la puerta cerrada y las persianas bajas. Hacía veinte minutos que les había encargado a Laura Hanway y a Kyle

Walker que elaboraran una lista de las propiedades vecinas a la plantación de lúpulo y que buscaran los datos de contacto de los dueños, y ahora ambos estaban con la cabeza inclinada sobre un mapa que acabaría colgado en el tablón de corcho que tenía a su espalda.

Se giró, dejó la lata de bebida energética y cogió un rotulador negro de una colección que había metida en una vieja taza de café desportillada. Empezó a escribir en la pizarra blanca una lista que resumía los hechos conocidos.

Eran escasos, en el mejor de los casos.

Gavin sabía que no debía plantear ninguna teoría en ese momento (Kay se las pediría durante la reunión informativa cuando llegara de la escena del crimen), pero ya le daban vueltas en la cabeza.

En la esquina superior derecha del tablón había colgada una única fotografía que Kay había sacado en el lugar del crimen y que mostraba el rostro del hombre al que habían encontrado masacrado entre los emparrados de lúpulo. Con el tiempo, la sustituirían por una que tomara Lucas Anderson después de realizar la autopsia y cuando se le facilitara al equipo una versión más nítida, pero por ahora servía para recordarles a todos la urgencia de la investigación.

Gavin hizo una mueca, luego apartó la mirada y apretó la mandíbula.

Incluso el experimentado Tim Wallace había sonado afectado cuando había telefoneado cinco minutos antes para decirle que Kay e Ian Barnes estaban de vuelta, y cuando Gavin le había pedido detalles sobre las heridas de la víctima, el sargento uniformado había sido escueto, con una repugnancia evidente.

Por mucho que le hubiera gustado estar en la escena del crimen y escuchar de primera mano las cruciales declaraciones iniciales de los testigos, el pesar de Gavin se veía atenuado por el alivio de tener una pesadilla menos de la que preocuparse.

—Gav, tenemos seis propiedades que lindan con la plantación de lúpulo, y tres de ellas son pequeñas explotaciones agrícolas —dijo Laura, interrumpiendo sus pensamientos—. Las otras son viviendas particulares.

Él miró por encima del hombro, con el rotulador suspendido sobre la pizarra.

—¿Hay suficientes patrullas ahí fuera como para empezar los interrogatorios hoy?

—No, pero Kyle está hablando ahora mismo con la central para pedirles que busquen más. —Sostenía el mapa con una mano y jugueteaba con unas chinchetas en la otra antes de apuntar el puño contra el tablón de corcho—. ¿Quieres que lo cuelgue?

—Sí, por favor, y gracias. Estaría bien que pudiéramos interrogar hoy a los vecinos más cercanos para ver si han notado algo raro por allí en los últimos días. Al menos así, si lo han hecho, podemos enviar a los forenses.

Laura asintió a modo de respuesta, luego alisó el mapa y dio un paso atrás antes de leer sus notas.

—No hay mucho de lo que tirar, ¿verdad?

—Todavía no. —Suspiró, luego tapó el rotulador y lo dejó caer sobre la mesa junto a la pizarra—. ¿Tú qué crees?

Su mirada se dirigió a la fotografía y se mordió el labio antes de hablar.

—Pues, premeditado, supongo, dada la logística de

subirlo hasta allí. Hacen falta al menos dos personas para levantarlo, ¿no? Y por lo que has dicho que te ha contado Tim sobre las heridas, alguien lo torturó antes de que muriera, lo que para mí significa que querían que sufriera… pero ¿por qué?

—Aaron Stewart está coordinando con el laboratorio, al que le han enviado copias de las huellas dactilares de la víctima —dijo Gavin—. Pero a menos que esté en nuestro sistema, no nos ayudará en ese aspecto.

—Crucemos los dedos, entonces —dijo Laura.

—Has pasado demasiado tiempo con Barnes —replicó Gavin, torciendo la boca—. Lo próximo será que cuentes chistes de padres.

—¡Ni pensarlo!

Se giraron al oír el chirrido de la puerta de la sala de incidencias al abrirse y Gavin vio entrar a Kay y a Barnes.

La inspectora tenía una mirada atormentada mientras se acercaba a la pizarra, dejando que Barnes reuniera al resto del equipo.

—¿Todo bajo control, Gav?

—Sí, jefa. —Se hizo a un lado y señaló la lista—. No es mucho por ahora, pero…

—No te preocupes. Aún es pronto, y nos quedan muchas horas por delante. —Kay se volvió hacia Laura—. Supongo que no has tenido ocasión de ver qué grabaciones de vigilancia puede haber por la zona, ¿no?

—De eso se encarga Debbie, jefa —dijo su joven colega—. Le pedí que empezara con las gasolineras, con ese proveedor de materiales de construcción que está siguiendo la carretera desde la plantación… El pub en el que había pensado cerró hace tres meses, pero Debbie se va a poner en contacto con el agente inmobiliario cuyo cartel está en el escaparate para ver si tienen cámaras instaladas. Después, empezaremos a hablar con los residentes de la zona. —Señaló el mapa—. Y hemos identificado a los dueños de las seis propiedades que rodean la plantación de lúpulo.

Gavin cogió el rotulador y actualizó sus notas mientras ella hablaba, luego se lo dio a Kay.

—Creo que ya estamos listos para la reunión, jefa.

—Buen trabajo, todos. —Kay miró por encima del hombro al oír cómo el resto del equipo de investigación les acercaba las sillas y, después, se giró de nuevo hacia él—. Y gracias, Gavin. Te agradezco la ventaja.

Él le dedicó una sonrisa sombría.

—Asegurémonos de atrapar a los cabrones que le han hecho esto, inspectora.

CAPÍTULO 6

Kay paseó la mirada por los agentes y el personal administrativo reunidos mientras ocupaban sus asientos.

En la sala de incidencias se respiraba una creciente expectación, acompañada de la familiar descarga de adrenalina que le recorría el cuerpo, y Kay se tomó un momento para concentrarse en su respiración y calmar sus pulsaciones.

El tráfico de media mañana tras las ventanas se había reducido a un murmullo apagado y, sobre su cabeza, las rejillas del aire acondicionado zumbaban mientras una constante brisa fresca le acariciaba los hombros. Fuera de la sala de incidencias, oyó un portazo más adelante en el pasillo, desde donde se gestionaba otra investigación, y unos pasos resonaron por la escalera que comunicaba esa planta con los dos niveles inferiores mientras el personal administrativo repartía equipos y material de oficina, colocándolo todo sobre tres escritorios al fondo de la sala, listo para ser instalado después de la reunión.

Al mirar a su alrededor, a las caras conocidas, algunas

de las preocupaciones iniciales de Kay sobre la enormidad de la tarea que tenía por delante empezaron a disiparse. Había varios agentes uniformados y dos o tres sargentos que habían aportado su experiencia en investigaciones anteriores, y que a menudo habían sido los responsables de los avances clave que habían asegurado las detenciones de los sospechosos.

Su equipo de detectives se sentó en la primera fila, con expresiones estoicas, preparándose para lo que serían varios días de largas horas y frustración. Kyle Walker se acercó apresuradamente desde su escritorio y se sentó junto a Barnes, inclinándose por detrás del detective veterano para darle un golpecito en el hombro a Laura y negando levemente con la cabeza antes de sacar el móvil del bolsillo y ajustar el volumen.

Kay miró a su izquierda cuando la agente Debbie West se acercó, con un fajo de documentos en una mano y una taza de café recién hecho en la otra.

Debbie le entregó el café a Kay y luego cogió uno de los documentos grapados de la parte superior del montón y se lo dio. —Este es el orden del día propuesto, jefa, basado en lo que tenemos hasta ahora. Volveré a actualizar el sistema después de la reunión.

—Genial, gracias. —Kay levantó la taza a modo de saludo y bebió un sorbo, esperando mientras la experimentada agente de pruebas tomaba asiento cerca del frente y repartía las órdenes del día. Repasando con el pulgar los puntos de la lista, Kay escuchó mientras los miembros del equipo restantes buscaban asiento o se apoyaban en escritorios y archivadores, y tomó otro sorbo de café antes de empezar—. Bien, empecemos.

Todos se giraron hacia ella al unísono. Se oyó el crujido de las libretas al abrirse, murmullos débiles mientras uno o dos de los agentes uniformados más jóvenes buscaban a tientas bolígrafos que funcionaran, y luego un silencio absoluto se apoderó de la sala de incidencias.

—Gracias —dijo Kay—. Empezaré esta reunión diciendo que esta será una de las investigaciones de homicidio más duras en las que algunos de vosotros hayáis trabajado. Nuestra víctima, actualmente sin identificar, fue crucificada entre dos espalderas de lúpulo antes de que su asesino o asesinos utilizaran un objeto afilado para torturarlo y luego destriparlo. El dosier completo de las fotos de la escena del crimen no se facilitará a ningún miembro del personal administrativo, ni a nadie que no esté directamente implicado en esta investigación. Si no tenéis acceso a ellas y creéis que deberíais, hablad conmigo o con el oficial Ian Barnes.

Barnes se puso en pie y se dio la vuelta para saludar a los miembros del equipo que no lo conocían, y luego volvió a sentarse.

—A continuación, la mayoría de vosotros ya conocéis a Debbie West. Debbie será nuestra agente de pruebas en esta investigación, pero también está a cargo de vuestros turnos y supervisa cualquier problema administrativo o de equipo que podáis tener. —Kay les dedicó una sonrisa pícara—. Y andaos con cuidado: su reputación como guardiana del armario del material de oficina es legendaria por aquí.

Se oyó una oleada de risas contenidas que alivió un poco la tensa atmósfera, y Kay vio cómo algunos de los miembros más jóvenes del equipo se relajaban en sus asientos.

—Pasemos a lo importante —continuó—, empezando con un breve repaso de lo que tenemos hasta ahora. Lucas Anderson ha informado de que nuestra víctima murió en el lugar de los hechos en algún momento entre el domingo por la noche y ayer por la tarde. Podrá darnos un intervalo de tiempo más preciso una vez que haya completado la autopsia mañana. Nadie estaba trabajando en esa zona del campo de lúpulo ayer porque, según el agricultor, Justin Mallory, el lúpulo no estaba listo del todo, razón por la cual nuestra víctima no fue descubierta hasta esta mañana.

Se giró para mirar la fotografía de la víctima, y un escalofrío le recorrió los hombros al pensar que ni siquiera la imagen lograba captar el verdadero horror de la tortura y muerte del hombre. —Por el momento, no sabemos quién es. Sus huellas dactilares no están en nuestro sistema y no tiene antecedentes penales. ¿Alguien ha podido echar un vistazo a la lista de desaparecidos?

—Yo —dijo el sargento Harry Davis, levantándose de un asiento situado al fondo del grupo—. Empecé con los nombres y fotografías más recientes, yendo hacia atrás. No hay nadie que coincida con su descripción que haya desaparecido en los últimos cuatro meses, pero seguiré buscando.

—Gracias, Harry. Aunque sus asesinos le habían rajado la camisa, Lucas examinó la etiqueta: no es de una marca barata y, por lo demás, estaba en buen estado, así que detén la búsqueda cuando llegue a los seis meses y ven a hablar conmigo —dijo Kay—. Decidiremos si continuar por esa vía o no. Mientras tanto, ¿puedes ponerte en contacto con la central y asegurarte de que te informen si llega alguna nueva denuncia por desaparición en las próximas cuarenta y ocho horas?

—Sin problema, jefa.

—Lucas va a hacer la autopsia mañana por la mañana y Barnes y yo asistiremos, así que, si descubrimos algo que podamos compartir con todos vosotros, lo haré durante la reunión informativa de mañana por la tarde. —Kay hizo una pausa para dar otro sorbo de café, sabiendo que muy bien podría ser el último en unas cuantas horas—. No ha habido señales de allanamiento de morada en la granja, y las cámaras de seguridad que enfocan el patio de las dos últimas noches no muestran que se haya movido maquinaria agrícola sin el conocimiento del propietario, ni tampoco hay señales de intrusos. Sean Gastrell ha completado la revisión inicial con Justin Mallory, pero ha solicitado copias de esas grabaciones y tiene la intención de volver a examinarlas por si se le ha pasado algo.

—¿Crees que Mallory pudo haberlo distraído o algo, jefa? —preguntó Gavin.

Kay se encogió de hombros. —Creo que es solo que Sean quiere asegurarse de que ha sido lo más meticuloso posible. Atribúyeselo a su formación militar. Mientras tanto, el equipo forense de Harriet sigue trabajando en el campo de lúpulo para intentar averiguar cómo el asesino o los asesinos de nuestra víctima consiguieron meterlo en el campo y subirlo a ese emparrado sin ser vistos ni oídos. Se han confiscado seis guadañas a los trabajadores de la granja, incluida la del hombre que encontró el cuerpo, Alexandru Popa. Él y algunos otros han venido de Rumanía para ayudar en la cosecha, pero tienen un historial de trabajo en la granja de Justin Mallory y nunca antes han causado problemas. El propio Mallory no sabe explicar quién es el hombre ni por qué está en su campo. Kyle, ¿puedes empezar a investigar los antecedentes de Mallory? Se hizo cargo del negocio a tiempo completo relevando a su padre hace dos años, pero ya tenía un historial trabajando en la granja desde antes. Me gustaría saber qué más ha estado haciendo.

—Claro, jefa. —El agente de policía actualizó sus notas y luego frunció el ceño—. ¿Y su esposa?

—Cassandra Mallory lleva la contabilidad de la granja y es el enlace con todos sus proveedores —dijo Kay—. También es quien consigue a los trabajadores de temporada a través de una agencia de empleo de aquí, de Maidstone. La granja ha utilizado a los mismos trabajadores durante los últimos cinco años. Gavin, ¿puedes encargarse de hablar con la agencia y obtener toda la información que necesitemos sobre esos trabajadores, por favor?

—Sin problema, jefa —dijo Gavin—. También averiguaré si esos trabajadores han ayudado en otras cosechas de la zona fuera de la temporada de recolección del lúpulo.

—Bien pensado. ¿Ha aparecido alguno de sus nombres en nuestro sistema?

—Ninguno —dijo él, dedicándole una sonrisa lobuna—. Pero eso no significa que no tengan antecedentes de violencia…

—Solo significa que no los han pillado —terminó Kay—. Si averiguas cualquier cosa, aunque sea un rumor, házmelo saber.

—Así lo haré.

—Vale, por último, por ahora, la granja de lúpulo organiza visitas guiadas durante el verano —dijo Kay—. Laura, ¿puedes conseguir una lista de todos los asistentes de los últimos cuatro meses a través de Gloria, la mujer que gestiona la página web y el marketing de la granja, y empezar a investigar sus antecedentes?

—Sí, jefa.

—Kyle, Laura dijo que estabas hablando con la central para conseguir personal adicional que ayude a interrogar a los vecinos y con todas estas otras tareas. ¿Cómo vas con eso?

La incorporación más reciente a su equipo de detectives hizo una mueca. —No muy bien, lo siento, jefa. Han dicho que no habrá refuerzos disponibles esta semana, y que quizás solo puedan cedernos a dos agentes en prácticas la semana que viene si se cancela un entrenamiento antidisturbios.

—Maldita sea. —Kay suspiró, miró lo que quedaba de su café y se lo bebió de un trago—. De acuerdo, es lo que hay. Debbie, será mejor que Nadine y Sean te echen una mano para localizar el resto de las grabaciones de las cámaras de seguridad de la zona cuando terminen en la escena del crimen.

—Sin problema, jefa. —La agente uniformada actualizó sus notas—. Y ya que hablamos de eso, ¿puedo pedir que todo el mundo se asegure de actualizar sus tareas en el HOLMES2 al final de cada día para que yo pueda mantener la coherencia en los informes? De esa forma, podremos identificar cualquier posible conexión o anomalía más rápidamente.

—Gracias, y sí. —Kay paseó la mirada por sus colegas—. Ya habéis oído a Debbie. Sé que algunos vais con retraso en vuestras tareas administrativas, pero en este caso vais a tener que darle prioridad. Cuento con vosotros, ¿de acuerdo?

Hubo murmullos de asentimiento, y entonces ella echó un vistazo a la pizarra por un momento y miró la fotografía de la víctima. —Todavía es demasiado pronto para tener un informe completo de la científica, pero Harriet ha solicitado las huellas dactilares de todos los trabajadores de la granja cuyas guadañas se han confiscado para una investigación más a fondo. ¿Alguna noticia sobre si tenemos alguna coincidencia en nuestra base de datos?

—No hay nadie fichado, jefa —dijo Kyle—, pero nos falta una persona: Roland Hammerton. Justin Mallory ha confirmado que está de baja esta semana por un fuerte dolor de espalda, así que, en cuanto esté disponible…

—¿Un fuerte dolor de espalda? —Kay se giró bruscamente para mirarlo. Entonces vio que Barnes la observaba, con la mano ya sacando las llaves del coche del bolsillo del pantalón—. ¿Tenéis su dirección?

CAPÍTULO 7

Kay sostenía el móvil en una mano y se aferraba al asidero sobre la puerta del copiloto mientras Barnes pisaba el acelerador a fondo y los hacía salir disparados por un estrecho puente de piedra que cruzaba el río Medway.

La ruta para salir de Maidstone discurría por una carretera secundaria no apta para vehículos pesados y, a esa hora del día, no había gente yendo o viniendo del trabajo y muy poco tráfico local. A pesar de llevar las ventanillas subidas y el aire acondicionado puesto, podía oler el dulce aroma de los arcenes de hierba recién cortada a ambos lados del carril, y distinguió los reveladores destellos amarillos de los cultivos de ricino entre las hileras de robles y hayas.

Volvió a centrar la atención en el móvil y sintió que el coche aceleraba de nuevo mientras la mano de Barnes descansaba en la palanca de cambios, con una postura relajada mientras el vehículo se balanceaba en una curva a la izquierda y emergía en la cima de una colina, donde el dosel de los árboles daba paso a la brillante luz del sol que se derramaba por el parabrisas.

Levantó la vista y vio pasar a toda velocidad un pub enlucido de blanco, y entonces su compañero frenó en seco al aparecer un caballo y su jinete, y sintió que el cinturón de seguridad se le clavaba en el hombro.

—Joder, Ian —dijo, bajando el móvil al regazo mientras él bajaba el volumen de la radio de la policía—. Si de verdad le duele la espalda, no va a ir a ninguna parte con prisa.

—¿Y si no es así? —Barnes le lanzó una mirada y luego volvió a prestar atención a la serpenteante carretera que atravesaba el pueblo—. De todos modos, ¿qué dice su expediente? ¿Te lo han enviado?

—Laura ha conseguido una copia de Cassandra Mallory. —Kay miró la pantalla de su móvil—. Roland Hammerton tiene cincuenta y dos años, está divorciado y tiene dos hijas, ambas en la universidad. Empezó a trabajar para los Mallory hace cuatro años, después de que lo despidieran de su anterior trabajo como chapista en una empresa a las afueras de Orpington. Él y su novia actual alquilan la casa a la que vamos.

—¿Algún antecedente?

—En el trabajo no, y Laura no lo encuentra en nuestro sistema. —Kay volvió a guardar el móvil en el bolso y se acomodó en el asiento mientras Barnes adoptaba un estilo de conducción más tranquilo para escucharla—. No se ha cogido vacaciones desde Semana Santa, cuando fue en coche a Mánchester a ver a una de sus hijas, pero tiene una semana reservada para principios de diciembre, y le dijo a Cassandra que él y su novia se van a las Canarias.

—¿A qué se dedica su novia?

—Ni idea. Cuando Laura le preguntó, Cassandra le dijo que creía que Roland solo llevaba saliendo con ella unos cuatro o cinco meses.

—¿Y ya viven juntos?

Kay se encogió de hombros y abrió la aplicación de mapas en su móvil.

—El alquiler por aquí no es barato, y si se llevan bien...

—Pues tiene sentido que se muden juntos para ahorrar dinero. —Barnes se encogió de hombros—. Es lógico.

—Gira en la siguiente a la izquierda en unos doscientos metros —dijo Kay, tensándose mientras él frenaba—. Su casa está aquí, a la derecha.

Barnes redujo la velocidad hasta casi detenerse antes de llegar a la hilera de cuatro casas de campo de ladrillo adosadas.

Eran edificios sencillos, sin jardín delantero y con un simple arcén de tierra justo enfrente. Había cuatro coches aparcados de cara a las casas: dos utilitarios antiguos al final de la hilera que parecían a punto de desmoronarse en cualquier momento, un todoterreno verde oscuro delante de la tercera casa y una camioneta blanca y sucia aparcada en la entrada de la casa más cercana.

El tejado de pizarra había sido castigado por los años, y Kay vio lonas de plástico azules en los lugares donde algunas tejas se habían desprendido en las tormentas o se habían caído por falta de mantenimiento. La pintura de los alféizares de las ventanas de la propiedad también se estaba descascarando, en contraste con las casas vecinas, que tenían cestas de flores colgando de los pequeños porches sobre sus puertas principales y parecían estar en mucho mejor estado. Había un arbusto mustio en una maceta de terracota descascarada y manchada junto a la puerta principal y, cuando Kay avanzó por el sendero hacia ella, sintió que las losas de hormigón se movían bajo sus zapatos.

Barnes tocó el timbre y apartó la mano de un respingo al oír un zumbido eléctrico procedente de los cables que sobresalían por debajo.

—Joder.

Dando un paso atrás para mirar las ventanas del piso de arriba, Kay recorrió la casa con la mirada.

—La casa se cae a pedazos. Uno pensaría que el casero haría algo al respecto, ¿no crees?

—¿Bromeas? Este sitio es un palacio comparado con algunos de por aquí. —Barnes señaló con la barbilla las casas vecinas—. Exceptuando las de estos.

—Estate atento por si ves a algún vecino —dijo Kay—. Puede que quiera hablar con ellos después de esto.

Él asintió, pero no dijo nada mientras el traqueteo de una cadena resonaba a través de la puerta de madera. Luego esta se abrió y dejó a la vista a una mujer de unos cuarenta y pocos años; su boca, marcada por las arrugas, delataba un hábito de fumar de décadas que no le había hecho ningún favor a su piel.

Kay le enseñó su placa.

—Inspectora Kay Hunter, y mi compañero, el oficial Ian Barnes. ¿Está Roland Hammerton?

La mujer entrecerró los ojos. —¿Qué quieres?

—Unas palabras. —Kay estiró el cuello para mirar por

encima de la cabeza de la mujer y ver el pasillo que había detrás—. ¿Está?

—No. —La mujer empezó a cerrar la puerta, pero Kay lo impidió con el pie—. ¡Oye!

—¿Dónde está?

—No sé.

—¿Cómo se llama?

—No te lo pienso decir.

—Mire, podemos hacer esto aquí o en comisaría —dijo Kay, perdiendo la paciencia—. Estoy en medio de una investigación de homicidio y no estoy de humor para sus impertinencias. Usted decide.

La mujer puso un mohín, luego soltó la puerta y se cruzó de brazos sobre su delgado pecho. —Ha ido a la tienda a por unos cigarrillos.

—¿Por qué no ha ido usted?

—No le caigo bien a la zorra que la lleva.

—¿Por qué?

—Puede que le dijera cuatro cosas la última vez que estuve allí. —Su ceño se frunció aún más—. Y esto, ¿de qué va?

—¿Podemos pasar? —Kay señaló con la cabeza las casas vecinas y vio cómo un visillo volvía a su sitio—. A no ser que quiera que sus vecinos lo vean todo en primera fila.

—Cabrones. —La mujer se apartó y casi arrastró a Kay al interior—. No saben más que cotillear. Cerrad la puerta al entrar.

Dicho esto, se dio la vuelta y los condujo a un salón lúgubre que daba al callejón. Había visillos amarillentos en la ventana y unas gruesas cortinas de terciopelo que apestaban a humo de tabaco, descorridas para dejar entrar un mínimo de luz.

Kay sintió que los zapatos se le pegaban a la moqueta mientras caminaba hacia un sillón, pero se lo pensó mejor y no se sentó al ver la cantidad de pelo de perro blanco pegado a los cojines. En lugar de eso, le dio la espalda a la ventana y esperó mientras la mujer se hundía en un sofá raído contra la pared de enfrente. Barnes se quedó de pie delante de un mueble bajo sobre el que descansaba un gran televisor con la pantalla cubierta de polvo.

—Bien —dijo Kay—. ¿Cómo se llama?

—Jenna Corey.

—¿Y su relación con Roland es…?

—Complicada. —Jenna puso los ojos en blanco, alargó la mano hacia un paquete de cigarrillos arrugado y un mechero de plástico rojo que había en la mesa de centro, pero cambió de opinión y los apartó con una mueca—. Era mucho más divertido antes de que nos mudáramos juntos.

—¿Dónde lo conoció?

—En ese pub de la carretera secundaria que sale de Smarden.

—¿El que está cerrado?

—Sí.

—¿Cómo se conocieron?

Jenna se encogió de hombros. —Yo estaba allí esperando a un amigo un viernes por la noche. Mi amigo no apareció y Roland y yo nos pusimos a hablar. Congeniamos en seguida.

—¿Le ha comentado algo sobre algún problema en el trabajo últimamente?

—No. ¿Por qué?

—Hemos oído que está de baja por un problema en la espalda.

—Sí, se hizo daño hace unos días.

—¿Haciendo qué?

—No sé.

—¿Dónde estaba usted?

—¿Qué?

—¿Dónde estaba usted? —repitió Kay, observando con interés cómo la mujer se retorcía en el asiento.

—Yo… yo fui a Tunbridge Wells por la tarde a ver a un amigo. Bebimos unas copas de más, así que acabé durmiendo en su sofá.

—¿Un amigo?

Jenna entrecerró los ojos. —No hay nada entre él y yo. Solo fuimos a tomar algo, ¿de acuerdo?

—¿Y a Roland no le pareció mal?

—No le pregunté. —La mujer se abalanzó sobre los cigarrillos, sacó uno del paquete y lo encendió con un solo movimiento fluido—. Él no estaba en ese momento.

—¿Dónde estaba?

—Fuera.

—¿Dónde?

—No sé. —Jenna dio una larga calada al cigarrillo, luego inclinó la barbilla y expulsó el humo hacia el techo, donde se unió a un sinfín de manchas amarillentas—. Salió el sábado por la mañana, mientras yo aún dormía.

—Necesitaremos el nombre y la dirección de su amigo de Tunbridge Wells.

—¿Por qué?

—Porque, como ya le he dicho, señorita Corey, estoy en plena investigación por asesinato, y de momento toda persona con la que hablo es sospechosa hasta que esté convencida de que no tiene nada que ver. —Kay la fulminó con la mirada, observando cómo la punta del cigarrillo se consumía hasta convertirse en ceniza mientras a Jenna se le quedaba la boca abierta por la sorpresa, formando una "o".

—¿Asesinato? —farfulló—. Yo no sé nada de ningún asesinato.

—¿El nombre y la dirección de su amigo? —insistió Barnes con el bolígrafo en ristre.

Jenna se los dio y luego volvió a centrar su atención en Kay. —Roland sería incapaz de hacerle daño a nadie.

—Pero está mintiendo sobre lo de su dolor de espalda, ¿no es así?

—Ayer lo tenía fatal. Se tomó unos analgésicos.

Kay volvió a intentarlo. —¿Cómo se hizo daño?

—Ya te lo he dicho, no lo sé. Pero te aseguro que cuando volví el domingo por la tarde, estaba sufriendo un dolor atroz.

Kay observó a la mujer, dejándola retorcerse sin control bajo su mirada durante unos instantes, y luego miró por la ventana al oír el sonido de un coche que se detenía fuera.

Se bajó un hombre corpulento de unos cincuenta y pocos años con el pelo castaño claro y ralo, cuya gran barriga sobresalía por encima de la cinturilla de los vaqueros. A pesar de su tamaño, se movía con soltura mientras sacaba dos bolsas de la compra de plástico cargadas del asiento trasero y cerraba el vehículo con el mando.

Entonces se giró y se quedó mirando el coche de cinco

puertas plateado que no conocía, aparcado más adelante en el área de descanso, con el ceño fruncido.

—A mí me parece que está perfectamente —dijo Kay. Luego dio un paso adelante cuando Jenna se levantó de un salto del sofá e intentó correr hacia la puerta del salón—. Siéntese y no diga ni una palabra. ¿Barnes?

—Déjamelo a mí.

CAPÍTULO 8

El oficial se apresuró hacia la puerta principal antes de que Jenna pudiera gritarle una advertencia, dejando que Kay fulminara a la mujer con la mirada mientras escuchaba cómo se abría la puerta y Barnes le ordenaba al hombre que entrara.

Echando un vistazo por la ventana, observó cómo Roland Hammerton parecía debatir si tenía sentido volver al coche o no, antes de que sus hombros se hundieran y caminara penosamente hacia la casa con las dos bolsas.

—No se vaya a ninguna parte —le ordenó a Jenna, y después salió de la habitación, cerró la puerta y siguió a Barnes y a Roland por el corto pasillo.

De Hammerton emanaba un fuerte hedor a sudor, y Kay vio unas manchas de sudor que se extendían bajo las axilas de su camiseta azul claro y que, según calculó, no tenían nada que ver con la cálida temperatura exterior. Respiraba con dificultad y, para cuando llegó a la puerta del fondo, había hecho acto de presencia una tos sibilante y ahogada.

La abrió y se hizo a un lado para dejar pasar a Barnes primero, pero su oficial tuvo más sentido común (y experiencia) e indicó al otro hombre que pasara delante de él; luego se giró y le hizo una seña a ella.

—Es la cocina, jefa. Todo despejado.

—Gracias. —Lo dejó en el umbral y entró en la estancia para ver a Roland de pie, de espaldas al fregadero, afanándose en abrir con dedos temblorosos el envoltorio de plástico de un paquete de cigarrillos. Las bolsas de la compra estaban sobre una pequeña mesa destartalada cubierta de formica, y de una de ellas se habían salido otro paquete de cigarrillos y una barra de pan. Dos sillas estaban metidas bajo la mesa y otras dos estaban apiladas en un rincón de la cocina, junto a un aspirador vertical, para no estorbar.

Kay sacó una de las sillas de la mesa y la señaló. —Siéntese, por favor, señor Hammerton. Podrá fumarse uno cuando hayamos terminado.

Él gruñó, luego hizo una mueca de dolor y se llevó una mano a la espalda antes de arrastrar los pies hasta la silla y dejarse caer en ella con cuidado. Deslizó el paquete de cigarrillos y el envoltorio de plástico hacia las bolsas de la compra y luego frunció el ceño cuando Kay se sentó en la silla de enfrente y sonrió.

No dijo nada.

Tras unos instantes de silencio incómodo, Roland se aclaró la garganta con una tos con flema y luego tragó saliva. —Iba a pedir un justificante médico en el consultorio hoy, pero no tenían citas libres.

—Estoy segura de que es porque hay gente con más

dolores que usted, señor Hammerton, que necesita más al médico —dijo ella—. ¿Cómo se hizo daño?

—En el trabajo, el viernes por la tarde.

—¿Y dónde trabaja?

—Si está aquí, ya lo sabe. En la granja de los Mallory.

—¿Cómo se hizo daño?

—Me torcí la espalda al mover unos sacos de fertilizante.

—Y si compruebo el libro de registro de accidentes de la granja, encontraré una anotación de este incidente, ¿no es así?

—Sí, me aseguré de que la señora Mallory lo apuntara en el libro de registro por mí, pero entonces no me dolía tanto. No fue hasta que llegué a casa que me di cuenta de lo grave que era. —Roland hizo ademán de apoyar los codos en las rodillas, pero se lo pensó mejor y fingió otra mueca—. Me duele un montón.

—¿Y aun así puede conducir?

—Tengo que hacerlo, para comprar analgésicos.

—Y cigarrillos. —Kay observó cómo se recostaba en el asiento y evitaba su mirada—. ¿Por qué no le pidió a Jenna que los comprara por usted?

—Jenna no puede conducir ahora mismo. Le quitaron la licencia el mes pasado. —El labio inferior de Roland sobresalió—. Estúpida.

—¿Cómo se hizo daño?

—Un saco de fertilizante se ladeó en un manipulador telescópico mientras yo revisaba las correas. Me tiró al suelo y aterricé mal.

—¿A qué hora se fue de la granja de los Mallory el viernes?

—A las tres y media, como siempre. Me llevó hasta entonces hacer el papeleo y contarle lo que pasó.

—¿Adónde fue después?

—¿Por qué? —Entrecerró los ojos.

—Limítese a responder a la pregunta, por favor.

—Vine aquí.

—¿Paró en algún sitio por el camino?

—No.

—¿Ni siquiera para comprar tabaco?

Se retorció. —Vale, sí que compré tabaco.

—¿Dónde?

—Eh…, en la tienda del pueblo que hay al final de esta carretera.

Kay frunció el ceño. —Eso le pilla a desmano viniendo de casa de los Mallory.

—No quería ir al supermercado grande de Staplehurst. Hay demasiada gente a esa hora, ¿sabe?

—¿Adónde fue después de la tienda?

—A ningún sitio. Vine aquí.

—¿Alguien puede corroborar eso?

Roland señaló con la barbilla hacia la puerta. —Ella lo hará.

—¿Ian? —Kay miró por encima del hombro—. ¿Te importaría pedirle a la señorita Corey que lo confirme, por favor?

—Jefa.

Se volvió hacia el hombre. —¿Adónde fue el sábado por la mañana?

—¿Qué quiere decir?

—La señorita Corey afirma que, cuando se despertó el

sábado por la mañana, usted no estaba aquí. ¿Dónde estaba?

A Roland se le tensó la mandíbula y desvió la mirada más allá de Kay al oír unos pasos.

—Jefa, Jenna dice que él volvió aquí sobre las cuatro y media de la tarde del viernes —dijo Barnes.

—Gracias —dijo ella, sin apartar la vista de Roland—. Entonces, ¿dónde estaba el sábado por la mañana?

—Intenté ir al médico…

—¿A qué consultorio?

Él le dijo cuál y después se apoyó las manos en la rabadilla y se estiró, cerrando los ojos con un gemido.

—Señor Hammerton, si le duele, ¿por qué no llamó al consultorio el sábado por la mañana en lugar de ir en coche hasta allí?

Al abrir los ojos, dejó caer las manos sobre el regazo y se encogió de hombros. —Pensé que a lo mejor si me veían, si veían lo mucho que me dolía, me darían cita.

—¿Y se la dieron?

—No —dijo de mal humor—. Me dijeron que me tomara unos analgésicos y que, si hoy no estaba mejor, que llamara.

—¿Y lo ha hecho? Es decir, llamar.

—Iba a hacerlo cuando volviera. —Le lanzó una mirada furiosa—. Pero ahora estoy hablando con usted, y probablemente se me pase el horario de atención telefónica.

—¿Ha concertado una cita con un quiropráctico o un osteópata?

—No me lo puedo permitir —dijo—. Por eso quiero

una cita con el médico, para que me manden a uno de los suyos. Gratis, vamos.

—De acuerdo, Roland. Dice que se lesionó en el trabajo el viernes. ¿Ha vuelto a la granja desde entonces?

—¿Eh? No, ¿por qué iba a hacerlo?

—¿Ha vuelto?

—No. No iré hasta que se me cure la espalda. No tiene sentido. No puedo trabajar así, ¿no cree? —Roland se frotó la sien—. También he tenido *flashbacks*. Pesadillas.

—¿Qué va a hacer para conseguir dinero?

—Supongo que tendré que apuntarme al paro o algo si los Mallory no me dan nada. Hasta que esté mejor, de todos modos.

—¿Cuánto tiempo estuvo en el médico?

—¿Qué?

—Ha dicho que fue al consultorio el sábado por la mañana. ¿Cuánto tiempo estuvo allí?

—No sé, un rato.

—¿Cinco horas?

Se encogió de hombros de nuevo a modo de respuesta.

—Porque Jenna dice que usted no estaba aquí cuando ella se despertó, y que salió de casa a las dos —explicó Kay—. Tampoco me imagino que el consultorio esté abierto mucho más allá de las doce un sábado. ¿Adónde fue?

—Esperé allí un montón de tiempo —dijo Roland con voz insistente.

—¿Adónde fue cuando se marchó de allí?

—Pensé que ya que estaba podía ir a comprar más analgésicos, para ir tirando, en fin. Luego volví aquí. Para entonces Jenna ya había salido, así que me quedé dormido en el sofá viendo la tele.

Kay enarcó una ceja. —Yo que usted tendría cuidado, señor Hammerton. A este paso que lleva con los analgésicos, podría acabar con un problema de estómago muy desagradable.

CAPÍTULO 9

Laura condujo el utilitario azul pálido entre los dos pilares de ladrillo de la entrada de la plantación de lúpulo de los Mallory, con los conductos de ventilación del salpicadero a toda potencia y las ventanillas bajadas.

Lamentando que le hubiera tocado que le asignen un coche de servicio sin aire acondicionado para toda la semana, alzó la mano a modo de saludo al joven agente uniformado que estaba junto a la verja abierta para mantener a raya a los curiosos. Después, siguió sus indicaciones para aparcar a la izquierda del patio de la granja.

Encontró un hueco junto a una de las furgonetas de la científica, apagó el motor y cogió el bolso del suelo del asiento del copiloto. Rebuscó en él hasta dar con un pequeño frasco de perfume en espray. Se aplicó un poco en las muñecas y la clavícula, comprobó que no necesitaba ponerse más desodorante y salió del coche.

Allí no corría la brisa, no había alivio para el calor sofocante que se reflejaba en el suelo de hormigón y en el muro de piedra que rodeaba el patio. Las malas hierbas que asomaban por las grietas estaban mustias y vio un par de gorriones unos metros más allá, junto al muro, con los picos abiertos para sobrellevar el calor mientras buscaban hormigas y escarabajos.

Laura no reconoció al agente y se acercó a presentarse. Una vez hecho, recorrió el patio de la granja con la mirada. —¿Dónde puedo encontrar a Gloria Barkham?

—Allí, en ese establo reconvertido —dijo él—. La oficina que está más cerca.

—Gracias.

Laura se subió las gafas de sol a la cabeza y se aproximó a la puerta que tenía un letrero del centro de visitantes. Estaba cerrada y cerca de allí zumbaba un motor. Para su alivio, cuando llamó y abrió la puerta, la envolvió una ráfaga de aire fresco.

Cruzó el umbral y entró en un espacio grande que tenía una barra con cuatro surtidores en la esquina del fondo y cuatro juegos de mesas y sillas delante. Cerró la puerta tras de sí y examinó el material de promoción que cubría la pared de la izquierda, cuyas fotos ilustraban la historia de la recolección del lúpulo en Kent y, después, la fundación de la granja de los Mallory.

A su derecha había una mesa de roble que hacía las veces de escritorio, con la superficie oculta bajo el papeleo, folletos de promoción y carpetas de manila de color beis. El aparato de aire acondicionado estaba instalado en la pared de detrás, funcionando con un suave ronroneo.

Una mujer la miró por encima de la pantalla del

ordenador con expresión apurada. —Hoy no abrimos, lo siento.

—Lo sé. —Laura sacó su placa y la enseñó—. Agente Laura Hanway, de la policía de Kent. ¿Es usted Gloria Barkham?

—Sí —dijo la mujer—. Ya he hablado con alguien y he prestado declaración. ¿Qué más necesita? Estoy hasta arriba de trabajo.

—¿Puedo sentarme?

Gloria señaló una de las sillas cercanas a la barra con un suspiro de resignación. —Sírvase una de esas.

Cuando hubo arrastrado una silla hasta el escritorio y se hubo organizado con su libreta y su bolígrafo, Laura echó un vistazo a los documentos y las carpetas. —¿Cuántos recorridos había reservados para hoy?

—Tres. Dos, más un evento corporativo privado para esta tarde. —Gloria alargó la mano y giró la pantalla para poder ver mejor a Laura y se recostó en la silla, sin quitar ojo al papeleo—. Se les devolverá el dinero a todos, por supuesto, y, según sus compañeros, tenemos que cancelar el resto de los recorridos de esta semana. En cuanto a la semana que viene...

Dicho esto, la mujer sorbió por la nariz, buscó en un cajón del escritorio y sacó un pañuelo de papel de un paquete arrugado. Se secó las lágrimas con él antes de reclinarse en el asiento. —Esto es horrible, sencillamente horrible.

—¿Cuánto tiempo lleva trabajando aquí? —preguntó Laura.

—Seis años. Empecé ayudando al padre de Justin con la administración diaria de la granja. Al principio solo trabajaba a tiempo parcial, mientras mis hijos iban al colegio, y cuando empezaron el bachillerato pasé a jornada completa. Justin me pidió que me quedara cuando se hizo cargo del negocio.

—¿Y cuánto tiempo lleva organizando los recorridos?

—Desde el principio. —Gloria se enderezó un poco, con orgullo en la voz—. Fue idea mía, de hecho.

—¿Ah, sí?

—Bueno, hubo una pequeña mala racha el año antes de que Justin se hiciera cargo y…, que no se entere nadie de que le he dicho esto, pero creo que Joseph, su padre, se estaba cansando de todo el trabajo que suponía. Pero no era capaz de renunciar a ello. Esta granja ha pertenecido a la familia desde finales del siglo XIX, y eso me hizo pensar que quizá podríamos compartir esa historia familiar con los entusiastas de la cerveza artesanal y otros turistas de la zona.

—¿Qué pensó Joseph cuando usted se lo comentó por primera vez?

—Al principio no le hizo mucha gracia —admitió Gloria—. Su principal preocupación era lo que le supondría al seguro; ya se puede imaginar lo que cuesta cada año. Pero hablé con algunos expertos del sector turístico local y le preparé un plan de negocio para enseñárselo. En cuanto vio cómo esos ingresos podían beneficiar a otras áreas de la granja, accedió a probar durante ese verano. Y hasta hoy.

Laura percibió el orgullo en la voz de la mujer y sonrió. —Es evidente que tienen mucha suerte de tenerla aquí. ¿Algún problema con los recorridos últimamente?

—¿A qué se refiere?

—Bueno, sirven alcohol en el establecimiento. —Laura señaló la zona de la barra con el pulgar por encima del hombro—. ¿Han tenido algún problema con gente borracha o algo por el estilo?

Gloria arrugó la nariz. —A veces, pero es raro. Si pasa, suele ser porque han estado en alguna de las explotaciones de lúpulo o viñedos vecinos antes de venir aquí. Aunque a Justin y Trevor se les da bastante bien manejar ese tipo de cosas, y de una forma que los clientes no se sientan molestos.

—¿Algún otro problema que se le ocurra?

—No, que yo sepa. —Gloria se inclinó hacia delante y movió el ratón del ordenador para activar la pantalla—. Y no tengo ni idea de por qué hay un hombre muerto en nuestro lupular.

Laura guardó la libreta y el bolígrafo en el bolso. —Gracias por su tiempo. Antes de irme, me gustaría que me diera una lista con los nombres de todas las personas que han visitado la explotación durante los últimos cuatro meses, por favor. Grupos de visitas guiadas, eventos de empresa, catas privadas, cualquier cosa de ese estilo.

La mujer enarcó las cejas. —Pero esa es información privada.

—Lo es, hasta que se solicita para una investigación policial formal —replicó Laura. Abrió la cremallera de un compartimento del bolso y sacó una memoria USB nueva —. Tome. Así se ahorrará tener que enviarlo todo por correo electrónico.

Gloria suspiró, pero cogió la memoria USB y la conectó al ordenador. —Supongo que sí. Tendrá que esperar mientras exporto todo de nuestro sistema de reservas.

—Sin problema.

Laura arrastró la silla de vuelta a la zona del bar y luego se acercó al fotomontaje que se extendía por la pared. Recorrió con la mirada las imágenes más recientes, que mostraban la modernización de los métodos de secado del lúpulo, y se detuvo unos instantes a admirar la profesionalidad del fotógrafo que había captado tiernas imágenes de Justin y Cassandra Mallory paseando y riendo entre las plantas de lúpulo mientras el pie de foto indicaba que estaban inspeccionando la cosecha del año anterior.

Recorriendo el año hacia atrás, se detuvo al llegar al momento en que la explotación había pasado de su padre a Justin. Una foto de estudio, atribuida a una revista de negocios nacional, mostraba a los dos hombres de pie, uno al lado del otro, en el lupular. El mayor de los Mallory tenía una mano apoyada en el hombro de su hijo y sonreía.

Justin tenía los brazos cruzados sobre el pecho y los pies separados a la altura de las caderas, dando la impresión de estar listo para dejar su propia huella en el negocio y parecía ignorar los intentos de su padre por mostrar una generación de agricultores muy unida.

—Aquí tiene.

Laura se giró al oír la voz de Gloria y vio que la mujer le tendía la memoria USB, y se apresuró a acercarse. —Gracias.

—De verdad que tengo que seguir, lo siento. —La mujer señaló las carpetas—. Todavía tengo que llamar a todos estos clientes y explicarles que las visitas tienen que ser reprogramadas. ¿No sabrá por casualidad cuándo podremos volver a abrir?

—No lo sé, lo siento —dijo Laura, guardando la memoria USB en el bolso—. Tendrá que hablar de eso con la inspectora Hunter, o lo hará el señor Mallory.

Gloria se mordió el labio. —De acuerdo.

—Gracias por su ayuda. —Laura se dirigió a la puerta, pero se detuvo y miró hacia atrás—. Una pregunta más. ¿Cómo era el ambiente aquí cuando Justin se hizo cargo de la explotación? ¿A Joseph le pareció bien?

—Oh, creo que a Joseph le costó al principio —dijo Gloria—. Creo que le hirió el orgullo más que nada, tener que renunciar al lugar. A ver, sigue viviendo cerca, en una de las casas de campo de la explotación, al otro lado de los campos, y se pasa de vez en cuando, pero creo que una parte de él esperaba que a Justin no le fuera tan bien.

Laura frunció el ceño. —¿Por qué?

—Porque quería vender la finca hace cuatro años —dijo Gloria—. En aquel momento calculaba que valía millones, pero Justin lo convenció para que la conservara por la historia familiar. Creo que desde entonces le guarda rencor por eso.

Laura echó un vistazo por encima del hombro a la fotografía de los dos hombres. —Ahí parece bastante contento.

—Esa fotografía se hizo el año antes de que Justin se hiciera cargo —explicó Gloria—. Hoy en día apenas se hablan.

CAPÍTULO 10

La mañana siguiente amaneció nublada y con al menos ocho grados menos.

El sonido de las sirenas rasgaba el aire, mezclándose con el estruendo del tráfico tanto de la autovía al sur del Hospital Darent Valley como de Watling Street al norte, por donde un flujo constante de vehículos se dirigía hacia el enorme centro comercial. Un helicóptero sobrevoló la zona por tercera vez; la brillante pintura con los colores corporativos lo identificaba como perteneciente a un canal de noticias de veinticuatro horas mientras daba vueltas sobre el puente de Dartford.

Unas nubes grises emborronaban el cielo mientras Kay, apoyada en el coche de servicio, contemplaba la fachada acristalada del hospital, preguntándose si saldría de allí con las respuestas que buscaba o si la autopsia no haría más que añadir nuevas preguntas a las que ya le rondaban por la cabeza.

Ignoró las furgonetas de reparto y los coches de los visitantes que atascaban la vía de servicio junto a las plazas de aparcamiento y, en su lugar, centró la atención en el móvil para revisar los últimos correos electrónicos que habían llegado. Con un suspiro, observó que sus intentos de conseguir más agentes para ayudar con la enormidad de la investigación que tenían por delante habían sido elevados en la cadena de mando para su "consideración". Un escalofrío le recorrió los hombros al preguntarse qué delitos se habrían cometido para merecer más personal que el suyo, y entonces levantó la vista al oír un silbido corto y agudo.

Barnes se acercaba a ella, con un ticket de papel en la mano y una sonrisa en la cara. —Es tu día de suerte, jefa.

—¿Ah, sí?

—El encargado de allí nos ha dado un pase gratis. Por lo visto, están haciendo obras en el otro aparcamiento, por eso no hemos podido entrar. Le he enseñado la placa y me ha dicho que no me preocupara. —Su sonrisa se convirtió en un ceño fruncido—. Menos mal, con lo que suelen cobrar.

Kay levantó la vista hacia la señal que había sobre el coche, que la identificaba como una zona de carga y descarga. —Pero...

—No te preocupes, están desviando todos los repartos a la otra entrada. No molestamos a nadie. —Barnes dejó el pase de aparcamiento en el salpicadero del coche y luego cerró las puertas—. ¿Cómo vamos de tiempo?

—Llegamos diez minutos antes. —Siguió a su compañero por la vía de servicio hasta las puertas principales del hospital, donde el familiar olor a desinfectante y a producto de limpieza de suelos los recibió al entrar en la recepción.

Esquivando a un par de sanitarios que llevaban bolsas de intervención y a un anciano que empujaba la silla de ruedas de una mujer de edad similar, Kay cruzó el espacio hasta una puerta y subió un tramo de escaleras hasta el siguiente piso. Una puerta cortafuegos daba a un largo pasillo de baldosas con paredes lisas y señales que colgaban del techo para los departamentos de rayos X, resonancia magnética y ecografía, pero Kay las ignoró y siguió caminando hasta llegar a una puerta al final. La abrió de un empujón y dejó a la vista un pequeño mostrador de recepción y una puerta que salía a la derecha de este.

Un hombre se levantó de una silla detrás del mostrador y les acercó un libro de registro de visitas. —Buenos días, detectives. Y llegan puntuales. Eso le gustará.

—Buenos días, Simon —dijo Kay, garabateando su firma en la página antes de pasarle el bolígrafo a Barnes—. ¿Tienes una mañana ajetreada?

—Cinco hoy: tres del hospital, la vuestra y una presunta sobredosis de otro hospital —dijo el ayudante del forense—. La vuestra primero, dadas las circunstancias.

La actitud calmada de Simon Winter ocultaba una mente aguda y una inclinación por los procedimientos que complementaba las habilidades del forense del Ministerio del Interior y que había propiciado varios avances para Kay y su equipo. Mientras lo observaba completar el último papeleo necesario para permitir que la autopsia se llevara a cabo, parte de la tensión desapareció de sus hombros.

—¿Quieres que nos vayamos poniendo los trajes

mientras terminas eso y nos vemos dentro? —dijo ella—. Al fin y al cabo, ya sabemos cómo va esto.

Simon esbozó una breve sonrisa y luego señaló con el bolígrafo por encima de su hombro derecho hacia una segunda puerta. —Ya sabéis dónde están. Ojo, que él empezará puntual.

—No nos entretendremos, no te preocupes —dijo Barnes, y se hizo a un lado para dejar que Kay pasara antes que él por la puerta—. Nos vemos ahí fuera, jefa.

—De acuerdo.

Empujó la puerta del vestuario de damas y, de forma automática, cogió uno de los trajes de protección embolsados de una pila que había en un banco a su lado antes de meter el bolso y la chaqueta en una de las taquillas. Se puso el voluminoso traje sobre los pantalones y la blusa, y luego se calzó los pitucos protectores a juego sobre los zapatos y salió de la habitación arrastrando los pies, recogiéndose el pelo mientras sujetaba la cinta de la mascarilla con los dientes.

Barnes ya estaba en la zona de recepción, haciendo girar la mascarilla alrededor de su dedo índice, con el pelo oculto por la capucha de su traje de protección. Se giró al oírla acercarse y enarcó una ceja. —¿Lista?

—A ver si encontramos algunas respuestas, Ian —dijo ella, metiéndose el pelo bajo la capucha y ajustándose la mascarilla—. Porque cuanto más tardemos, más tiempo tendrá quienquiera que haya hecho esto para borrar sus huellas.

—¿Aún no hay nada del equipo de Harriet?

—Todavía no. Esperemos que para cuando volvamos a comisaría…

Se quedaron en silencio mientras Barnes abría la puerta de acero de la sala de examen y una ráfaga de aire fresco los envolvía.

Simon estaba ahora al fondo, junto a una mesa de trabajo llena de viales de cristal vacíos y otros recipientes de recogida, con la cabeza gacha mientras trabajaba en un portátil que registraría los comentarios del patólogo y haría un seguimiento de adónde se enviarían las distintas muestras para su posterior análisis en diferentes laboratorios especializados.

El olor a desinfectante era más intenso aquí dentro, y Kay arrugó la nariz mientras ella y Barnes se acercaban hasta donde estaba Lucas Anderson, de pie junto a una de las dos mesas de autopsias, ajustando un micrófono que colgaba de un cable.

—Ya casi está —dijo, y luego centró su atención en Simon—. ¿Está bien el volumen?

—Alto y claro —fue la respuesta—. Cuando quieras.

—Gracias. Bien, vosotros dos…, ya sabéis cómo va esto. Escuchad, observad y aprended.

—¿Es eso lo que les dices a todos los novatos últimamente? —dijo Barnes.

—Que conste que *estamos* grabando —dijo Simon.

—Tienes razón. —Lucas volvió a centrarse en la mesa y su semblante recuperó la empatía profesional mientras pasaba una mano por encima de la víctima, que yacía lavada sobre la superficie—. Centrémonos, pues, en esta pobre alma e intentemos averiguar por qué demonios alguien querría hacerle esto.

Kay rodeó la mesa observando el rostro magullado del hombre, los cortes y arañazos en sus brazos y manos, y luego la terrible herida irregular que le había desgarrado el torso.

Tragó saliva.

—¿Dónde están sus…?

—¿Los intestinos? —dijo Lucas—. Ya están en el laboratorio, sometiéndolos a algunas pruebas. Con un poco de suerte, tendremos los resultados por la mañana. Simon ha solicitado que los tramiten con urgencia. Poneos ahí, los dos, y yo empezaré.

Kay volvió junto a Barnes, que se había colocado al lado de un carrito con ruedas cargado de bisturís y cuchillos. Un escalofrío involuntario le recorrió los hombros mientras la autopsia continuaba.

Lucas pasó sus manos enguantadas por los brazos de la víctima, girándolos para dejar al descubierto un patrón de cortes entrecruzados que se habían hecho en la piel.

—Para que conste, ninguno de los cortes es profundo y parece que se infligieron como método de tortura.

Kay hizo una mueca de dolor, siguiendo los movimientos de Lucas mientras este inspeccionaba a continuación las piernas y los pies del hombre. El patólogo negó con la cabeza mientras rodeaba la mesa y volvía al pecho del hombre, posando la mirada en el agujero abierto antes de empezar a extraer los órganos vitales.

—Sus pulmones están en buen estado —comentó Lucas un rato después—, y su corazón está sano. A juzgar por su físico general, diría que hacía ejercicio con bastante regularidad, aunque hay algunos restos de tejido graso alrededor del hígado que sugerirían que le gustaban las comidas copiosas. Unos años más y eso podría haber empezado a causarle algunos problemas.

—¿Y su edad? —dijo Kay.

—Diría que entre veinticinco y treinta años, no más de treinta. —Lucas se desplazó hacia los hombros del hombre, luego frunció el ceño y se inclinó para mirar más de cerca antes de hacerle una seña a Simon—. ¿Podrías venir y hacerme unas fotografías antes de que continúe?

—¿Ocurre algo? —preguntó Barnes.

—No estoy seguro. —Lucas les dedicó una breve sonrisa—. Siempre es mejor documentar sobre la marcha, por si acaso.

El patólogo se hizo a un lado mientras le indicaba a Simon las zonas que quería fotografiar, y luego continuó examinando la mandíbula y los dientes del hombre.

Ambos detectives se miraron los pies mientras Lucas empuñaba una sierra mecánica y, a pesar de las veces que había presenciado este proceso, a Kay se le revolvió el estómago por el hedor que emanaba de los restos de la víctima.

Clavándose las uñas en la piel de las palmas de las manos, se concentró en la investigación, escuchando a Lucas mientras enumeraba las heridas de la víctima, y se juró a sí misma que encontraría a sus asesinos.

Se oyó un último zumbido procedente de la mesa de autopsias y, a continuación, Lucas dejó la sierra a un lado y empezó a pasarle muestras a Simon para que las catalogara y enviara al laboratorio. Una vez hecho esto, se dirigió a un fregadero de acero inoxidable y comenzó a desinfectarse las manos y los brazos antes de mirar por encima del hombro los restos del hombre, y luego a Kay.

—¿Nos vemos en mi despacho en, digamos, quince minutos?

—De acuerdo. —Frunció el ceño al ver una expresión de preocupación en sus ojos—. ¿Hay algún problema?

—No, ningún problema —dijo—. No os entretendré mucho tiempo.

Una vez despedidos, Barnes la guio fuera de la sala de autopsias y luego se volvió hacia ella junto a la puerta de los vestuarios de hombres.

—¿A qué ha venido eso?

—No lo sé. No es propio de Lucas ser tan reservado con sus hallazgos, ni siquiera delante de Simon.

—Supongo que tendremos que esperar para averiguarlo.

CAPÍTULO 11

Kay se quitó el mono protector y lo tiró junto con la mascarilla y los pitucos en un contenedor de residuos biológicos antes de recuperar el bolso y la chaqueta de la taquilla. Luego, salió a toda prisa por la puerta y se encontró a Barnes paseando de un lado a otro por el pasillo, frente a la entrada del depósito de cadáveres.

Una enfermera joven pasó deprisa con un portapapeles en la mano y desapareció en una sala señalizada como el Departamento de Radiología, y un celador empujaba una gran jaula metálica llena de sábanas y mantas limpias pasillo adelante, pero no había nadie más a la vista mientras los dos detectives se dirigían al despacho de Lucas.

Al patólogo le habían asignado un cubículo en el otro extremo del ala este como medida provisional que empezaba a parecer permanente, dado el número de expedientes y libros que ya abarrotaban las estanterías a ambos lados de su escritorio. Cuando Kay cogió una silla libre de la esquina más alejada de la habitación, se fijó en una fina capa de polvo que cubría la pantalla del ordenador.

Puso la silla junto a Barnes, sacó el móvil y revisó sus correos electrónicos mientras su compañero comprobaba su buzón de voz. Le lanzó una mirada de reojo cuando él soltó un gruñido de sorpresa al escuchar uno de los mensajes. Entonces, un correo del comisario Devon Sharp le llamó la atención, y reprimió su frustración al leer la noticia de que su antiguo mentor no podía conseguir más personal para la investigación, a pesar de sus súplicas.

Dejó caer el móvil de nuevo en el bolso cuando Barnes terminó de escribir en su libreta.

—¿Sabías que Harry Davis se jubilaba? —dijo él.

—¿En serio? —Se enderezó de un salto—. No había oído nada.

—Lo acaban de hacer oficial. Por lo visto, se va a finales de mes.

—Pero para eso solo faltan dos semanas.

Barnes se encogió de hombros. —Tenía días acumulados por antigüedad, así que él y su mujer los van a aprovechar para poder jubilarse antes con el sueldo completo e irse a pasar un mes a Australia a visitar a la familia.

—Pero no tenemos a nadie que lo sustituya. —Kay notó el pánico en su propia voz—. Sharp me acaba de mandar un correo para decirme que sigue teniendo problemas para encontrarnos más gente.

—Supongo que no te servirá de consuelo saber que nos han invitado a los dos a la fiesta de jubilación de Harry, ¿no?

—Detectives, disculpad la espera.

Kay se giró al oír la voz de Lucas, con la mente todavía acelerada por la noticia de que iba a perder a un miembro clave de su equipo, un sargento veterano con muchísima experiencia, sin planes de que alguien del mismo calibre le ayudara una vez que se hubiera marchado. Parpadeó, cogió su libreta y su bolígrafo, e intentó volver a centrar su atención en la investigación actual mientras el patólogo se escurría entre una estantería y su escritorio y se dejaba caer en la silla con un suspiro.

Lucas movió el ratón del ordenador para reactivar la pantalla, tecleó su contraseña con soltura y luego giró la pantalla hacia ellos mientras hacía clic en una secuencia de carpetas del sistema de directorios del hospital. —No quería decir nada abajo mientras hablábamos de forma oficial, de ahí la sugerencia de que nos reuniéramos aquí.

—¿Qué pasa? —dijo Kay—. No es propio de ti andar con tantos rodeos.

—Te lo explicaré en un minuto. Parece que Simon todavía no ha terminado de subir las fotos. —Lucas se reclinó en la silla y entrelazó las manos sobre el escritorio —. Pero, mientras esperamos, puedo decirte que opino que tu víctima murió en algún momento entre las once de la noche y las cuatro de la madrugada del domingo. No creo que fuera más tarde, porque amanece sobre las seis y media o las siete, y quienquiera que hiciera esto se las arregló para llevarlo al campo de lúpulo y matarlo sin que lo vieran ni lo oyeran.

—Aun así, tuvo que ser complicado —reflexionó Kay —. Porque se habría resistido. ¿A no ser que lo drogaran?

—Me temo que es difícil de decir. Las pruebas toxicológicas iniciales que hemos realizado aquí no fueron concluyentes. Simon va a enviar algunas muestras al laboratorio para un análisis más exhaustivo, pero…

—Lo más probable es que esas también resulten no concluyentes —dijo Barnes.

—Así es. —Lucas actualizó la lista de directorios y luego hizo clic en las primeras imágenes que aparecieron—. ¿Veis estos arañazos y cortes en sus brazos? También tiene las uñas rotas, mirad. Eso me lleva a creer que estaba consciente cuando lo llevaron al campo de lúpulo.

Kay sintió un escalofrío en los hombros que no tenía nada que ver con la rejilla del aire acondicionado que había sobre la puerta. —¿Así que crees que era plenamente consciente de lo que iban a hacerle?

Lucas asintió. —Esperaré a que lleguen los resultados del laboratorio antes de finalizar mi informe, por supuesto, pero ya he visto antes signos de forcejeo. ¿Recordáis aquel caso de hace un año más o menos, el de la joven?

—Demasiado bien. —Kay volvió a mirar la fotografía—. Pero no es de eso de lo que querías hablarnos, ¿verdad?

A modo de respuesta, el patólogo comenzó a desplazarse por las demás imágenes que Simon había subido, hasta que se detuvo a mitad del directorio, con el cursor del ratón sobre la siguiente fotografía. —Puede que me equivoque, pero un colega mío escribió hace tiempo un artículo sobre un caso particularmente desagradable en el que trabajó en el West Country. No creo que vuestra investigación esté relacionada con aquello (todos los autores cumplen largas condenas con pocas esperanzas de libertad condicional), pero existen similitudes entre ese caso y algunas de las marcas hechas post mortem que estoy viendo en vuestra víctima.

Kay vio a Barnes inclinarse más hacia la pantalla del ordenador y ella misma se adelantó en la silla, con el vello de la nuca erizado por la tensión. —¿Qué marcas?

Lucas abrió la imagen y aumentó la ampliación antes de usar el cursor del ratón para indicar sus hallazgos.

—¿Veis aquí? Al principio pensé que lo habían torturado, pero tras una reflexión más profunda y a la vista de las pruebas de mi examen, me inclino a creer que se las hicieron post mortem. Pero este patrón de cortes en la nuca no es aleatorio. Y luego… —Hizo una pausa mientras seleccionaba otra imagen del directorio—. Ah, esta. La misma marca aparece en el pecho de nuestra víctima, en la piel sobre el corazón. No la vi ayer en la escena del crimen porque quedaba oculta por toda la sangre de las puñaladas en el pecho y el abdomen, pero en cuanto Simon lo limpió, saltó a la vista. Y aquí hay otra, cerca de la ingle… Y una última, en la planta del pie izquierdo. Creo que todas se las hicieron después de destriparlo.

Kay frunció el ceño, con la mente hecha un torbellino.

—¿Qué demonios? —murmuró Barnes.

—Más cerca de lo que creéis —dijo Lucas, cerrando la última imagen—. La frase que se usó para describir los asesinatos de West Country fue que el asesino estaba "trastornado". A mi colega lo amonestaron por ello, por supuesto; no era quién para comentar el estado mental del asesino en su informe, pero es algo que se me quedó grabado.

—Has dicho que el asesino de esa investigación estaba entre rejas —dijo Kay.

—Así es. Sin embargo, las marcas son bastante conocidas en ciertos círculos —dijo Lucas—, pero hasta que no encontréis más pruebas que apoyen esta idea, no me siento capaz de resumirlo de forma concluyente en mi informe.

—¿Qué idea? —preguntó Barnes.

Lucas los miró a cada uno de ellos y luego exhaló.

—Que este pobre hombre podría haber sido masacrado como parte de un asesinato ritual.

CAPÍTULO 12

Gavin atravesó la puerta de cristal de la entrada de la comisaría y entrecerró los ojos por la brillante luz del sol que se reflejaba en los edificios de enfrente, mientras esperaba un hueco en el tráfico que fluía por Palace Avenue.

Una brisa fresca le tironeaba de las mangas de la camisa y traía consigo el olor penetrante del río Len, que discurría por un ancho canal al otro lado de la calzada antes de unirse al Medway, más grande, unos cientos de metros a su izquierda. El olor se mezclaba con el hedor a grasa de una cafetería que servía comida rápida calle abajo y con el humo del diésel de un camión articulado que pasó retumbando.

Vio un hueco entre un pequeño coche blanco y un ciclomotor y cruzó corriendo, con la chaqueta bien sujeta en una mano mientras se sujetaba la corbata con la otra, antes de seguir por la acera hasta Mill Street en dirección al centro de la ciudad.

La agencia de trabajo temporal que proporcionaba los

trabajadores para la granja de Justin Mallory y otros negocios agrícolas locales estaba situada en una oficina del tercer piso, encima de una pastelería artesanal, a mitad de la ligera pendiente. El portal de la agencia quedaba a la izquierda del escaparate de la pastelería y, después de que Gavin llamara al timbre de un portero automático mugriento del que sobresalían cables eléctricos por la parte inferior, se echó hacia atrás para admirar la exposición de pan recién hecho, tartas y bollos. Le rugieron las tripas cuando la puerta de la tienda se abrió y una joven oficinista salió con bolsas grasientas de las que ascendía vapor mientras pasaba a toda prisa.

Volvió a prestar atención a la puerta del portal de la agencia al oír un zumbido procedente del portero automático, y luego un *clic* metálico cuando la cerradura se abrió. Echando un vistazo a los letreros descoloridos que había bajo el de la agencia de contratación (uno de una organización benéfica en el segundo piso y otro de una empresa de marketing en el primero), empujó la puerta y frunció el ceño cuando rozó con un felpudo de fibra de coco.

Tras cerrarla, se giró para ver un montón de correo basura y periódicos gratuitos que abarrotaban la raída moqueta del vestíbulo de la planta baja, y alzó la vista para ver polvorientas telarañas colgando de las esquinas del techo.

Después de ponerse la chaqueta sobre los hombros, Gavin subió las escaleras, echó un vistazo a la barandilla manchada de suciedad antes de retirar la mano bruscamente y decidir arriesgarse con los escalones desiguales. El rellano del primer piso tenía dos puertas:

una de la agencia de marketing, que permanecía cerrada a cal y canto con un segundo panel de seguridad instalado, y otra con la inscripción "WC". Se estremeció al pensar en los horrores de limpieza que podría haber tras esa puerta y continuó hasta el segundo piso, pasando por la puerta de la organización benéfica y el sonido de teléfonos sonando y voces apuradas, hasta llegar al tercero.

Una mujer lo esperaba en el rellano, asomada a la barandilla mientras él se acercaba.

—¿Nos ha encontrado bien?

—Sí, gracias. —Levantó su placa de policía—. Agente Gavin Piper, creo que hablamos por teléfono.

—Eleanor Wickham —dijo ella, y señaló con la mano una puerta abierta—. Pase, por favor. ¿Quiere un café o algo?

—No, gracias, estoy bien. —Gavin la siguió hasta una recepción sorprendentemente espaciosa que estaba reluciente en comparación con el resto de las oficinas que daban al hueco de la escalera.

Las paredes estaban pintadas de un amarillo pálido que contrastaba con helechos de imitación expuestos en macetas de varios tamaños, y en tres de las paredes colgaban obras de arte de buen gusto. El mostrador de recepción era de una superficie parecida a la formica blanca que brillaba a la luz de las ventanas, y de la sala salían dos puertas de cristal esmerilado, con los tiradores de cromo pulidos y sin rastro de suciedad.

Eleanor se detuvo para recoger una pequeña pila de carpetas de cartón del mostrador y un vaso de agua medio lleno; luego, inclinó la cabeza hacia una de las puertas de cristal esmerilado.

—¿Le importaría pasar primero? La de la derecha; la uso para las entrevistas. Se está mucho mejor que aquí fuera. Para empezar, tiene aire acondicionado.

Gavin entró en una sala grande con tres ventanas de doble acristalamiento que daban a Mill Street y ofrecían una vista sobre un revoltijo de tejados de los edificios más bajos de enfrente. En el centro de la sala había una mesa ovalada de color haya con seis sillas a juego, mientras que un armario bajo y rectangular que se extendía por el lado izquierdo de la habitación parecía servir también de armario para material de oficina, a juzgar por las resmas de papel que pudo ver en una de las estanterías, y de soporte para un gran televisor que ocupaba la mayor parte de su superficie. Una cámara estaba fijada en la parte superior del televisor y, cuando levantó la vista, vio altavoces en dos esquinas del techo.

—Hacemos muchas de nuestras reuniones y entrevistas por videoconferencia siempre que es posible —explicó Eleanor, colocando las carpetas sobre la mesa y haciéndole un gesto para que se sentara—. Aunque mis dos hijos suelen usarla para jugar y ver películas si tengo que venir los fines de semana.

—No me extraña. —Gavin se desabrochó la chaqueta y, mientras ella ajustaba el aire acondicionado, él sacó su libreta y su bolígrafo—. Gracias por recibirme con tan poca antelación.

—No es ninguna molestia, y menos en estas circunstancias. —El rostro de Eleanor se ensombreció—. ¿Ya tienen alguna idea de a quién han matado?

—La investigación está en curso —respondió él—. Sin

embargo, puedo confirmarle que ninguno de sus trabajadores ha sufrido daños.

Ella se relajó de hombros.

—Me alegro. Los conozco a todos desde hace tiempo. Por cierto, me he tomado la libertad de fotocopiar los expedientes personales de los trabajadores que están con Justin Mallory. Supongo que me hará llegar la solicitud formal correspondiente, ¿no? Obviamente, no puedo ir por ahí repartiendo este tipo de información, pero supongo que, al ser parte de una investigación policial...

—Está en lo cierto, y sí, uno de mis compañeros se está encargando del papeleo. —Gavin pensó en la pila de solicitudes que había visto a Debbie West gestionar al salir de la sala de incidencias hacía diez minutos, y esperó que la suya estuviera de las primeras. Echó un vistazo a las carpetas que Eleanor tenía bajo el brazo—. ¿Algún problema con sus trabajadores?

—Ninguno en absoluto —dijo ella sin dudar—. Conozco a Alexandru y a Daniel desde hace varios años, y a los otros dos que trabajan para Justin.

—¿Cómo contratan ustedes a los trabajadores de temporada?

—Nos anunciamos en grupos y páginas de redes sociales, pero la mayoría de las veces, como ocurrió con Alexandru, nos recomiendan otros trabajadores. Un amigo de Alexandru quería jubilarse, así que lo animó a que me escribiera al principio de aquella temporada —dijo Eleanor —. Hablé con él por teléfono y, después de que me enviara toda su documentación por correo electrónico, acepté buscarle algún trabajo. Dado que su amigo trabajaba para los Mallory, les sugerí que le dieran a Alexandru un período de prueba de dos semanas, y lleva con ellos desde entonces.

—Tengo entendido que Justin se hizo cargo de la granja de su padre…

—Sí, hace dos años.

—¿Y trataba usted directamente con Joseph Mallory o…?

—Siempre con Joseph. Él era… se implicaba más que Justin. —Eleanor esbozó una media sonrisa—. Poco dado a delegar, vamos.

—¿Se llevaba bien con él? Con Joseph, me refiero.

—¿Usted lo ha conocido?

—No.

—Es un poco granuja —explicó—. Siempre tuve la impresión de que se saltaría las normas a la mínima oportunidad; no digo que lo hiciera, pero creo que no le gustaba la parte administrativa de la agricultura. Siempre tenía que andar detrás de él por el papeleo y los pagos. Si no fuera por Gloria, a Joseph nunca se le habría ocurrido abrir las puertas a los turistas, por ejemplo. Justin, en cambio, es un agricultor muy moderno: tiene un buen equipo a su alrededor, una gran visión de futuro y busca constantemente formas de mejorar la granja más allá de su ámbito normal de cultivo.

—Volviendo a los trabajadores temporales que contrata —dijo Gavin—. Los demás que proporciona como contratistas, ¿qué puede decirme de ellos?

Eleanor golpeó suavemente la parte superior de las carpetas de cartón con una uña bien cuidada. —Está todo aquí. Daniel Ionescu y los demás llevan en la granja de los Mallory al menos dos temporadas, lo que creo que dice mucho de su ética de trabajo. Al igual que Alexandru, trabajan aquí en verano para complementar a los trabajadores locales que podemos encontrar. Mucha gente de por aquí prefiere trabajar en tiendas que en el campo por el salario mínimo, por eso agencias como la mía son tan importantes. También consigo trabajadores temporales para las granjas frutícolas locales, los almacenes de distribución de alimentos, de todo.

—¿Algún problema con alguno de sus otros contratistas?

—Solo un chico que decidió robar a uno de mis clientes más antiguos en mayo. Ahora mismo está cumpliendo servicios a la comunidad. —Eleanor suspiró—. Y por su culpa he perdido a un cliente importante. Aparte de eso, no, ningún problema. La mayoría de la gente que trabaja para mí es muy fiable.

—Una última pregunta —dijo Gavin—. Los cuatro trabajadores que están en la granja de los Mallory, ¿ayudan en alguna otra cosecha de la zona?

—No para el lúpulo, no; sería imposible por una cuestión de plazos. Es una época de demasiado trabajo. Una vez que el cultivo está maduro, hay que recogerlo, o se echará a perder.

Gavin recogió las carpetas y echó la silla hacia atrás. —Gracias por su tiempo, señora Wickham. Me pondré en contacto si necesito algo más.

Bajó las escaleras a toda prisa, sacándose el móvil del bolsillo mientras volvía a grandes zancadas hacia la comisaría. —¿Kyle? Hazme un favor. Averigua quién es el competidor más cercano de Justin Mallory. Creo que podríamos tener un móvil para nuestro asesinato.

CAPÍTULO 13

Kyle tamborileaba con los dedos sobre el volante y contó hasta diez para sus adentros mientras el agente subalterno que estaba en la verja de la granja de los Mallory comprobaba su identificación con el portapapeles que sostenía en la mano.

Era casi mediodía y el sol achicharraba las cunetas de hierba a ambos lados de la entrada de la granja y abría grietas en la tierra apelmazada que bordeaba el asfalto. Hasta los pájaros habían enmudecido en el seto más cercano a la ventanilla abierta de Kyle, y solo se oía el sonido de un solitario abejorro arrastrado por una suave brisa que en nada aliviaba el calor sofocante.

A Nadine y Sean los habían relevado de sus puestos a última hora del día anterior y ahora estaban de vuelta en la sala de incidencias. Kyle no reconoció al veinteañero que mascullaba por lo bajo mientras el sudor le perlaba la frente.

—Debería estar en la lista —dijo Kyle—. Debbie West me añadió ayer.

—Ah. —Los ojos del agente se abrieron de par en par e hizo una pausa para darle la vuelta a la página—. Ya lo veo. Disculpe. Otra lista.

—No te preocupes. —Kyle recuperó su placa y luego le entregó una botella de agua sin abrir de un paquete que había comprado en una gasolinera de camino desde la comisaría—. Me ha tocado vigilar perímetros de sobra cuando llevaba uniforme.

Los ojos del agente se iluminaron y abrió la botella. —Genial. Gracias.

Kyle asintió, subió la ventanilla y puso el aire acondicionado al máximo mientras avanzaba el coche lentamente y encontraba un hueco junto a una de las furgonetas del equipo forense.

Se tomó un momento para dejar que el aire frío lo envolviera y observó cómo una de las protegidas de Harriet aparecía desde el otro extremo del corral, con las manos llenas de bolsas de pruebas precintadas del campo de lúpulo. Todavía había una tira de cinta de precinto policial extendida a lo ancho de la entrada que conducía a él, con un segundo agente uniformado vigilando el cordón, y Kyle se preguntó cuántos días más se pasarían los de la policía científica peinando el campo y los que lo rodeaban en una búsqueda desesperada de pruebas.

Hasta el momento, no había habido informes de ningún hallazgo significativo, y cuando salió del coche y saludó con la cabeza a la técnica forense mientras se dirigía a la casa principal, esta le dirigió una mirada recelosa, como si lo retara a preguntarle cómo iba la búsqueda.

Encontró a Cassandra Mallory en la cocina.

Estaba sentada en una barra de desayuno con encimera

de granito, con una mano aferrada a una taza de cerámica y la otra apoyada en la página abierta de una revista. Tenía la cabeza girada, de espaldas a la puerta, mirando hacia unas grandes puertas ventanas que daban al jardín.

Se aclaró la garganta y ella dio un respingo visible en el asiento antes de volverse para encararlo, con los ojos muy abiertos.

—¿Señora Mallory? —Le tendió su placa—. Agente Kyle Walker. Siento molestarla. ¿Puedo hablar un momento con usted?

Ella asintió y luego señaló uno de los otros taburetes. —¿Quiere un café?

—No, gracias.

—¿Un vaso de agua, quizá?

—De verdad que estoy bien. Gracias.

—¿Más preguntas?

—Disculpe, sí. ¿Tiene un momento?

—Supongo que sí. —Soltó la taza y cerró los ojos, pellizcándose el puente de la nariz antes de dejar caer la mano sobre la encimera—. Vaya puto desastre.

—¿Dónde está su marido?

—En el despacho, revisando las cuentas. Se suponía que teníamos que entregar lúpulo a un cliente nuevo el viernes… Está intentando ver si tenemos suficiente, o…

Kyle sacó su libreta. —Quería preguntarle por Roland Hammerton, uno de sus empleados. Mi inspectora, Kay Hunter, habló con él ayer como parte de las pesquisas iniciales y él mencionó que no vino a trabajar el lunes porque se hizo daño aquí el viernes. ¿No me equivoco al decir que usted es la responsable del bienestar de sus empleados en la granja?

—Lo soy y, por desgracia, eso incluye a Roland, sí. —Cassandra negó con la cabeza, cerró la revista y apartó la taza de café antes de girarse sobre el asiento para encararlo—. ¿Qué necesita saber?

—¿Qué pasó el viernes?

—¿No se lo contó Roland a la inspectora Hunter?

—Me gustaría oírlo en sus propias palabras.

—De acuerdo. Roland entró aquí sobre las dos y media de la tarde del viernes diciendo que se había hecho daño en la espalda mientras movía unos sacos de fertilizante. Se llevaba la mano a la espalda así —dijo, apoyándose la palma en la base de la columna—. Y andaba arrastrando los pies, como se hace cuando te duele la espalda. Le pregunté si le dolía algo más (obviamente, aquí en una granja todo lo que hacemos conlleva un riesgo y he oído algunas historias de terror en mi vida), pero dijo que no, solo la espalda. Hice que se sentara en una de las sillas de allí, junto a la mesa del comedor, mientras le traía un vaso de agua, y luego fui a por el libro de registro de accidentes para que lo rellenara. No se puede ni imaginar la cantidad de papeleo que tenemos que hacer por aquí, sobre todo cuando alguien se hace daño.

—¿Qué pasó después?

—Se marchó. Me ofrecí a llevarlo a casa en su coche y volver en taxi, pero dijo que estaba lo suficientemente bien como para conducir y que quería pasar por el médico de camino. —Cassandra se bajó del taburete y se dirigió a una gran mesa rectangular de pino que había en la esquina—. Todavía no he tenido tiempo de volver a guardar el libro en el despacho, así que puede echarle un vistazo si quiere.

—Gracias. —Kyle cogió el libro de registro y ojeó las

páginas hasta la última anotación; el papel era fino al tacto. La letra pulcra de Cassandra había rellenado las distintas casillas y su firma aparecía al final. Satisfecho, se lo devolvió—. ¿Algún problema con Roland antes del accidente?

—¿A qué se refiere?

Kyle no dijo nada y enarcó una ceja como respuesta.

Cassandra deslizó el libro sobre la encimera y suspiró.

—Es… difícil, a veces. Sí, saca el trabajo adelante, y lleva ya varios años con nosotros, pero se cree con demasiados derechos. No le gustó que Justin nombrara a Trevor encargado de la granja; es más, lo dijo bien alto, que él tenía más experiencia y que deberían haberlo ascendido a él. Justin y yo intentamos explicarle que la experiencia militar de Trevor lo convertía en un mejor candidato; estuvo en el cuerpo de logística y, sinceramente, ha sido una bendición estos dos últimos años. Creo que Roland ha estado resentido desde entonces.

—¿Cree que ese resentimiento le llevaría a dañar su reputación?

—¿Cómo qué?

—¿Han tenido algún problema en la granja antes del accidente del viernes?

—Que yo sepa, no.

—¿Se ha lesionado alguna vez?

—No, la verdad es que hemos tenido mucha suerte. Si revisa el libro de accidentes, verá que la mayoría de nuestras lesiones son conmociones cerebrales leves o cortes y moratones, nada más grave.

—¿Y Roland tenía experiencia previa con el

manipulador telescópico que dijo que estaba usando cuando se hizo daño?

—Oh, sí, es el que más lo usa. De hecho, Justin le hizo un cumplido la otra semana, le dijo que maneja la maquinaria mejor que nadie por aquí.

—¿Intercambiaron alguna palabra usted y Roland antes de que él se fuera el viernes? ¿Cualquier cosa que pudiera ser motivo de preocupación?

—No, una vez rellenado el parte de accidente, le dije que pidiera cita con su médico de cabecera lo antes posible para asegurarse de que no había ninguna lesión y le deseé una pronta recuperación. Después de que se fuera, me reuní con Trevor para ver quién estaba disponible durante el fin de semana para cubrir los turnos de Roland. Por suerte, el hijo de Trevor está de visita y tiene algo de experiencia con ese tipo de maquinaria, así que le dimos el trabajo a él. —Los ojos de Cassandra se entrecerraron—. Mire, ¿qué está pasando?

—Son solo preguntas de rutina, nada más —dijo Kyle —. Una última pregunta: ¿ha vuelto Roland a la granja desde que lo vio por última vez el viernes?

—No, que yo sepa. —Frunció el ceño—. Al menos, no he visto su coche por aquí. Si alguien lo ha traído o algo, no lo sabría. Pero ¿por qué iba a venir? Estará descansando, ¿no?, intentando recuperarse.

—Eso sería lo lógico —dijo Kyle, y guardó su libreta —. Gracias por su tiempo, señora Mallory. Ya conozco la salida.

CAPÍTULO 14

Una neblina vespertina se aferraba a los tejados del centro de Maidstone y un cúmulo de nubes amoratadas se agolpaba en el horizonte. El aire estaba cargado de olor a ozono.

Kay echó un vistazo por la ventana antes de volver a centrar su atención en la pizarra blanca que presidía la sala de incidencias. Hizo girar un rotulador negro entre los dedos mientras su mirada recorría las notas que recogían la evaluación inicial del equipo sobre la investigación, que ahora había cobrado impulso.

El sonido de los teléfonos y de las voces que se superponían unas a otras llegaba hasta donde ella estaba, de espaldas a los escritorios. Oía el ir y venir de pasos sobre las gastadas losetas de moqueta, salpicado por el abrirse y cerrarse de golpe de la puerta mientras sus agentes procesaban todas las pistas reunidas hasta el momento.

Bajó la vista y examinó el orden del día de la última reunión informativa que sostenía en la mano.

Había tantas tareas pendientes, tantas tareas nuevas surgidas de las pesquisas del día, y, además, estaban los hallazgos de Lucas en la autopsia.

Kay se volvió hacia la sala y alzó la voz. —¿Alguien ha tenido noticias de Harriet?

—Llamó hace quince minutos, inspectora —dijo Nadine—. Tiene a gente trabajando todavía en la catalogación de pruebas en la granja, pero dice que terminarán con la evaluación inicial esta noche. Ha dicho que te llamará en cuanto vuelva a la oficina.

—Gracias. —Kay consultó su reloj. Según sus cálculos, eso le dejaba veinte minutos—. Bien, todo el mundo, reunión informativa en cinco minutos, por favor. Debs, he hecho algunas modificaciones en este borrador. ¿Puedes apuntarlas y distribuirlo a todo el mundo?

Se produjo un revuelo de teléfonos, libretas y bolígrafos, seguido de una estampida organizada hacia la pizarra mientras su equipo se reunía, con dos o tres agentes dándose codazos para llegar a la impresora antes de que Debbie la requisara para fotocopiar el orden del día modificado.

Gavin se acercó a Kay con una lata de bebida energética abierta en la mano. —Inspectora, para no hacerte perder el tiempo en la reunión, Sean Gastrell acaba de decirme que no hay nada fuera de lo normal en las grabaciones de seguridad de los alrededores de la granja. Hizo que Andy, en la central, también les echara un vistazo, pero tampoco vio nada sospechoso.

—Vale, gracias, Gav, te lo agradezco. —Esperó a que los últimos rezagados se unieran al grupo frente a la pizarra y entonces bajó el orden del día—. Gracias a todos.

Antes de empezar, si no os habéis enterado ya, uno de nuestro equipo ha anunciado su jubilación y nos dejará a finales de la semana que viene. Harry, voy a ser sincera: no sé qué habría hecho sin ti estos últimos años. Has sido una parte fundamental de mi equipo y me has apoyado en algunas investigaciones muy duras. Gracias. Te echaremos de menos.

El sargento uniformado levantó una mano para detener el aplauso que siguió a sus palabras, con las mejillas sonrojadas.

—Gracias, inspectora —consiguió decir cuando la sala se calmó—. Ha sido un honor trabajar contigo y con todos los demás. Lo echaré de menos, de eso estoy seguro.

Barnes se giró en su asiento para mirarlo. —Te aburrirás en menos de tres meses, Harry. Te conozco demasiado bien. ¿Qué vas a hacer con tu tiempo después de tu viaje al extranjero?

Harry se encogió de hombros. —Lo mismo que algunos de los otros a los que la dirección jubila anticipadamente de vez en cuando. Montaré una consultoría y ayudaré a empresas de seguridad privada, supongo que algo de ese estilo. Diane no querrá tenerme por casa estorbando todo el día.

—Y un aviso para todos: Harry es uno de nuestros agentes con más conocimientos, así que aprovechadlo mientras esté aquí. —Kay le guiñó un ojo—. Si no, estoy segura de que sus honorarios de consultoría tras la jubilación le provocarán un pequeño infarto al comisario Sharp.

Una risa contenida se filtró por la sala de incidencias. Luego, ella agitó el orden del día en su mano para alisar la hoja y centró su atención en el primer punto. —Bueno, sigamos. En primer lugar, ¿cómo vas con la obtención de las grabaciones de las cámaras de seguridad y de los timbres de las propiedades vecinas, Debbie?

La agente dio un paso al frente desde donde estaba apoyada en uno de los altos armarios metálicos del lateral de la sala. —Tenemos grabaciones de dos cámaras de timbre que pertenecen a las propiedades privadas que lindan con la granja, inspectora, y el encargado de la gasolinera me ha enviado un enlace a las suyas. He encargado a un par de agentes subalternos que las revisen todas. Estoy esperando a que me responda el agente inmobiliario sobre si hay cámaras en el pub abandonado. Las entrevistas puerta a puerta empezaron anoche y deberían estar terminadas para el viernes, una vez que hayamos tenido la oportunidad de localizar a cualquiera que no estuviera en casa la primera vez que pasamos. Hemos introducido palabras clave en la base de datos, así que, si obtenemos alguna coincidencia en la información, se nos marcará para que la investiguemos.

—Gracias, Debs. Kyle, ¿qué tal te fue con la investigación de los antecedentes de Justin Mallory?

—Nada fuera de lo normal por aquí, jefa —dijo la incorporación más reciente a su equipo de detectives—. Fue a la Universidad de Brighton y se licenció en Dirección de Empresas, luego volvió a la granja y trabajó con su padre varios años. Él y Cassandra se conocieron en un baile de agricultores en Tunbridge Wells hace ocho años (ella procede de una familia de granjeros del sur de East Grinstead) y, desde que el padre de Justin se jubiló hace dos años, no han hecho más que prosperar con la granja. Cassandra gestiona un blog sobre la vida en el campo que tiene una tienda en línea para que los clientes compren sus productos, y también comparten vídeos en internet sobre la vida en la granja. Dos niñas (ya sabemos que se están quedando con sus abuelos en este momento) y las cuentas financieras en el sitio web del Registro Mercantil también parecen saneadas. Actualmente estoy revisando a sus empleados mientras Gavin se ocupa de los trabajadores de subcontratados, y tendré un informe sobre ellos para mañana por la mañana.

—Buen trabajo, gracias, Kyle. ¿Qué hay de nuevo sobre Roland Hammerton?

—He hablado con Cassandra esta mañana —dijo él, y le relató su conversación—. Parecía desconcertada por cómo se las había arreglado para hacerse daño; por lo visto, tiene mucha experiencia en el uso del manipulador telescópico y ha realizado la misma tarea con él varias veces en el pasado. Me enseñó el registro de accidentes, pero apenas contiene información. A menos que lo identifiquemos formalmente como sospechoso, tampoco podré acceder a su historial médico ni a nada para averiguar si ha comentado algo en el ambulatorio.

—Vale, en ese caso… Ian, ¿podrías trabajar con Kyle e investigar un poco más el pasado de Roland por mí? Amigos, compañeros de trabajos anteriores, los bares que frecuenta, ese tipo de cosas. Busco cualquier cosa que demuestre que tiene un ramalazo violento, y ved si hay alguna cámara de vigilancia de los negocios vecinos cerca del ambulatorio. También quiero eso, solo para ver dónde ha estado desde el viernes. —Esperó mientras los dos detectives actualizaban sus notas—. Y ni que decir tiene que, en cuanto encontréis algo, me lo comuniquéis.

—Sí, jefa —dijeron a coro.

Kay vio que Laura levantaba la mano. —¿Qué sucede?

—Volviendo a la investigación de antecedentes de Justin Mallory que ha hecho Kyle, jefa. Hablé ayer por la tarde con Gloria sobre los visitantes del recorrido, y ya volveré a eso cuando lleguemos a ese punto del orden del día —dijo Laura—, pero sí mencionó que a Joseph no le hizo mucha gracia que Justin se hiciera cargo de la granja, y tiene la impresión de que Joseph quería que fracasara.

—¿Ah, sí? —Kay dejó de escribir en la pizarra y se dio la vuelta—. ¿Por qué?

—Según Gloria, Joseph intentó vender la granja hace cuatro años para una recalificación urbanística. Por lo visto, vale millones, pero Justin lo convenció de que la conservara por la historia familiar.

—Interesante. Me pregunto si…

Un teléfono fijo sonó en el escritorio de al lado y Debbie la llamó desde otro, donde agitaba un auricular en el aire.

—Es Harriet en la línea dos, jefa. Dice que es urgente.

CAPÍTULO 15

Un silencio se apoderó de la sala de incidencias mientras Kay subía el volumen del teléfono antes de darle las gracias en voz baja a Gavin por haberle traído una silla.

No se sentó, todavía no, y destapó un rotulador nuevo antes de prepararse de nuevo junto a la pizarra blanca.

La voz de la jefa del equipo forense sonó por el altavoz, nítida y profesional. —Buenas tardes, inspectora Hunter. He pensado que a ti y a tu equipo les vendría bien un adelanto en lugar de esperar a mi informe preliminar de mañana por la mañana.

—Gracias, Harriet —dijo Kay, incapaz de disimular el alivio en su voz—. Y, por favor, dale las gracias a tu equipo de mi parte. Han estado echando muchas horas con este caso.

—De nada. Aún nos queda mucho por delante, pero se agradece. ¿Estáis listos?

Kay paseó la mirada por los agentes reunidos. Sus rostros estaban absortos, con los bolígrafos suspendidos sobre sus libretas, y Debbie se había colocado en un asiento cercano con el portátil abierto, lista para tomar nota de la mayor parte posible de la conversación y poder actualizar el HOLMES2. —Estamos listos.

—Vale, pues estáis buscando a tres sospechosos —dijo Harriet—. Al menos tres. Puede que hubiera más, pero solo tenemos tres juegos de huellas claros que entran en el campo de lúpulo desde la carretera principal. Hay un apartadero a ochocientos metros de la escena del crimen donde encontramos restos de aceite de motor reciente. Incluiré todos los detalles en mi informe, pero en mi opinión, llevaron a la víctima en coche hasta ese apartadero y luego la sacaron a rastras del vehículo. Hay marcas de arrastre en la tierra y en el arcén que se corresponden con un cuerpo arrastrado con las punteras del calzado apuntando hacia abajo. Quienquiera que le hiciera esto cortó una cerca de alambre de espino que separa la granja vecina de la carretera. Ese campo está lleno de maíz que espera ser cosechado a finales de mes, así que les habría proporcionado una cobertura perfecta. Hay muchos daños en el cultivo al atravesar el borde del campo hasta la esquina más alejada, donde lo pisotearon para llegar a una senda que discurre entre ese campo y el campo de lúpulo de los Mallory.

La especialista forense hizo una pausa para que el equipo de investigación se pusiera al día, y Kay observó las nuevas anotaciones que había añadido a la pizarra y reprimió una creciente sensación de pavor.

Había tantas preguntas sin respuesta, tantas tareas que delegar y tan pocos agentes disponibles…

—Después de arrastrarlo por el campo, cortaron la valla para acceder a una senda que corre paralela al campo de lúpulo. Para entrar a este, cortaron otra valla —continuó Harriet—. En este punto, parece que la víctima se enganchó en la alambrada de espino mientras lo arrastraban. Encontramos restos de sangre, así que enviaré las muestras al laboratorio y pediré que os pongan en copia de los resultados.

Kay percibió la brusca inspiración de Laura y asintió.

—Si no coincide con la de nuestra víctima, podría ser nuestro primer avance real en este caso.

—No te preocupes, me lo he imaginado, así que he pedido al laboratorio que lo trate como urgente, y pienso llamarles para insistir después de esto. También opino que, dado que había al menos tres sospechosos, no necesitaron usar la cosechadora de maíz para levantar el cuerpo de la víctima y colocarlo —dijo Harriet—. El ángulo en el que fue encontrado sugiere que pudieron levantarlo y que dos personas podrían haberlo sujetado mientras una tercera lo ataba a las espalderas.

—Eso explicaría por qué nadie en la granja oyó nada esa noche —dijo Kay.

—Exacto. También hemos encontrado una huella de neumático cerca del apartadero que podría pertenecer al vehículo que se usó para transportarlo hasta allí. De nuevo, te avisaré en cuanto tengamos los resultados. He hablado con Lucas sobre el arma utilizada para destripar a la víctima. Tenía un filo irregular, como un cuchillo viejo, y por lo tanto ambos opinamos que no se utilizó ninguna de las guadañas confiscadas de la granja. Esas están afiladas como cuchillas de afeitar para poder cortar fácilmente los tallos, y ninguna contenía indicios como sangre o fluidos corporales.

—Todo esto es muy útil, gracias —dijo Kay, mientras su rotulador volaba por la pizarra—. ¿Alguna otra novedad para nosotros?

—Una más —dijo Harriet—. Después de ese forcejeo junto a la valla, puede que a alguien se le cayera un botón. Es de aleación de zinc, y es del tipo con un tallo en la parte posterior por el que pasa el hilo. Te enviaré una foto por correo electrónico. Tiene un diseño bastante intrincado grabado en el anverso, pero ten en cuenta que, al ser de aleación de zinc, no se oxida, así que podría no estar relacionado con este caso. El resto de mi informe incluirá un mapa de la ruta que siguieron los asesinos de la víctima y un desglose completo de todas las muestras que recogimos y que estamos analizando.

Kay se acercó al teléfono. —Harriet, es fantástico, muchísimas gracias. Por favor, llámame si tienes algún otro avance, no importa la hora. Tienes mi número de móvil.

—Estaré en contacto. Buena suerte.

Tras colgar, Kay se giró hacia su equipo. —¿Opiniones?

—Si usaron un vehículo, podrían haber llegado a ese apartadero desde cualquier sitio —dijo Kyle, con tono sombrío—. Hay muchos pueblos por allí, y edificios abandonados, y es fácil llegar desde al menos seis localidades de tamaño considerable, incluida esta.

—Un riesgo tremendo —convino Barnes—. Aunque no creo que haya mucho tráfico por ese tramo de carretera a esas horas de la noche. Harriet ha dicho que hay indicios de que tres personas arrastraron a la víctima hasta la propiedad de los Mallory. Quizá una cuarta persona se quedó en el vehículo para vigilar.

—Eso tendría sentido —dijo Kay. Recorrió la moqueta de un lado a otro frente a la pizarra blanca, con la tela descolorida en las zonas que tanto ella como sus predecesores habían desgastado. Se detuvo y examinó el mapa que Laura había colgado en el tablón de corcho—. Pero ¿de dónde salieron? ¿Lo retuvieron como rehén en algún sitio o lo secuestraron en la calle? Harry, ¿alguna novedad sobre desaparecidos recientes?

—Nada que coincida con nuestra víctima, jefa —fue la respuesta—. Y he ampliado los parámetros de búsqueda a Sussex, además de pedirle a la policía metropolitana que me informe de cualquier nueva denuncia.

—Vale, gracias. Nadine, Sean, ¿podéis buscar si hay algún informe del fin de semana sobre conducción temeraria en esa zona? Ampliad la búsqueda a un radio de diez millas para empezar e id aumentándolo en incrementos de cinco millas si no encontráis nada para empezar. Además, Tim, necesito que dirijas la búsqueda de posibles lugares cercanos que pudieran haberse utilizado para retener a alguien contra su voluntad sin alertar a los vecinos. Naves industriales, edificios abandonados, ese tipo de cosas. Aaron, ¿podrías echarle una mano con eso? Y, Debs, necesito que asignes agentes a ambas tareas antes de irte hoy. Esto es ahora una prioridad.

Un murmullo colectivo de aprobación acogió sus palabras.

—Laura, antes de que llamara Harriet, nos estabas hablando de Joseph Mallory y de que posiblemente no se lleva bien con su hijo. ¿Puedes ir a verlo mañana y averiguar más sobre esa posible venta de hace cuatro años? Me gustaría que hablaras también con el agente inmobiliario que estuvo implicado, a ver si puedes averiguar quiénes eran los compradores interesados.

—Lo haré, jefa —dijo Laura.

—¿Y qué hay de los visitantes de las rutas? ¿Hay alguna señal de alarma?

—Todavía estamos en ello, jefa. Te informaré si encontramos algo.

—Gracias. —Kay miró la hora en el móvil—. Bueno, ha sido un día largo y necesito que mañana estéis todos al cien por cien, así que vamos a terminar en un minuto. Pero antes de que os vayáis, quiero daros un breve resumen de los hallazgos de la autopsia. Al informe completo de Lucas se le aplican las mismas reglas que a las fotos: si no tenéis autorización para acceder a él, no podréis leerlo, dado parte de su contenido, sobre todo si sois del equipo de administración de Debbie. Pero necesito que entendáis a qué podríamos estar enfrentándonos.

Un silencio se apoderó del equipo mientras ella ordenaba sus ideas.

—Los que ya habéis trabajado conmigo sabéis que no saco conclusiones precipitadas y que considero todos los ángulos al dirigir una investigación de esta naturaleza. Esto no lo encontraréis en el informe oficial, y lo que voy a deciros no sale de esta sala, ¿entendido?

—Sí, jefa.

—Entendido, jefa.

—Bien. —Hizo una pausa para respirar hondo y luego soltó el aire—. Durante la autopsia, Lucas identificó unas marcas en la piel de la víctima, heridas de cuchillo no tan profundas como las otras, que se utilizaron para crear dibujos en ciertos lugares del cuerpo de la víctima. Dice que en algunas culturas, la posición de esas marcas coincide con los chakras utilizados en métodos de curación alternativos: en la coronilla, entre los ojos, la garganta, el corazón, el plexo solar, la zona pélvica y los pies.

—¿Estás diciendo que fue un asesinato ritual? —dijo Kyle, con incredulidad en la voz.

—Quizá, sí —respondió Kay—. Mirad, esto es algo nuevo para mí, y seguro que para muchos de vosotros también, pero quiero que mantengáis la mente abierta durante vuestras pesquisas. Necesito más pruebas para respaldar esta línea de investigación antes de poder destinarle recursos, así que lo que os pido es que lo tengáis en cuenta cuando habléis con la gente. No mencionéis las marcas y mantenedlo fuera de cualquier correo electrónico u otros documentos que salgan de esta sala de incidencias. No quiero que esto se filtre a la prensa, pero informadme si encontráis algo que pueda respaldar los hallazgos. ¿De acuerdo?

—Hecho, jefa.

—Sin problema, jefa.

—Gracias. Eso es todo por ahora. Terminad las tareas pendientes que tengáis en vuestras mesas antes de iros hoy, y os veo mañana a las ocho. Tenéis mi número si me necesitáis mientras tanto.

Mientras sus agentes volvían apresuradamente a sus mesas, se cruzó con la mirada de Gavin y le hizo un gesto para que se acercara.

—¿Qué pasa, jefa?

—Hazme un favor —dijo—. ¿Puedes realizar una

búsqueda en nuestro sistema y buscar otros asesinatos de tipo ritual en la zona, digamos en un período de diez años? Habla también con Paul Solomon, el de Gravesend, dile que de momento es confidencial, pero que si se ha topado con algo parecido durante el tiempo que lleva allí, me gustaría saberlo de inmediato.

—¿Crees que Lucas tiene razón? —dijo Gavin, con el rostro preocupado.

—Espero que se equivoque —respondió ella—. Ya me preocupa que quienquiera que haya hecho esto haya matado antes. Lo que me asusta es que probablemente volverá a matar si no lo detenemos.

CAPÍTULO 16

Cuando Laura pasó en coche por delante de la plantación de lúpulo de los Mallory a la mañana siguiente, ya habían retirado el cordón policial de la cancela de cinco travesaños que separaba el patio de la carretera, y no había ninguna furgoneta de la policía científica aparcada frente a los edificios.

Redujo la velocidad y vio a Cassandra Mallory regresando a la casa desde la dirección de la oficina de la finca, y a un hombre que cruzaba el patio desde uno de los graneros de almacenamiento, dirigiéndose sin prisa hacia un todoterreno que arrastraba un remolque para caballos.

Al pasar junto al muro de piedra que daba al campo de lúpulo, Laura se arriesgó a echar otro vistazo y vio un segundo tractor trabajando entre los sarmientos, acompañado de la plataforma elevadora. Un hombre solo, de pie en la cesta, se inclinaba para cortar el lúpulo antes de que el hombre de abajo lo depositara en el remolque del tractor, con movimientos metódicos.

Luego, el muro se convirtió en un seto y se perdió la vista del Weald.

Laura se concentró en la carretera. El desvío que buscaba estaba solo unos cientos de metros más adelante y, efectivamente, vio una señal descolorida que indicaba el camino a una pequeña aldea a tres millas de distancia, y tomó la bifurcación de la derecha.

Hayas y alerces restaban luz allí, creando un frondoso dosel que favorecía el crecimiento de helechos y musgo a ambos lados de la carretera. Las hojas apenas insinuaban los tonos dorados que seguirían a la cosecha y marcarían el inicio de los meses más fríos, y los arcenes se habían dejado crecer salvajes, con espesas ortigas y hierba compitiendo por el espacio. El asfalto estaba lleno de profundos baches y calculó que, en menos de tres meses, la ruta sería traicionera por el hielo y la nieve.

El camino describía una curva a la derecha antes de ascender por una suave pendiente que bordeaba lo que Laura estimó que era el límite más alejado de la finca de Mallory. De vez en cuando, vislumbraba hileras de lúpulo a través del seto, y luego vio a la derecha una señal que indicaba las dos casas de campo que poseían los Mallory.

Redujo la velocidad para meterse por un carril estrecho con malas hierbas que asomaban por el centro del asfalto y, mientras el coche de servicio se balanceaba y se sacudía sobre la superficie irregular, soltó un suspiro de alivio por estar usando ese y no su propio coche aquel día.

Puede que la suspensión no hubiera sobrevivido.

La casa de campo de Joseph Mallory era la más grande de las dos que la recibieron en la siguiente curva, con un camino de tierra a su izquierda y un bonito jardín delantero lleno de flores y arbustos de floración tardía. Una valla de madera la separaba de la carretera y de la propiedad vecina, que parecía vacía. No había coches aparcados en la explanada de grava que tenía delante, y Laura no vio movimiento alguno tras las ventanas.

En lugar de arriesgarse a aparcar en la carretera, se detuvo en el camino de tierra junto a la casa de Joseph, salió y se colgó el bolso al hombro.

Había una puerta lateral protegida por un porche de madera que daba al camino y, mientras cerraba el coche con el mando, se abrió y reveló a un hombre de unos sesenta y tantos años que la miró desde debajo de unas pobladas cejas blancas y una mata de pelo a juego que le llegaba al cuello de la camisa.

—Es un camino privado —dijo, manteniendo una mano firme en la puerta—. No puede aparcar ahí.

Laura levantó su placa de policía mientras empujaba una cancela de acero galvanizado y caminaba hacia él. —Agente Laura Hanway, de la policía de Kent. Joseph Mallory, ¿verdad?

—El mismo.

Ella asintió, guardó su identificación y señaló el camino de tierra con la barbilla. —¿Espera alguna otra visita hoy?

—No.

—Estupendo. Entonces no habrá problema si lo dejo ahí mientras charlamos, ¿no cree?

El hombre apretó la mandíbula un instante y luego se encogió ligeramente de hombros y se hizo a un lado. — Pensé que era usted periodista o algo por el estilo.

Laura cruzó el umbral y entró en una cocina de tonos

vivos con suelo laminado de roble. Había una tetera en los fogones, una pila de platos en un lavavajillas abierto que parecían recién lavados, y un gato atigrado que la miró con hostilidad desde su asiento en una de las cuatro sillas de pino que rodeaban una mesa cuadrada a juego.

—¿Lo han molestado muchos periodistas? —dijo, de pie en medio de la habitación mientras Joseph echaba al gato por la puerta antes de cerrarla.

—Todavía no —dijo él, señalándole la mesa—. Pero será solo cuestión de tiempo, ¿no?

No supo qué responder a eso, y en su lugar examinó las sillas para ver si tal vez alguna estaba libre de pelos de gato. Resultó ser una búsqueda infructuosa, así que eligió una que daba a la puerta y sacó la libreta de su bolso. —Imagino que se centrarán en la casa principal de la finca, ¿no le parece?

—Quizá. Aunque ya hay bastantes que saben dónde vivo estos días. —Retiró la silla de enfrente y se sentó—. No le voy a preguntar si quiere tomar algo. Es lo que hacen en la tele, y la respuesta es siempre que no.

Laura reprimió una sonrisa. —No se preocupe. Quería preguntarle sobre la época en que usted llevaba la explotación.

—¿Por qué?

—Porque me gustaría tratar de entender por qué han encontrado a un hombre asesinado en uno de sus cultivos...

—Es un campo de lúpulo.

—Perdone, sí, el campo de lúpulo. —Sin inmutarse, Laura pasó a una página nueva y acercó la silla a la mesa

—. Bien, ¿podría decirme en qué era diferente la explotación cuando la llevaba usted?

Joseph se reclinó en la silla y tamborileó con los dedos sobre la mesa un momento; luego suspiró. —Para empezar, no teníamos visitas. No hasta más tarde. Antes de eso, solo nos dedicábamos a la agricultura. Los precios de los cultivos eran buenos (no solo los del lúpulo), teníamos subvenciones de la UE para ayudarnos en los tiempos de vacas flacas, y entonces no había los mismos problemas de suministro.

—¿De quién fue la idea de empezar con las visitas guiadas?

—De Gloria. —La mención del nombre de la mujer le provocó una leve sonrisa—. A ella siempre se le ha dado bien darles una patada en el culo a los demás cuando lo necesitan, y después de que perdiéramos todas las subvenciones, tuve que hacer recortes; contratar a menos personal a tiempo parcial para ayudar con la siembra y la cosecha, por ejemplo. Pero llevaba el negocio con mano firme, siempre lo he hecho.

Laura vio cómo se le tensaba la espalda y, al oír el orgullo en su voz, cambió el rumbo de sus preguntas. —¿Por qué cree que asesinaron a alguien en el campo de lúpulo? Con toda la experiencia que tiene dirigiendo este lugar desde hace años, ¿alguna vez se ha sentido amenazado o...?

—Jamás —dijo él con vehemencia—. No sé qué habrá hecho Justin para merecerse eso, pero conmigo al mando nunca habría pasado.

—¿Cree que es una venganza por algo? —preguntó Laura.

—Tiene que serlo. —Joseph se encogió de hombros—. ¿Por qué si no iba alguien a hacer algo así, y precisamente aquí? No tiene sentido. No, yo creo que ha cabreado a alguien de verdad.

—¿Como a quién?

—¿Le ha hablado de Shane Vincent?

—No, ¿quién es?

—Uno de los trabajadores subcontratados. Shane llevaba años conmigo. —Joseph sacó la barbilla—. Y Justin ni se dignó a hablar conmigo antes de despedirlo.

—¿Suele consultarle lo que pasa en la finca?

—No —dijo Joseph, negando con un dedo—. Y ese es el problema. Tiene mucho que aprender, pero no le interesa.

—¿Por qué despidió a Shane?

—No quiso decírmelo. Dijo que no quería causar problemas en la zona.

—¿Le preguntó a Shane qué había pasado?

—Lo intenté. Lo llamé el día que me enteré, pero me mandó a la mierda y me colgó. Luego lo vi en el supermercado de Staplehurst e intenté hablar con él. Me ignoró, apartó el carro y se fue. No lo he vuelto a intentar.

—¿Tiene sus datos de contacto?

—Espere un momento. —Joseph fue a la encimera que había junto a la vitrocerámica y volvió con el móvil. Se sacó unas gafas de leer del bolsillo de la camisa y le leyó los datos—. También tengo aquí su dirección, por si la quiere.

—Gracias.

—Me interesaría saber qué le cuenta. Me gustaría llegar al fondo de lo que pasó. Esta familia tiene una reputación que proteger, y no puedo permitir que mi hijo vaya por ahí despidiendo a gente que lleva años con nosotros. No está bien.

Laura terminó de escribir y lo miró por encima de la mesa. —¿Qué les habría dicho a sus empleados si hubiera vendido la finca?

—¿Eh?

—Usted tenía pensado vender la finca hace cuatro años, ¿no es así? ¿Qué le habría dicho a todo el mundo si hubiera encontrado un comprador?

Los ojos de Joseph se entrecerraron, y ella vio un destello de ira antes de que él soltara una risa contenida. —Pero no la vendí, ¿verdad?

—¿Por qué no?

—Porque la idea de Gloria sobre las visitas dio resultado. Empezó a anunciarlas en redes sociales, en webs de viajes, en todas partes. Llegamos a tener que contratar a dos empleados a tiempo parcial más para dar abasto con el volumen de gente.

—Ella no mencionó al personal extra. Pensaba que Justin y... Trevor eran los que hacían las visitas —dijo Laura, repasando sus notas—. ¿Cuándo contratan al personal extra?

—Ya no lo hacen. Antes yo lo subcontrataba a una chica de la zona que estudiaba viticultura en la universidad y quería aprender más sobre el negocio del lúpulo, y la otra era una mujer que había regentado un pub y que Gloria conocía. —Joseph frunció el ceño—. Justin las despidió cuando se hizo cargo del negocio.

Laura se reclinó en la silla. —Por lo que me cuenta, me da la impresión de que ustedes estaban enderezando la situación de la finca con las visitas y con la aportación de Justin en las nuevas variedades de lúpulo. ¿Por qué le cedió la finca hace dos años?

Para su sorpresa, el hombre apartó la silla, rodeó la mesa hasta llegar a su lado y entonces se agachó y se subió la pernera del pantalón.

Dio unos golpecitos en la prótesis de titanio. —Porque tuve un accidente, y esto se me complicó antes de que el cirujano tuviera el buen juicio de quitármela. Tardé mucho en recuperarme. Hubo un momento, lo admito, en que pensé que me iba a morir. Y fue entonces cuando Justin, el muy capullo, me propuso que le transfiriera la finca por una miseria para no tener que pagar un pastizal en impuestos de sucesiones. —Se bajó la pernera y volvió a su silla con paso decidido—. Y yo, estúpidamente, acepté.

CAPÍTULO 17

Barnes separó un momento el cinturón de seguridad del coche de su cintura, se removió en el asiento y luego soltó el freno de mano mientras la cola de tráfico avanzaba.

La ruta hacia el sur desde la comisaría solía estar congestionada en el mejor de los casos, pero un autobús se había averiado en uno de los puentes que cruzaban el río Medway y toda la red de carreteras se había paralizado por completo hacía dos horas. Según el agente de tráfico con el que se cruzó de camino al coche de servicio, ya se había avisado a una grúa, pero tardaría otra hora en llegar y, para entonces, los colegios ya habrían terminado la jornada.

—Menuda pesadilla —dijo Kyle a su lado.

—Ni que lo digas.

—¿Qué le pasa al cinturón?

—Nada.

—¿Te queda pequeño?

—Qué graciosillo…

—Habrá sido por toda esa comida chatarra de Italia del mes pasado, sargento. La pasta es lo peor.

—Y que lo digas —masculló Barnes—. Pia ya nos está planeando sesiones extra en el gimnasio. Y eso significa que estaremos comiendo ensalada durante meses. En invierno. ¿Quién hace eso?

—Tú, por lo visto.

Al ver un hueco en el tráfico entre un coche y un autobús, Barnes aceleró y se coló delante de ambos, llegando al último semáforo. Tamborileó con los dedos en el volante y luego se lanzó hacia delante en el momento en que se puso en verde, relajándose en el asiento mientras dejaban atrás la expansión urbana.

Le echó un vistazo a su compañero, que estaba deslizando el dedo por la pantalla del móvil. —¿Has averiguado algo más sobre Roland Hammerton?

—Nada que nos sirva —dijo Kyle—. No ha publicado nada en las redes sociales desde el jueves…

—Probablemente esté teniendo cuidado dadas las circunstancias.

—Eso mismo pensaba yo. He hecho un par de búsquedas sobre él en internet, pero, aparte de una foto que he encontrado en un artículo sobre la granja (y en esa solo está de pie al fondo con el resto de los trabajadores de Justin), no hay nada raro.

—¿Y qué hay de sus trabajos anteriores?

—Sobre todo trabajos manuales, conductor de carretilla elevadora, ese tipo de cosas —dijo Kyle mientras bajaba el móvil—. Y no está en nuestro sistema. Ni siquiera por una multa por exceso de velocidad.

—Vale, pues veamos qué nos dice el dueño de la tienda del pueblo sobre él. Según Hammerton, es donde se compró los cigarrillos el viernes.

Quince minutos después, Barnes aparcó el coche detrás de un todoterreno verde oscuro frente a una tienda de alimentos que era un negocio privado en lugar de una de las muchas franquicias que salpicaban los alrededores.

Al salir del coche, miró a lo largo de una calle curva flanqueada por edificios casi idénticos que albergaban una mezcla de negocios y tiendas. Cada uno tenía la planta baja enlucida en un color pálido entre las vigas oscuras a la vista que surcaban sus fachadas. Este efecto daba paso a paredes de ladrillo rojo en el piso superior, bajo tejas de arcilla más oscuras y, aquí y allá, algunos propietarios habían ampliado la casa hasta el tejado, añadiendo buhardillas para dar luz.

La tienda del pueblo lucía un ventanal a cada lado de su puerta abierta de par en par y exhibía una colección de libros de segunda mano en un cajón a un lado, y cartones de huevos apilados en otro. Una mezcla aromática de pan recién hecho, verduras y lavanda recibió a Barnes mientras entraba.

Le sorprendió ver lo bien surtida que estaba la tienda. Tres pasillos de estanterías lindaban con dos arcones congeladores a la derecha, con las cestas de verduras y el pan expuestos al final de cada uno, de cara a la puerta. Al fondo había dos neveras con puerta de cristal llenas de leche, cerveza y refrescos, junto a las cuales un expositor de tarjetas de felicitación y material de papelería bordeaba el resto de la pared del fondo. Un largo mostrador ocupaba el lado izquierdo de la tienda, y un hombre levantó la vista de su móvil cuando se acercaron.

—Esto parece serio —dijo a modo de saludo.

Barnes levantó su placa. —Oficial Ian Barnes, y mi compañero, el agente Kyle Walker. ¿Qué nos ha delatado?

Hizo la pregunta con buen humor, dándose cuenta de que ver a dos hombres en traje de negocios debía de ser algo poco frecuente en la tienda.

—Pura suerte —dijo el hombre—. ¿En qué puedo ayudarles? No creo que mis empleadas hayan denunciado ningún robo ni nada por el estilo.

—Bueno, ¿señor…?

—Knowles. Warner Knowles.

—Esperábamos que pudiera responder a unas preguntas sobre uno de sus clientes, Roland Hammerton.

Warner enarcó una ceja. —¿Roland?

—Este hombre —dijo Kyle, girando la pantalla del móvil.

—Ah. Ese. —Warner hizo una mueca—. Uno de esos clientes que tienden a hacernos sonreír mucho… cuando se va.

—¿Causa problemas? —preguntó Barnes.

—Lo intenta. Es grosero, más que nada, sobre todo con mi mujer y mi hija. Cada vez que entra, siempre hay algún problema. Pequeñeces, pero es un incordio de todas formas.

—¿Ha sido violento alguna vez?

—Se ha enfadado, sí. Pero no ha sido violento, no conmigo.

Barnes se giró al oír unos pasos y vio a un hombre de unos sesenta años entrar en la tienda.

Echó un vistazo a los dos detectives, saludó a Warner con un gesto de cabeza y luego se dirigió directamente a un expositor de periódicos junto a la puerta, tomándose su tiempo para examinar las verduras de paso.

Volviéndose hacia el dueño de la tienda, Barnes bajó la voz. —¿Estuvo aquí el viernes, digamos entre las tres y media y las cuatro y media?

Warner puso cara de pensativo. —Sí que vino por la tarde, pero no estoy seguro de la hora. Compró tabaco y un pack de seis cervezas y luego se fue. Pagó con tarjeta. Puedo mirar la grabación de la cámara si quieren la hora exacta.

Barnes miró hacia donde señalaba el tendero y vio una luz led roja que parpadeaba encima de una cámara sujeta con un soporte al techo, sobre una puerta interior que estaba cerrada y tenía un cartel que decía "privado". —Si no le importa, estaría genial. ¿Tiene más cámaras?

—Una fuera, apuntando a lo largo de la calle para que grabe la puerta de entrada, y otra detrás que cubre la salida de incendios. Es la única puerta que hay ahí, y separa nuestro almacén y la oficina de la zona de reparto.

—Aparte de la grabación del viernes, ¿podría darnos una copia de todas las grabaciones desde el domingo hasta el martes por la mañana?

—¿De qué va todo esto? —dijo Warner, y luego levantó una mano—. Buenos días, George. ¿Lo de siempre?

—Sí, por favor. —El cliente se deslizó junto a Kyle, dedicó una sonrisa recelosa a los detectives y luego centró su atención en el tendero, que sacó de debajo del mostrador un sobre marrón de tamaño A4 y se lo deslizó a George.

—¿Eso y el periódico, entonces? —dijo Warner.

—Sí. —El hombre sacó un billete de diez libras de la cartera y casi le arrebató el cambio—. Gracias. Hasta mañana.

Salió apresuradamente de la tienda, con las mejillas ardiendo, y Warner soltó una risita al ver la cara de perplejidad de Barnes. —No se preocupe, George es inofensivo.

—¿A qué ha venido eso? —dijo Kyle, desconcertado.

El tendero sonrió de oreja a oreja. —Algunos clientes son de la vieja escuela, prefieren las revistas a internet. Y algunas revistas no se pueden tener a la vista. Para empezar, entran demasiados niños en la tienda. Sin mencionar al vicario y su mujer.

Kyle se sonrojó al darse cuenta. —Ah.

Barnes se rio de la vergüenza de su compañero y luego se puso serio de nuevo. —¿Cuándo podría darnos esas grabaciones?

Como respuesta, Warner rodeó el extremo del mostrador y se dirigió al expositor de material de papelería antes de regresar con un fino paquete de cartón que sostuvo en alto. —Si me compran la tarjeta de memoria, se lo copio todo ahora mismo. Aunque tendrán que vigilarme la tienda mientras lo hago; estoy solo hasta que Mandy vuelva de casa de su madre.

—Trato hecho —dijo Barnes, y luego le dio un empujón a Kyle—. Venga, ponte detrás del mostrador. Creo que tú tienes más posibilidades que yo de averiguar cómo funciona esa caja.

<h1 style="text-align:center">CAPÍTULO 18</h1>

Kay salió de la cafetería de High Street, en Maidstone, y entrecerró los ojos ante la brillante luz del sol antes de acercarse a donde Barnes la esperaba a la sombra del toldo de una zapatería y le entregó uno de los vasos para llevar.

—Gracias, jefa. —Levantó el móvil—. Kyle ha puesto a Sean Gastrell a revisar las grabaciones de las cámaras de seguridad de la tienda del pueblo mientras él localiza al agente que vende el pub que cerró para conseguir los datos del antiguo propietario. Warner Knowles instaló una cámara en el exterior de la tienda para vigilar la puerta de entrada, pero también enfoca a la carretera en dirección a la granja. Con un poco de suerte, conseguiremos una imagen más clara de Roland Hammerton con esas grabaciones de la que hemos sacado hasta ahora de las redes sociales, y puede que lo pillemos conduciendo hacia la finca de los Mallory el domingo por la noche. Nunca se sabe.

—Merece la pena intentarlo. Sinceramente, cualquier avance ahora mismo sería un logro.

Siguieron la carretera, que describía una curva de vuelta hacia el río, y luego usaron el paso de peatones para llegar a un sendero estrecho que atravesaba el cementerio centenario de la iglesia de Todos los Santos.

Mientras Kay recorría con la mirada las inscripciones desvaídas, se preguntó cómo diablos iban a identificar a la víctima y qué demonios le iba a decir a su familia.

—¿No hay noticias sobre la identificación, jefa? —preguntó Barnes.

Ella sonrió, a pesar de sus sombrías reflexiones. Su oficial tenía una asombrosa habilidad para leerle el pensamiento, que era lo que los convertía en un equipo tan bueno cuando las cosas se ponían en su contra. —Todavía no. Lucas ha llamado mientras estabas fuera. Ha enviado solicitudes de historiales dentales y una búsqueda de ADN más amplia. Alguna de esas empresas de investigación de árboles genealógicos podría encontrar algo que nos ayude, o al menos que nos oriente en la dirección correcta.

—Eso espero.

Al final del sendero, giraron a la derecha y siguieron un antiguo camino de carruajes adoquinado que bajaba hasta el río, donde se había colocado un banco de madera junto al muro de piedra del Archbishop's Palace. Era media mañana y reinaba la tranquilidad, sin tráfico de peatones que los interrumpiera y con los patos que pasaban como única compañía.

Kay se sentó con un suspiro y bebió un sorbo de café. —Lucas también me ha enviado por correo electrónico una foto retocada de nuestra víctima, así que veremos esto y luego iremos a ver a los Mallory por si ahora lo reconocen.

Cassandra, para empezar, obviamente todavía no lo ha visto.

—Dios sabe que nos vendría bien un avance, jefa. —Barnes se acercó a la barandilla que separaba el sendero del caudaloso río y se giró para mirarla—. Han pasado, ¿qué?, ¿cinco días desde que Lucas cree que lo mataron?

—Y, según Harriet, hay al menos tres personas sueltas por ahí que saben algo sobre su muerte.

Barnes negó con la cabeza. —Tres personas que sabían lo que hacían, por lo que parece. Quiero decir, tuvieron que haber estudiado esa ruta a pie antes de llevar a la víctima hasta allí, ¿no?

—Desde luego, habría sido un riesgo tremendo aparecer sin más y dar por sentado que podrían llevarlo por esa vía pecuaria hasta el campo de lúpulo.

Su colega se quedó paralizado, con el vaso de café a medio camino de la boca.

—¿Qué pasa? —preguntó ella.

—Cazadores furtivos. —Tomó un sorbo y luego se acercó al banco y se sentó, con la mirada perdida en el río mientras hablaba—. Los cazadores furtivos siempre están cortando las vallas de los agricultores para arrastrar los cadáveres de los ciervos. También sabrían cómo destripar a alguien basándose en eso, ¿no?

—Joder. —Kay se enderezó y sacó el móvil—. Tienes razón. Espera, voy a llamar a Mark Weston, del Equipo de Tareas Rurales.

Barnes guardó silencio mientras ella marcaba el número de móvil del agente uniformado, y maldijo en voz baja cuando saltó el buzón de voz.

—¿Mark? Soy la inspectora Kay Hunter de Maidstone.

Estamos llevando una investigación de homicidio que podría tener alguna vaga relación con cazadores furtivos locales. Me preguntaba si podrías llamarme, por favor, cuando recibas este mensaje. Gracias. —Terminó la llamada y se acabó el café—. Vale, Ian. Vamos a ver qué puede decirnos Justin Mallory sobre nuestra víctima.

———

Cuando Barnes entró con el coche en el corral de la granja veinte minutos más tarde, Daniel Ionescu caminaba tranquilamente desde la dirección del campo de lúpulo hacia el más grande de los dos graneros, con la guadaña al hombro.

El rumano observó a los dos detectives con curiosidad mientras salían del coche, hizo ademán de levantar la mano para saludar, pero pareció pensárselo mejor y frunció el ceño.

—¿Han vuelto? —preguntó a voces.

—Me temo que sí —dijo Kay. Se acercó a él—. ¿Cómo están usted y Alexandru?

Daniel bajó la guadaña y se encogió de hombros. —Yo estoy bien. Alex…, no tanto. No creo que esté durmiendo. Vivimos en la misma casa en el pueblo, y lo oigo gritar por la noche.

—¿Tiene a alguien con quien pueda hablar, quizás un médico?

—No irá —dijo el hombre con una leve sonrisa—. Es un hombre muy orgulloso.

—Esa impresión me ha dado. —Kay examinó el patio con la mirada—. ¿Está Justin por aquí?

—Él y Trevor están en una reunión —dijo Daniel, señalando la oficina de la granja—. Creo que es importante; los dos parecían serios cuando han entrado.

Kay frunció el ceño mientras su mirada recorría los vehículos del patio. —¿No veo a ninguna visita. ¿Sabe con quién es la reunión?

—Es por internet. Con un cliente, creo.

—¿Tiene idea de cuánto tardarán?

—No, lo siento.

—¿Y Gloria?

—Se ha ido hace media hora, tenía cita en el dentista. Volverá más tarde.

—¿Está Cassandra por aquí?

—En alguna parte. —Daniel giró sobre sus talones y se llevó una mano a la frente para protegerse los ojos del sol —. Pero no sé dónde.

Kay suspiró, miró a Barnes y luego al coche. —Bueno, no tiene sentido volver a Maidstone ahora. Será mejor que demos una vuelta hasta que Justin esté libre.

—Le haré saber que están aquí si le veo yo primero —dijo el rumano, y siguió caminando hacia el granero, silbando por lo bajo.

—¿Quieres que echemos otro vistazo a donde encontramos a la víctima ahora que los de Harriet han recogido y se han ido, jefa? —dijo Barnes.

—Buena idea. Al menos eso nos dará la oportunidad de ver también la ruta que sus asesinos tomaron de ida y vuelta desde el camino de herradura. De hecho, empecemos por ahí.

Dejando las chaquetas en el coche, Kay y Barnes siguieron el camino que salía del corral y atravesaba la verja hacia el campo de lúpulo, luego giraron a la derecha y siguieron una suave pendiente hasta donde un seto de zarzas ocultaba la mayor parte del límite. Había un hueco en el seto donde se veía la alambrada de espino, y fue allí donde Kay vio cuatro puntas de alambre erizadas hacia arriba.

Más allá había un estrecho sendero de tierra que separaba el campo de lúpulo del campo vecino, la tierra compacta y reseca grabada con impresiones de herraduras aquí y allá.

—¿Quiere verlo más de cerca, jefa? —preguntó Barnes. Estiró la mano y apartó con cuidado el alambre de espino roto—. Diría que podrá colarse por aquí.

—Gracias. —Kay se abrió paso superando el alambre, con cuidado de no enganchárselo en la camisa o los pantalones, y luego se detuvo al borde del camino de herradura y miró a la derecha y a la izquierda—. Por ahí se va al apartadero de la carretera principal, y veo las huellas que mencionó Harriet. No van más allá de aquí. Después de este tramo de valla solo hay huellas de cascos.

Barnes se asomó por encima del resto de la valla hacia donde ella miraba. —Consulté el mapa antes de venir. Si se va a la derecha, en lugar de seguir el camino de herradura hacia la carretera, se llega a una casa señorial a unos tres kilómetros. Ofrecen rutas a caballo en su página web.

—¿Hay alguna posibilidad de que tengamos grabaciones de sus cámaras de vigilancia?

—Sean ya lo ha comprobado, jefa. No había señales de nuestra víctima ni de sus atacantes por la casa señorial durante el fin de semana, y los dueños han informado de que no han visto nada fuera de lo normal. La última clase de equitación en grupo que sacaron fue el miércoles pasado, y han confirmado que no pasó por aquí cerca.

—Vale, entonces podemos descartar que los asesinos exploraran la granja de lúpulo por esa vía —dijo Kay. Se asomó por el camino de herradura hasta donde la valla había sido cortada hacia el campo de trigo—. Echaremos un vistazo al apartadero de vuelta, por ahora vamos a ver otra vez el campo de lúpulo.

Barnes sujetó el alambre de espino mientras ella volvía a pasar y luego señaló con la barbilla la escena del crimen.

—¿Quieres que hagamos la ruta que hicieron ellos?

—Sí, nos ayudará a hacernos una idea de los problemas que podrían haber tenido que superar para hacer esto. Mira, se puede ver por dónde marcaron la ruta los de Harriet.

—Hemos tenido una suerte de narices con que no lloviera, jefa —dijo él, con las manos en los bolsillos mientras caminaba a su lado sin apartar la vista del suelo —. Podríamos haber perdido muchísimas pruebas.

—¿Pero no estaba previsto? Estoy segura de que Adam dijo algo de que esperaba un chaparrón el domingo por la noche, porque iba a revisar la valla del huerto.

—Debe de ser duro tener una pareja que es veterinario. —Barnes soltó una carcajada ahogada—. ¿Supongo que está paranoico después de la última vez?

—Un poco. Sinceramente, esa oveja es buena para mantener la hierba a raya, pero es una auténtica artista del escapismo.

El sonido de un tractor trabajando en uno de los campos en lo alto de la colina lo traía la brisa, y en alguna parte un abejorro zumbaba de un lado a otro entre la hierba alta que adornaba la base leñosa de la cosecha.

Kay se puso seria al llegar a la primera hilera de plantas trepadoras y paseó la mirada por los emparrados que desaparecían ladera arriba.

Aquí, las piñas de lúpulo eran gruesas y abundantes, el suelo más blando debido al drenaje natural de la tierra fértil, y retrocedió un paso ante el penetrante aroma.

—Es casi abrumador —dijo, estirando el cuello para mirar la parte superior del sarmiento antes de seguir caminando—. Y parece que se te echan encima, ¿verdad?

—Aquí en medio te puede entrar bastante claustrofobia —convino Barnes—. Lo mismo que en el maizal de allí atrás. ¿Te has dado cuenta de que también amortiguan el sonido?

Kay se detuvo y luego asintió. —Vale, puede que la dirección del viento haya cambiado, pero ahora no oigo tan bien el tractor, ¿y tú?

—No. Y, de nuevo, supongo que eso ayuda a explicar por qué nadie lo oyó. —Barnes se estremeció—. O eso, o que cuando gritó confundieron su chillido con el de un zorro.

—Es mejor no pensarlo, ¿verdad? Lucas no dijo nada de que la víctima estuviera amordazada, así que sus asesinos se sentían lo bastante seguros como para no molestarse —Kay se detuvo en un cruce de los emparrados —. ¿Por dónde a partir de aquí?

—A la izquierda, creo. Y luego a la derecha en el siguiente tramo.

—¿O todo recto por aquí y luego a la izquierda?

—De cualquier forma sirve, pero Harriet encontró las huellas de las botas yendo hacia la izquierda.

—De acuerdo. Podemos volver por ese camino. Quiero hacerme una idea de por qué no cortaron esos sarmientos el lunes y por qué no se descubrió a nuestra víctima hasta el día siguiente. Veinticuatro horas no pueden suponer una gran diferencia, ¿o sí?

—Creo que sí —dijo Barnes, siguiéndola—. He estado viendo uno de esos documentales sobre agricultura y siempre están dale que te pego con si un cultivo está listo para la cosecha y si conseguirán ganarle la partida a la lluvia.

—Supongo que eso suele ir acompañado de una música dramática para aumentar la tensión, ¿no? —replicó Kay, y se le marcaron los hoyuelos en las mejillas.

—Estás en lo cierto.

El sonido del motor de otro tractor llegó hasta ellos cerca de los límites de la hilera de emparrados, y pasó a su lado, conducido por un hombre de unos cincuenta años con una mata de pelo de color arena. Levantó una mano a modo de saludo y luego siguió su camino; el motor se detuvo un poco más adelante en el campo de lúpulo.

—Ese es Howard, el tipo que estaba trabajando con Alexandru el martes, ¿no? —dijo Kay.

—Sí, no te preocupes, está descartado. Kyle le comprobó los antecedentes junto con los del resto del personal. Nada que reseñar.

—Joder, Ian. Llevamos casi cuarenta y ocho horas con esto y todavía no tenemos un móvil. ¿Ha conseguido alguien en la comisaría averiguar algo más sobre Roland Hammerton?

—Nada todavía, jefa. El equipo de Andy en informática forense sigue investigando, pero el tipo no es muy activo en las redes sociales ni nada por el estilo.

Los emparrados formaban una suave curva cerca de la cima de la ladera, y Kay siguió caminando con dificultad, dándole vueltas a la cabeza. En algún lugar, al menos tres personas eran culpables de torturar y asesinar a un hombre y, sin embargo, no tenían ni idea de quién era, ni de por qué lo habían matado… ni de por qué lo habían matado aquí, precisamente, cuando parecía que los Mallory no tenían enemigos de los que hablar y un negocio que prosperaba hasta que…

—¿Jefa? Échale un vistazo a esto.

Se quedó helada y luego miró por encima del hombro a Barnes, que se había detenido junto a la base de los sarmientos al final del último emparrado por el que habían pasado, con la mirada fija en el tocón leñoso de una planta que había amarilleado y se había marchitado. Volviendo sobre sus pasos hasta donde él estaba, frunció el ceño. —¿Muerta?

—Sí, mira. Todas las plantas de este extremo de la hilera están así. Y las de detrás, pero no están tan mal.

—Pero todas las demás de por aquí están bien, fíjate. ¿Qué crees? ¿Las han atacado los bichos o algo?

—No hay marcas de mordiscos, ni las manchas que les salen a las hojas de los rosales.

Kay dirigió su atención a la cima de la ladera hacia la que se habían dirigido. —Preguntémosle a ese tal Howard. Puede que no sea nada, pero…

—A mí me parece que las han envenenado, jefa —dijo Barnes—. Pero no soy ningún experto en jardinería.

—Aun así, no parecen sanas, ¿verdad? Vamos.

Subió la colina a paso ligero y encontró el tractor aparcado unos metros a la derecha.

Howard estaba inspeccionando una hilera de sarmientos un poco más adelante y ella lo saludó con la mano para llamar su atención. Parecía reacio a hablar, pero se acercó con paso lento y la miró con recelo. —¿Sí?

Kay sacó su placa. —Inspectora Kay Hunter, y mi compañero, el oficial Ian Barnes. Dirijo la investigación del asesinato del hombre encontrado aquí el martes. ¿Puede confirmar su nombre, por favor?

—Howard Masters.

—¿Cuánto tiempo lleva trabajando aquí?

—Unos cuantos años.

—¿Y a qué se dedica?

—Ayudo a gestionar la cosecha y superviso la siembra. —Se enderezó un poco, orgulloso—. Gracias a mí nos va tan bien con las diferentes variedades. Puede que Justin y su padre las eligieran, pero soy yo quien las lleva hasta esta fase.

—Excelente, entonces quizá pueda ayudarme. Estábamos echando un vistazo para hacernos una idea del lugar y hemos visto que hay un par de hileras de plantas trepadoras por allí atrás que parece que las envenenaron en algún momento. ¿Qué ha pasado?

A Howard se le ensombreció el rostro y se dio la vuelta.

—Será mejor que le pregunten por eso al jefe o a Trevor —dijo por encima del hombro—. No puedo hacer comentarios al respecto.

CAPÍTULO 19

—Espera.

Kay se detuvo en la cancela que separaba el campo de lúpulo del patio de la granja y le levantó la mano a Barnes, haciéndole señas para que se acercara a su coche. —Antes de hablar con Justin, quiero llamar a Gavin sin que nos oigan.

Su compañero frunció el ceño, pero la siguió y luego le dio la espalda para examinar los edificios mientras ella marcaba un número en la marcación rápida de su móvil. Al levantar la vista, no vio que nadie se acercara y, con Barnes vigilando atentamente, puso el altavoz del teléfono para que él pudiera escuchar.

—¿Sí, jefa? —dijo Gavin con voz apurada.

—¿Va todo bien?

—Sí, solo que está llegando mucha información ahora mismo. No hay de qué preocuparse.

Ella sonrió ante aquello, agradecida por su entereza bajo presión. —¿Recuerdas tu teoría de que dejaron aquí a la víctima para arruinar la reputación de los Mallory?

Puede que tengamos algo de lo que tirar con eso. ¿Puedes consultar con Kyle quiénes son los competidores más directos de Justin y si se ha hecho alguna amenaza velada en el último año? Pienso en pullas en redes sociales, entrevistas en revistas del sector, cosas así. También puedes pedirle al equipo de investigación financiera de la central que te eche una mano si lo necesitas. Amanda Miller sigue allí, y le interesará si crees que hay algo de soborno o coacción desde la perspectiva del crimen organizado, si es que lo hay.

—Ya estoy en ello, jefa. Pensé lo mismo después de hablar ayer con la agencia que contrata a Alexandru y a los demás. No quería molestarte por si no servía para nada. Kyle ha empezado a investigar, pero no se me había ocurrido pedirle ayuda a Amanda. Gracias.

—De nada. Avísame en cuanto encuentres algo.

Kay colgó y guio a Barnes hacia la parte del establo reconvertido donde estaba la oficina de la granja. Oía voces al otro lado de la puerta cerrada, y la golpeó dos veces con los nudillos antes de entrar.

Justin Mallory y otro hombre estaban uno frente al otro en el escritorio. No podía verle la cara al otro hombre, pero la de Justin era la viva imagen de la desdicha, y la miró con ojos resentidos cuando Barnes entró tras ella.

—¿Sí? —dijo—. Estamos bastante ocupados en este momento, como puede ver. ¿Qué desea?

Kay enarcó una ceja como respuesta y luego señaló la pantalla del ordenador, que mostraba una hoja de cálculo abierta. —¿Entiendo que su videoconferencia ha terminado?

—Todavía la estamos comentando —dijo Justin—. ¿No puede esperar?

Kay lo ignoró un momento y se volvió hacia el hombre que estaba en la otra silla. —Creo que no nos conocemos. Soy la inspectora Kay Hunter y estoy al cargo de la investigación del asesinato del hombre que apareció aquí en el campo. ¿Y usted es…?

El hombre frunció el ceño. —Trevor Leavitt. Soy el encargado de la granja.

—Excelente. —Kay les sonrió a ambos—. Entonces tengo a los dos expertos que necesito. ¿Qué pasa con el lúpulo de las espalderas, unas hileras más allá de donde se encontró a la víctima? Está todo amarillento y marchito.

Vio el fugaz cruce de miradas entre los dos hombres, y luego Justin le hizo un gesto displicente con la mano.

—Lo estamos investigando. Es solo un incidente aislado, esperemos que no sea nada de lo que preocuparse.

—¿De verdad? Parecen plantas que estuvieron perfectamente sanas durante un tiempo; al fin y al cabo, son tan altas como las de al lado.

—Este año no han agarrado tan bien. A veces pasa —dijo Trevor.

—Parece que las han envenenado —dijo Kay, y vio cómo se tensaba la mandíbula de Justin.

—Como acabo de decir, lo estamos investigando. —Se inclinó hacia delante cuando la pantalla del ordenador se quedó en blanco y movió el ratón hasta que la hoja de cálculo reapareció—. Y, como puede ver, todavía estamos en una reunión, así que, si eso es todo…

—En realidad —dijo Barnes, metiéndose la mano en el bolsillo y desdoblando una sola página antes de entregársela—, ahora que tenemos una imagen más nítida de la víctima, nos preguntábamos si podría volver a echarle un vistazo y ver si lo reconoce.

Justin negó con la cabeza. —No lo he visto en mi vida.

—¿Está usted seguro? —preguntó Barnes—. Mire de nuevo.

—Estoy seguro.

—¿Y usted? —Barnes le entregó la fotografía a Trevor.

El hombre negó con la cabeza. —Lo siento, no.

—Cuando hablamos con usted el martes, señor Mallory, le pregunté si estaba teniendo algún problema aquí —dijo Kay, observando a Barnes doblar la fotografía y guardársela de nuevo en el bolsillo antes de mirar al granjero para evaluar su expresión—. ¿Le gustaría modificar su declaración?

—No. No hay nada malo en la forma en que dirijo este lugar.

—No he dicho que lo haya —replicó Kay—. Pero tiene media hilera de tallos podridos entre la nueva variedad que está promocionando, que parecen haber sido envenenados, y luego a un hombre lo torturaron y asesinaron a pocos metros de distancia. ¿Por qué le dijo a su gente que no cosechara esas hileras el lunes? ¿Esperaba usted encontrarlo?

A Justin se le puso la cara blanca. —No, no es verdad. La cosecha no estaba lista para recogerse, por eso les dije que empezaran por las otras hileras. Ya se lo he dicho, no he visto a ese hombre en mi vida.

—Pero usted sabe algo —dijo Kay—. ¿A que sí? Y usted también.

Centró su atención en Trevor, que intentaba adoptar

una postura despreocupada en la silla a su lado, arruinada porque tenía las uñas clavadas en los reposabrazos. —¿Les están amenazando a alguno de los dos?

—No —espetó Trevor—. Solo estamos muy ocupados, como ya le ha explicado el señor Mallory.

Justin alzó una mano en un gesto apaciguador. —Mire, inspectora Hunter. No me importa responder a sus preguntas, pero tengo una granja que dirigir. No puede irrumpir aquí así como así…

—Sí, sí que puedo. —Kay lo fulminó con la mirada—. Y lo haré si lo considero necesario para mi investigación. Sobre todo si creo que puede haber otras vidas en peligro.

Las cejas del granjero se dispararon hacia arriba. —¿Otras vidas? ¿Qué quiere decir?

—Actualmente hay al menos tres personas en libertad que saben algo sobre la muerte de ese hombre —dijo Kay con frialdad—. Tres personas que sabían cómo llegar a sus lúpulos desde la carretera principal usando un sendero y el maizal de su vecino para no ser vistas. Esas mismas tres personas se las arreglaron para crucificar a su víctima en medio de su cosecha y luego destriparla sin que nadie las molestara. Y si se salen con la suya, ¿qué les impedirá volver a hacerlo?

La cara de Justin pasó del blanco al amoratado. —¿Cree que volverán?

—¿Y usted? ¿Lo cree?

Se libró de responder por unos secos golpes en la puerta, justo antes de que Cassandra entrara como una exhalación, sin aliento.

—No te vas a creer lo que ha hecho ese cabrón mentiroso… —logró decir, pero se tapó la boca con una mano al ver a Kay y a Barnes—. Oh, lo siento muchísimo… No he visto su coche fuera.

—No se preocupe —dijo Kay con calma—. ¿A qué cabrón mentiroso se refería?

La mirada de Cassandra saltó de ella a Justin y de vuelta, abriendo y cerrando la boca. —Eh…

—Díselo, sea lo que sea —dijo Justin con voz cansada —. Da igual, que nos enteremos todos. De verdad, esta semana…

Como respuesta, su mujer alzó una carta y un sobre blanco roto. —Esto. Es de un bufete de abogados de Maidstone. Acaba de llegar por envío urgente, y dice que esperemos también un correo electrónico suyo esta mañana.

—¿Qué ocurre? —preguntó Kay.

Cassandra se volvió hacia ella. —El puñetero Roland Hammerton, eso es lo que ocurre. Va y presenta una demanda por lesiones personales por ese estúpido y pequeño accidente que tuvo el viernes. Quiere demandarnos por miles de libras de indemnización.

CAPÍTULO 20

Gavin pasó el pulgar por el hilillo de condensación que resbalaba por la lata fría de bebida energética y contempló la pizarra blanca del fondo de la sala, girando en su silla de un lado a otro.

Chirriaba cada vez que giraba a la izquierda, pero él no lo oía.

El aire acondicionado le soplaba en la nuca con la fuerza de un vendaval y le ponía la piel de gallina en los antebrazos, pero él no lo sentía.

En lugar de eso, paseó la mirada por las notas entrecruzadas que cubrían la superficie de la pizarra mientras el sol poniente arrojaba un suave resplandor rosado sobre ella y observó la fotografía de Roland Hammerton, clavada con una chincheta en la esquina superior derecha, frente a la de la víctima, apretando la mandíbula.

—Tres días —murmuró—. Nos ha costado tres malditos días.

Una pelota antiestrés de goma le golpeó en la nuca,

sacándole de sus pensamientos. Se giró y vio que Laura lo fulminaba con la mirada. —¿Qué?

—O le pones aceite a esa maldita silla o dejas de moverte, por el amor de Dios —dijo—. Me saca de quicio.

Él suspiró, le devolvió la pelota, acercó la silla a su escritorio y dio otro sorbo a la bebida energética antes de apartar la lata para coger el ratón del ordenador. Pinchó en las últimas actualizaciones de la base de datos, reprimió una sensación de decepción casi abrumadora y empezó a revisar de nuevo las declaraciones de los testigos.

—Yo también pensaba de verdad que había sido Roland —dijo Laura—. Al leer las notas de Ian después de que él y Kay lo interrogaran, me dio la impresión de que ocultaba algo.

—Y lo ocultaba —dijo Gavin—. Solo que no era lo que pensábamos que ocultaba.

—Al menos descubrimos dónde estaba el lunes. —Barnes se acercó y dejó el móvil y las llaves del coche sobre su escritorio antes de apoyarse en él y pasarse una mano por su pelo rapado—. Reunido con los abogados.

—He oído que ese bufete también tiene fama de llevar reclamaciones dudosas —dijo Laura—. Se especializan en esos casos de "si no ganas, no pagas" que tardan una eternidad en llegar a juicio, le cuestan al demandado una fortuna y al final solo le dan a la víctima mil o dos mil libras después de cobrar sus honorarios.

Kyle terminó la llamada que estaba haciendo y preguntó a voz en grito: —¿Qué van a hacer los Mallory?

—Se reúnen con su abogado por la mañana. Basándonos en nuestras conversaciones con Roland, podemos proporcionarles pruebas de que ha estado conduciendo y parece moverse bien —dijo Barnes. Se encogió de hombros—. Podría ayudarles a demostrar que su reclamación es fraudulenta, pero ya veremos.

Gavin miró por encima del hombro cuando la puerta de la sala de incidencias se abrió con tal fuerza que golpeó la pared de yeso que había detrás.

Kay se dirigió con paso firme hacia la pizarra, quitándose la chaqueta mientras caminaba, y la arrojó junto con su bolso sobre un escritorio cercano antes de encararse a la sala, con las manos en las caderas.

—Muy bien, todo el mundo. Reunión. Ahora.

—Se ha liado parda —le susurró Gavin a Laura mientras se acercaban a toda prisa.

—Ya te digo —respondió ella. Luego guardó silencio ante una mirada de advertencia de la inspectora.

Kay comenzó la reunión en cuanto el último culo de un agente uniformado encontró una silla. —Para aquellos de vosotros que no os hayáis enterado, Roland Hammerton ya no es una persona de interés en esta investigación. Ha trascendido en la última hora que está presentando una reclamación por lesiones personales contra los Mallory por un incidente que ocurrió en la granja el viernes y que no tiene ninguna relación con nuestro caso. En resumen, llevamos tres días de investigación de asesinato y hemos vuelto a la casilla de salida. No tenemos móvil ni sospechosos. Y, a menos que uno de vosotros haya obrado un milagro mientras he estado en la granja esta mañana, tampoco sabemos aún quién es nuestra víctima.

Los uniformados y detectives reunidos permanecieron en silencio, de tal modo que Gavin solo podía oír un susurro de los conductos del aire acondicionado y un suave gorgoteo de la cafetera.

—Vale, pues reseteemos y veamos por dónde seguimos —continuó Kay. Quitó la fotografía de Roland Hammerton de la pizarra, hizo una foto de las notas relacionadas con su móvil, luego las borró de la pizarra y destapó un rotulador —. Lo que sí descubrimos mientras estábamos en la granja es que alguien ha envenenado una sección de las plantas de lúpulo, unas hileras más atrás de donde se encontró a la víctima, y Justin y el encargado de la granja no saben explicar ni quién ni por qué. Gavin, Kyle, ¿alguna noticia sobre la competencia?

Gavin se aclaró la garganta y se puso en pie antes de buscar un lugar donde todo el mundo pudiera verlo. —Hay otras dos granjas de lúpulo en un radio de diez kilómetros del negocio de los Mallory, pero llevan mucho tiempo establecidas y no ha habido ninguna queja relacionada con ellas. Me tomé la libertad de hablar con los propietarios de cada una y, aunque hay cierta competencia amistosa entre ellos, hablaron muy bien de lo que Justin ha estado haciendo desde que relevó a su padre. Uno de ellos llegó a decir que a menudo se han prestado maquinaria mutuamente cuando alguno ha tenido un aprieto.

Se volvió hacia Kay. —No hemos encontrado nada que sugiera que una de las otras granjas de lúpulo tenga algo que ver con nuestra investigación, jefa, lo siento. He ampliado incluso la búsqueda para incluir a sus proveedores habituales y tampoco hay nada raro ahí.

—Maldita sea —suspiró Kay y le volvió a poner el capuchón al rotulador.

Gavin se giró al percibir un movimiento por el rabillo del ojo y vio que Laura tenía la mano levantada.

—Jefa —dijo ella—, cuando he hablado con Joseph Mallory esta mañana, me ha comentado que, desde que se hizo cargo de la granja, Justin despidió a tres empleados veteranos. Parece que un tipo se lo tomó especialmente mal, así que me pregunto si podría guardarles algún tipo de rencor.

—¿Qué sabes de los empleados hasta ahora? —preguntó Kay.

Laura señaló por encima del hombro con el pulgar. —Acabo de empezar a revisar sus redes sociales de la época y a elaborar perfiles de cada uno. También había dos mujeres que ayudaban con las visitas guiadas a la plantación de lúpulos. Te informaré en cuanto encuentre algo.

—Sí, gracias —dijo Kay—. Si hay un problema, hace que te preguntes por qué han esperado tanto para vengarse. Quiero decir, Joseph le cedió la granja a Justin hace... ¿qué, dos años?

—La venganza y el odio pueden enconarse con el tiempo, jefa —dijo Barnes—. Ya lo hemos visto antes.

—Cierto. —La inspectora se volvió hacia Laura—. De acuerdo, coordínate con Gavin para continuar esas pesquisas. Gav, a ver si puedes averiguar dónde están trabajando ahora esas personas y si hay algo en su pasado que pueda indicar un historial violento. Laura, creo que tú y yo deberíamos hablar con Cassandra Mallory por la mañana para saber qué opina de su suegro.

—De acuerdo, jefa. Te recogeré un poco antes de las ocho.

Gavin vio a Kay mirar por la ventana un momento, con los hombros caídos, antes de que negara ligeramente con la cabeza y volviera a centrarse en su equipo.

—¿Alguien tiene algo que añadir mientras estamos aquí?

Kyle levantó la mano. —Jefa, Sean y yo hemos estado revisando las grabaciones de las cámaras de seguridad de la tienda del pueblo donde Roland compró los cigarrillos. Sé que ya no es sospechoso, pero nos dimos cuenta de que la cámara exterior enfoca a la calle y en dirección a la granja de los Mallory. Pusimos la grabación del domingo por la noche desde las siete en adelante y creo que podríamos haber encontrado el vehículo utilizado para transportar a la víctima a aquel apartadero. Es una posibilidad remota, pero estamos bastante seguros de que es el único vehículo en esa grabación en el que cabrían la víctima y sus tres asesinos.

—¿De verdad? —Las cejas de Kay se dispararon hacia arriba mientras los otros agentes empezaban a hablar en susurros emocionados—. ¿Cómo de seguros estáis?

—Dicho de otro modo, jefa —dijo Sean Gastrell—, hemos pasado las matrículas por el sistema justo antes de esta reunión y eso ha confirmado que el propietario de la furgoneta que aparece en la grabación denunció su robo el domingo por la mañana en un negocio de fontanería cerca de Wrotham Heath. No se enteró hasta que volvió al trabajo el lunes.

—Tenía pensado pasarme por allí por la mañana para interrogarlo —añadió Kyle—. Está en un trabajo en Sittingbourne en este momento y no puede hablar con nosotros hoy.

El rotulador de Kay ya estaba arañando la pizarra. —Buen trabajo, vosotros dos. Y Kyle, estoy de acuerdo: habla con el dueño por la mañana y emite también una orden de búsqueda de la furgoneta ya. ¿Puedes obtener el número de bastidor de la Agencia de Licencias de Conducir y Vehículos? Imagino que ya le habrán quitado las matrículas.

—Sean lo ha solicitado, así que estamos esperando respuesta —dijo Kyle—. Y también he alertado a la unidad de tráfico.

—Bien. Bueno, equipo, se está haciendo tarde y quiero que estéis todos aquí mañana a primera hora para volver a centraros en el seguimiento de las declaraciones de los vecinos y proveedores de la granja de los Mallory —dijo Kay—. Y Gavin, ¿puedes acelerar la revisión de la lista de visitantes de las visitas guiadas a la granja de este verano? Infórmame de inmediato si encuentras a alguien con antecedentes, sea cual sea el cargo.

—De acuerdo, jefa —dijo él.

—Bueno, mañana será otro día —dijo la inspectora—. Me doy cuenta de que hemos sufrido un revés con Roland Hammerton como sospechoso, pero todavía tenemos muchas pistas que investigar, y le debemos a nuestra víctima averiguar quién le hizo esto. No vamos a defraudarlo.

CAPÍTULO 21

Kay estaba sentada bajo un manzano de al menos cuarenta años mientras contemplaba los posos del sauvignon blanc del fondo de su copa.

A pocos metros de ella, el arroyo que separaba el huerto del jardín trasero burbujeaba a su paso. Su caudal se había visto mermado por la falta de lluvia de las últimas semanas, pero era suficiente para evitar que el agua se estancara.

Una oveja deambulaba entre los manzanos que la rodeaban; su andar era un poco rígido por la edad, pero su porte emanaba beligerancia al levantar la vista de la hierba que estaba comiendo y emitir un balido lastimero.

—Ya has cenado, Hovis. Si sigues teniendo hambre, sigue comiendo hierba.

La oveja se apartó con una mirada de asco en el rostro y se dirigió a un cobertizo bajo con estructura de madera que le ofrecía tanto sombra como cobijo, antes de olisquear el suelo y encontrar otra cosa que investigar.

Un mirlo cantó desde el seto que había detrás de Kay; su gorjeo sonoro fue un interludio musical al susurro de las hojas sobre su cabeza, mientras una ligera brisa recorría el pequeño huerto y mecía la hierba a sus pies. El sol se estaba poniendo y su calor le bañaba los dedos de los pies, que movía sobre las sandalias que se había quitado en cuanto se había sentado en la cómoda silla de jardín. Sin embargo, tenía los hombros en tensión y su mente no paraba de dar vueltas.

Se sobresaltó al oír el móvil vibrar sobre la ornamentada mesa de hierro forjado que tenía al lado y lo cogió al ver el nombre en la pantalla.

—¿Jefe?

—He oído que tienes un caso complicado —ladró la familiar voz del comisario Devon Sharp.

Kay dejó la copa de vino vacía y se frotó los ojos, cansados.

—¿Van a quitarme del caso desde la jefatura?

—¿Y por qué narices iban a hacer eso? —dijo Sharp—. Por lo que he visto de los detalles en el sistema, estás haciendo todo lo que puedes con la información que tienes. Supongo que aún no se ha denunciado la desaparición de la víctima, ¿no?

—Hablé con Harry Davis antes de irme de la sala de incidencias y todavía no le ha llegado nada. Si la víctima era soltera y no tenía familia directa en la zona, podría pasar algo más de tiempo antes de que sus amigos se den cuenta de que algo va mal. Harry va a estar pendiente del tema. —Se levantó y empezó a pasear junto a la mesa y la silla mientras observaba a Hovis ir y venir—. Y a Kyle y a

Sean se les ocurrió investigar una furgoneta robada que fue vista por las cámaras de seguridad el domingo por la noche cerca de la plantación de lúpulo.

—Ya es algo —dijo Sharp con tono tranquilizador—. ¿Cuándo quieres hacer un llamamiento público para recabar información?

Kay se estremeció.

—Todavía no. No tengo personal suficiente para lidiar con las llamadas de los graciosos, además de todas las pistas que estamos siguiendo. ¿Has visto cuántas muestras ha tenido que enviar Harriet al laboratorio? Mi presupuesto para este caso va a ser desorbitado, te lo advierto desde ya.

—Tus presupuestos siempre son desorbitados, pero consigues resultados, así que deja que yo me preocupe de esa parte —dijo el comisario.

—Gracias, jefe. ¿Qué tal estás? Tú y Rebecca se van de vacaciones pronto, ¿no?

—Quedan tres semanas —fue la respuesta—. Y aquí estamos tan liados como siempre. Tengo dos investigaciones interdepartamentales que me ocupan la mayor parte del tiempo, y las estadísticas de reclutamiento de este año no son tan buenas como le gustaría al jefe, así que también me toca hacer politiqueos.

Kay sonrió al percibir el disgusto en la voz de su mentor.

—Bueno, jefe, si alguna vez quieres volver a Maidstone, serás bienvenido. Tu despacho sigue ahí.

—¿Todavía no te has instalado en él? —dijo Sharp—. ¿Cuánto tiempo ha pasado?

—No tanto. —Se rio, y luego se puso seria de nuevo—. Lo digo en serio. Me gustaría verte.

—Mira, hagamos una cosa: cuando vuelva de vacaciones, organizamos algo, aunque sea una visita corta. Hace tiempo que no veo a la vieja guardia. ¿Cómo le va a Ian?

—Está bien, pero quien más me preocupa es Gavin, jefe. Tiene madera de oficial, pero desde la jefatura no paran de ponerme pegas para tener dos oficiales en mi equipo. Según ellos, no hay justificación para ello.

—¿Quién ha dicho eso? —exigió saber Sharp—. Es una suposición ridícula.

—Lo sé. Fue una respuesta estándar del equipo de personal. Sin firmar, por supuesto, y la administrativa que la envió no supo darme ninguna respuesta; solo le habían pedido que me lo comunicara.

—Mmm. Haré algunas averiguaciones, a ver qué puedo hacer. Estoy de acuerdo contigo: sería una gran pérdida para Maidstone si Gavin se marchara, y casos como este demuestran que te vendría muy bien la experiencia que tanto él como Ian aportan.

—Cualquier ayuda será bienvenida, gracias. Laura y Kyle están haciendo un gran trabajo, pero Gavin es tan bueno como Barnes y lo echaría de menos si no estuviera aquí.

—Entendido. —Se oyó ruido de fondo y, a continuación, Sharp volvió—. Tengo que irme. Una reunión más y me marcho.

—Gracias por llamar, jefe. Disfruta de tus vacaciones si no hablamos antes.

—Cuídate, Kay.

Él colgó y ella se quedó un momento mirando la pantalla, mientras una punzada de nostalgia le oprimía el corazón. Le encantaba su trabajo, le encantaban las responsabilidades que conllevaba, pero en momentos como aquellos, echaba de menos a su antiguo mentor y amigo, y sus agudas observaciones durante una investigación de tal magnitud.

—¿En qué piensas?

Se giró al oír la voz de Adam y lo vio cruzar el puentecito que salvaba el arroyo y dirigirse hacia ella, con una copa y la botella de vino en una mano. —¿Ya has vuelto?

Él la envolvió en un abrazo con un solo brazo y la besó antes de alzar la botella. —¿Un poco más? Estoy oficialmente libre hasta el sábado por la mañana.

—¡Bien! Casi se me había olvidado qué cara tenías.

Adam sonrió ampliamente. —Lo dice la mujer que ya se ha marchado a trabajar para cuando yo llego a casa por las mañanas. Supongo que tienes un caso difícil entre manos.

—Sí, justo estaba hablando de ello con Sharp. —Kay levantó la copa mientras él se la rellenaba—. Solo un chorrito, gracias; ya me he tomado una copa y mañana quiero salir pronto de casa.

—¿Puedes hablar de ello? —preguntó él, sentándose frente a ella y quitándose con los pies las viejas zapatillas de tenis que usaba para el jardín.

—La verdad es que no hay mucho de lo que hablar por el momento. Creíamos que teníamos un sospechoso, pero resulta que solo intenta demandar a sus jefes por un accidente laboral y no tiene nada que ver con nuestra víctima. Kyle tiene una pista que va a investigar por la mañana, pero Laura y yo tenemos que volver a la granja. Después de eso…

Adam alargó la mano, le apretó la suya y no dijo nada.

Ella suspiró. —Bueno, basta de hablar de mí. ¿Qué tal tu semana?

—Mejor, ahora que estoy aquí —dijo él con una sonrisa—. Scott ha vuelto esta mañana. Él y su mujer se lo han pasado genial en Tallin y me ha dado los datos de la pensión donde se alojaron, así que si te apetece una escapadita a Estonia más adelante…

—Sí —dijo Kay, y luego sonrió—. Una escapada a cualquier sitio suena bien ahora mismo. ¿Tuvisteis mucho trabajo sin él?

—Muchísimo, así que menos mal que Claire pudo cubrirlo. De hecho, he estado hablando con ella para que se incorpore a la plantilla a tiempo completo.

—¿En serio?

—A la clínica le va bien, y estamos llegando a un punto en que tanto Scott como yo tenemos la agenda llena con días de antelación, a veces con semanas para cirugías rutinarias —explicó—. Creo que estoy listo para la inversión.

Kay chocó su copa contra la de él. —Qué emocionante. Enhorabuena.

—Gracias. —Adam tomó un sorbo de vino antes de continuar—. Por supuesto, también significará que tendremos más tiempo juntos entre tus turnos, y quizá yo pueda aceptar uno o dos compromisos más como ponente el año que viene.

Kay se acomodó en su silla y contempló el huerto

mientras los rayos del sol se teñían de un naranja tostado por encima de los tejados vecinos; luego, miró la pantalla de su móvil al ver aparecer otras tres alertas de correo electrónico.

Suspiró. —Si vamos a pasar más tiempo juntos, entonces necesito sin duda dos oficiales. Solo me queda esperar que en la jefatura estén de acuerdo.

CAPÍTULO 22

A la mañana siguiente, Kay esperaba al final del camino de entrada de su casa y levantó la mano para saludar en cuanto el coche de servicio de Laura apareció al principio de la calle y se dirigió hacia ella.

La mañana era fresca, con un notable descenso de la temperatura con respecto a la última semana y media, y un frío otoñal en el ambiente que hacía necesaria una chaqueta por primera vez en días. También estaba considerablemente más oscuro cuando sonó el despertador y, mientras se movía sigilosamente por la habitación después de ducharse para no despertar a un adormilado Adam, miró los pantalones cortos que había llevado la noche anterior y se preguntó si sería la última vez que los vería hasta el año siguiente.

Laura bajó la ventanilla mientras detenía el coche suavemente.

—Buenos días, jefa. El tráfico no está tan mal de momento.

—Para variar. —Kay lanzó el bolso al suelo del copiloto después de coger el móvil y se subió—. ¿Sabe Cassandra que vamos?

—No —dijo Laura, lanzándole una mirada de reojo antes de volver a prestar atención a la carretera—. ¿Te parece bien? He pensado que así no tendría tiempo de hablar nada con Justin antes de que llegáramos ni de preguntarse qué íbamos a preguntarle.

—Buena idea. —Kay se ajustó el cinturón de seguridad y observó cómo la expansión urbana de Maidstone daba paso a una exuberante vegetación, con los setos y árboles ahora ribeteados de intensos dorados a medida que el verano quedaba atrás—. Me gustaría que te encargaras tú de esto. Ya has hablado con Joseph, así que podrás hacerte una mejor idea de cómo es su relación con su nuera.

—Estoy de acuerdo. Quiero averiguar más sobre el peón que dijo que Justin despidió, el tipo que ahora no quiere hablar con ninguno de los dos, y también mencionaré a las dos mujeres que solían hacer las visitas con él, por si hubiera algo turbio ahí.

—Es un buen punto de partida. ¿Tienes los nombres de esas personas?

—Sí, me los dijo Joseph. He conseguido localizarlos a los tres y Gavin va a llamarlos esta mañana para concertar entrevistas con ellos en cuanto podamos. Con suerte, será hoy mismo.

—Genial, gracias. —Kay vio el desvío hacia el pueblo que llevaba a la granja más adelante y revisó sus correos electrónicos mientras Laura recorría el estrecho y sinuoso carril.

Todavía no habían llegado los resultados de las pruebas de laboratorio de la inspección forense de Harriet. Odiaba tener que preguntarle a la ocupada especialista cuándo los recibirían, pero su conversación con Sharp la noche anterior y el pensar en la familia de la víctima, sin idea de lo que le había sucedido, la impulsaron a actuar. Le escribió a Harriet un rápido mensaje disculpándose y pidiéndole noticias.

Terminó de escribir justo cuando Laura entraba en el patio de la granja y vio que faltaba el todoterreno de Justin, así como los dos tractores.

—Parece que aquí todo sigue como si nada.

—Aquel de allí es el coche de Cassandra, así que al menos está por aquí esta mañana —dijo Laura. Señaló un segundo coche—. Y Gloria ha llegado temprano.

—Me imagino que estará haciendo todo lo posible por salvar lo que pueda de las visitas —reflexionó Kay—. Bueno, pues vamos a ver qué tiene que decir Cassandra, ¿te parece?

Laura se adelantó hacia la casa principal, llamó al timbre y se quedó mirando al suelo mientras esperaba a que se abriera la puerta. Kay no dijo nada, dejando que la detective más joven tuviera un momento de reflexión en silencio para cualquier pregunta de última hora que estuviera sopesando, y en su lugar miró hacia la ventana de arriba al percibir el movimiento de una cortina.

Unos instantes después, le llegó el sonido de unos pasos sobre el suelo de baldosas del pasillo y la puerta se abrió de par en par.

—Lo siento, creía que eran más periodistas —dijo Cassandra, con el rostro desencajado mientras su mirada iba y venía más allá de ellas, hacia la calle—. Entren, antes de que alguien las vea.

Kay miró por encima del hombro antes de entrar, pero no vio ningún vehículo extraño.

—No veo a nadie.

—Trevor le ha cantado las cuarenta al último antes de despacharlo. —Cassandra cerró la puerta—. Puede ser bastante… convincente cuando es necesario. Gloria nos dice continuamente que cerremos la verja con llave, pero si lo hacemos, es un fastidio tremendo para las entregas y para los tractoristas cuando están todos presionados para recoger la cosecha.

Laura escuchó a Cassandra y no dijo nada mientras la seguían al salón.

La mujer señaló los sillones junto a la chimenea vacía y luego se afanó en ordenar las revistas de la mesa de centro antes de sentarse en el sofá, frente a las dos detectives.

—Comprendo que debe ser muy difícil para usted —empezó a decir Laura—. Sin embargo, tengo más preguntas que hacerle. ¿Le importaría?

Cassandra suspiró mientras se hundía en los cojines.

—Supongo que sí. Quiero decir, por supuesto… Han matado a un pobre hombre y ustedes están intentando averiguar quién lo hizo. ¿Qué necesitan saber?

—Me gustaría saber más sobre Shane Vincent, el trabajador subcontratado que trabajaba aquí. ¿Por qué se fue?

—¿Shane Vincent? Pero eso fue hace dos años, justo después de que se jubilara Joseph. ¿Qué tiene que ver eso con…?

—Le ruego que responda a la pregunta, por favor.

—Él y Justin tuvieron una discusión. Para ser sincera, era algo que iba a pasar tarde o temprano desde que Joseph se jubiló. —Sonrió con tristeza—. Y no ayuda que siga viviendo aquí, aunque sea en la casa de campo.

—¿Podría dar más detalles? ¿Sobre qué fue la discusión?

—Justin sospechaba que Shane estaba sisando combustible para su propio uso y se enfrentó a él. Al principio lo negó, pero luego Trevor lo vio bebiendo en el pub del pueblo con alguien conocido por haber estado implicado en robos de maquinaria agrícola, y Justin no tuvo otra opción. Rescindió el contrato de Shane al día siguiente y, desde entonces, por la noche guardamos toda la maquinaria bajo llave en los cobertizos. Shane es el tipo de persona que tomaría represalias.

—¿Y qué dijo Joseph al respecto?

—Puso el grito en el cielo —dijo Cassandra—. Él y Shane se conocen desde hace años; consideró que estábamos exagerando. Justin no consiguió hacerle entender que, si nos estaban sisando combustible, era probable que también estuviéramos teniendo pérdidas por otros lados.

—¿Denunció a Shane a nuestro equipo de Delitos Rurales?

—Como ya le he dicho, solo era una fuerte sospecha. Demasiado difícil de demostrar, pero lo sabíamos.

—¿Les ha causado algún problema desde que lo despidieron?

—No. Justin le dejó claro que, si lo hacía, llamaríamos a la policía. —Cassandra hizo una mueca—. Aunque la verdad es que nos complicó bastante las cosas durante un tiempo, sobre todo porque él también vive por aquí. Nuestra reputación quedó por los suelos durante un tiempo en el pueblo, hasta que los demás le calaron y se calmaron las aguas. No ha sido hasta esta última cosecha que me he sentido lo bastante segura como para dejar la verja abierta durante el día, y solo porque instalamos esas cámaras de seguridad a principios de año.

—¿Hubo alguna razón en particular para ello?

—Una triste realidad de la agricultura —dijo Cassandra encogiéndose de hombros— es que los robos son demasiado frecuentes. Tenía sentido invertir en ellas, y así las aseguradoras están contentas…, aunque las primas siguen subiendo igualmente.

—¿Y las dos mujeres que solían hacer las visitas guiadas a los campos de lúpulo junto con Justin y Trevor? ¿Por qué rescindieron sus contratos?

—Porque durante un tiempo tuvimos menos reservas de lo normal. No podíamos permitirnos mantenerlas en plantilla. Justin estaba centrado en recuperar zonas de la finca que Joseph había descuidado durante demasiado tiempo, así que él y Trevor optaron por encargarse ellos mismos de todas las visitas. Aunque creo que a partir del año que viene necesitaremos ayuda extra, aunque solo sea para uno o dos días a la semana. —Cassandra hizo una pausa—. Si es que para el año que viene todavía tenemos un negocio viable, después de lo que ha pasado.

—¿Se lleva bien Justin con su padre? —preguntó Laura.

Kay vio cómo la otra mujer se ponía tensa antes de responder.

—Se lleva bien con él. Aunque, si no fueran familia, no creo que tuviera mucho trato con él.

—¿Por qué?

—Justin dijo desde el principio que quería devolver la granja a sus raíces, reducir nuestra dependencia de los cultivos herbáceos y aumentar la producción de lúpulo. Así es como su abuelo trabajaba la tierra. Joseph era diferente, trabajaba en contra del suelo de por aquí, no a su favor. Echó tanto fertilizante en los dos campos del extremo sur de la propiedad que no ha sido hasta ahora que hemos conseguido ponerlos en un estado en el que el lúpulo crecerá tan bien como el que ve justo al otro lado de la verja. Y todo porque quería producir cereales que, simplemente, no son adecuados para cultivar por aquí.

Laura frunció el ceño. —¿Segura? Joseph debería de haber querido hacer lo que hacía su propio padre antes que él, si la granja tuvo tanto éxito todos esos años.

—Eso pensaría cualquiera, ¿verdad? —Cassandra negó ligeramente con la cabeza—. Pero Joseph siempre tiene que tener la razón, y además suele ser muy de llevar la contraria, lo que no ayuda. Él lo negará, por supuesto. Pero luego, cuando descubrió lo mucho que podían valer las tierras, perdió todo el interés en la agricultura. Estaba llevando la finca a la ruina solo para demostrar que había llegado el momento de pasar página. Gracias a Dios que Justin lo convenció de lo contrario.

—¿Ha sido Joseph violento alguna vez con alguien de aquí, del pasado o del presente?

—Que yo haya visto, no, y nadie ha denunciado nunca nada parecido. Puede ser cruel con sus palabras, pero no creo que haya sido nunca violento físicamente.

Laura miró a Kay, que negó ligeramente con la cabeza y metió la mano en el bolso.

—Gracias por su tiempo, Cassandra —dijo—. Una última cosa: esta es una fotografía del hombre que fue encontrado en su campo. Se la sacaron una vez que lo hubieron limpiado, antes de la autopsia de esta semana. ¿Puedo enseñársela por si lo reconoce?

—Sí, de acuerdo. —La mujer cogió la fotografía que le tendía Kay con mano temblorosa, observó la imagen y se la devolvió—. No lo he visto en mi vida, pero, como puede ver, paso la mayor parte del día en el despacho, aquí en la casa, desde donde gestionamos la parte financiera de la granja. Si hubiera estado merodeando por el patio o algo así, no lo habría visto. ¿Justin sabe quién era?

—Lamentablemente no —dijo Kay, guardando la fotografía y poniéndose en pie—. De momento, sigue siendo un misterio.

—Gracias por su tiempo, señora Mallory —dijo Laura —. Ya nos vamos nosotras.

De pie en el patio, unos instantes después, Kay observó cómo Howard conducía un remolque cargado a través de la verja y giraba su tractor hacia la instalación de secado. La saludó con la cabeza al pasar, y entonces su mirada captó un movimiento en la ventana de la oficina de recepción de la granja, en el bloque de establos reconvertido de enfrente.

—Hablemos un momento con Gloria, ya que estamos aquí, por si ha oído algo nuevo —dijo, poniéndose ya en marcha—. Tengo la impresión de que es los ojos y los oídos de este sitio.

Laura sonrió, dejando caer las llaves del coche de nuevo en el bolso y poniéndose a su altura. —Ahí no te equivocas, jefa.

CAPÍTULO 23

Tras salir de la sala de incidencias y sortear como pudo el denso tráfico habitual para dejar atrás Maidstone y coger la autopista M20, Kyle se acomodó para el corto trayecto hasta Wrotham Heath detrás de un camión articulado con matrícula belga y subió el volumen de la radio.

Tamborileaba con los dedos al ritmo de un éxito de rock de hacía diez años que había arrasado en las listas de ventas en su momento. Tarareaba el estribillo por lo bajo, pero se detuvo cuando el móvil sonó desde el soporte del salpicadero. Reconoció el número y pulsó el botón de responder del volante.

—Dime que la habéis encontrado —dijo él.

—Buenos días a ti también —respondió una voz femenina—. Y sí, la hemos encontrado.

Kyle le dio un puñetazo al volante. —Magnífico trabajo, Nadine.

—No me des las gracias a mí —dijo la joven agente—. La división de Tráfico me ha llamado hace un momento. Han recibido un aviso de un vehículo calcinado que coincide con la descripción en un camino a las afueras de Kemsing, una zona famosa por los vertidos ilegales. Para cuando han llegado los bomberos, el fuego ya estaba muy extendido y les preocupaba más la vegetación circundante, porque últimamente ha estado todo muy seco.

—Oh, no —se lamentó Kyle. Levantó el pie del acelerador y su entusiasmo inicial se desvaneció—. ¿Cuánto queda de la furgoneta?

—No mucho —dijo Nadine con voz sombría—. De todos modos, he llamado a Harriet y va a mandar a Patrick y a otros dos agentes de la científica para que le echen un vistazo. Ah, y le habían quitado las matrículas antes de prenderle fuego, así que solo se ha podido identificar por el número de bastidor. Al menos puedes avisar al dueño para que se lo comunique a su seguro.

—Sí, al menos eso.

—Siento ser portadora de malas noticias.

—No te preocupes, ya sabíamos que esto era muy improbable. Te veo cuando vuelva.

—Vale.

Kyle finalizó la llamada y luego giró hacia la izquierda para tomar el carril de desaceleración que indicaba Wrotham. Encontró el negocio de suministros de fontanería de Rex Trimble en una carretera estrecha que en su día estuvo asfaltada, pero que ahora presentaba una superficie resquebrajada, como la de una crème brûlée.

Hizo una mueca de dolor cuando la suspensión del coche se topó con otro bache profundo, y el vehículo se tambaleó de un lado a otro antes de volver a dar una sacudida hacia delante.

La carretera era un callejón sin salida que se

ensanchaba para dar cabida a tres naves industriales en estado ruinoso y a una cuarta que había sido reforzada con persianas metálicas en su única ventana y en la entrada del almacén. Las puertas del almacén estaban abiertas y fuera había aparcadas dos furgonetas de color azul pálido, ambas con el nombre del negocio rotulado en la carrocería. Junto a ellas había una furgoneta más pequeña con el logotipo de un especialista local en cámaras de seguridad.

El propio especialista estaba subido a una escalera, instalando una cámara nueva sobre la ventana con persiana. Bajó la vista cuando Kyle salió del coche.

—¿Es usted de la policía?

—¿Está Rex?

—En la oficina, al fondo del almacén.

—Gracias.

Kyle ignoró la mirada inquisitiva del hombre, que lo siguió con los ojos mientras entraba por la puerta abierta, y parpadeó para que su vista se acostumbrara a la penumbra del interior.

Había tiras de luces en el techo, pero su insuficiente luminosidad proyectaba sombras en las esquinas y hacía que las motas de polvo se arremolinaran en el aire. El propio espacio estaba lleno de estanterías entrelazadas de acero inoxidable que se extendían en largas hileras entre la puerta y el fondo de la nave, asemejándose a uno de los grandes almacenes de bricolaje de las afueras de Maidstone, e igual de organizado.

Mientras pasaba entre tuberías de PVC, codos de inodoro, grifos relucientes, cisternas de cerámica y lavabos, se preguntó por qué a Rex Trimble se le había ocurrido instalar cámaras de seguridad justo ahora, después de que le robaran la furgoneta.

Siguió el sonido de unas voces airadas y encontró al dueño de la tienda de suministros de fontanería en una habitación con forma de cubículo al fondo del almacén, hablando con otro hombre que llevaba un polo con el nombre de la empresa bordado en el bolsillo izquierdo del pecho.

Trimble estaba de espaldas a Kyle, pero el otro hombre levantó una mano para hacerlo callar al ver al detective, y Trimble miró por encima del hombro.

—¿Puedo ayudarle?

—Agente Kyle Walker, de la policía de Kent. Me preguntaba si podría hablar un momento con usted, señor Trimble.

—Por supuesto. Wayne, te dejo eso a ti, pero como te decía… asegúrate de que esta vez no acabemos pagando por las que estaban rotas, ¿de acuerdo?

—Sin problema, Rex. Déjalo en mis manos.

El hombre del polo le dedicó a Kyle un seco asentimiento con la cabeza al pasar y luego desapareció en el almacén.

—¿Algún problema? —preguntó Kyle.

—Uno de nuestros proveedores cambió de empresa de mensajería la semana pasada y son un desastre —dijo Rex, pasándose una mano por el pelo castaño claro, que ya clareaba y tenía las sienes plateadas—. Hizo un gesto a Kyle para que se acercara a un escritorio que estaba desapareciendo bajo una pila de albaranes y facturas, y arrastró una silla de metal y plástico desde una esquina, señalándosela antes de dejarse caer en otra igual frente a la pantalla de un ordenador—. Además, Wayne no revisó el pedido de la semana pasada hasta que el repartidor ya se había ido, así que ahora me va a costar un mundo demostrar que la mercancía llegó dañada y que no se ha estropeado aquí en el almacén.

—Entonces, intentaré no quitarle mucho tiempo.

—No, no —dijo Trimble agitando una mano en el aire—. Siéntese. Le agradezco que haya venido hasta aquí. Supongo que será por lo de mi furgoneta. ¿Han atrapado a los cabrones que la robaron?

—Siento ser portador de malas noticias, pero venía de camino cuando me han llamado para decirme que han encontrado la furgoneta abandonada y calcinada.

—Mierda. —Rex suspiró y negó con la cabeza; luego, frunció el ceño—. Ha dicho que venía para acá cuando se ha enterado. ¿Entonces, a qué ha venido?

Kyle cogió su libreta.

—Tengo algunas preguntas sobre otra investigación en curso en la que creemos que su furgoneta podría haber estado implicada.

—¿Ah, sí? ¿Qué preguntas?

—Para empezar, ¿cuándo se dio cuenta de que la furgoneta había desaparecido?

—El lunes por la mañana, cuando llegué. Tengo ocho vehículos en la flota; ya ha visto dos ahí fuera, los otros cinco están ahora de reparto. Los conductores se las llevan a casa y yo suelo hacer lo mismo, pero ahora mismo nos están arreglando la entrada del garaje y en la calle solo hay sitio para el coche de mi mujer, así que dejé mi furgoneta aquí y ella vino a recogerme cuando terminé el sábado por la tarde.

—He visto que estaban instalando la cámara de fuera. ¿Supongo que no tiene ninguna más?

—Solo aquí dentro —replicó Trimble, señalando el almacén con un dedo—. Al fin y al cabo, aquí es donde está la pasta. Bueno, por lo general. Obviamente, después de esto, voy a tomar más precauciones. Los del seguro se están pasando tres pueblos con la franquicia, y ahora que alguien sabe que este sitio existe, soy un blanco fácil, ¿no?

Kyle no corrigió al hombre. Por sus días de uniforme, sabía de sobra que los robos reincidentes en las mismas propiedades eran habituales, sobre todo en las que se encontraban en lugares apartados o remotos.

—¿Se llevaron algo más?

—Solo la furgoneta, pero eso ha trastocado nuestro calendario de entregas de esta semana, y no tengo ni idea de cuándo me van a decir los del seguro que compre una de repuesto. —Trimble hizo un mohín—. Supongo que al menos la han encontrado. Quizá ahora tramiten el siniestro más rápido.

—¿A qué hora se fue de aquí el sábado?

—Poco antes de las cuatro. Ofrecemos reparto hasta el mediodía, pero luego suelo pasarme una hora más o menos arreglando papeleo, los pedidos de última hora para el lunes por la mañana, ese tipo de cosas. Llamé a Julie a las tres para decirle que ya estaba listo y que si podía recogerme; estaba en el gimnasio, el de Sevenoaks, así que supongo que serían las cuatro menos diez cuando llegó.

—¿Vio a alguien actuando de forma sospechosa, merodeando por aquí o por la entrada de la carretera principal?

Trimble negó con la cabeza.

—Aquí no hay nadie más; esas unidades de ahí fuera llevan vacías casi un año. Supongo que ese es parte del problema. Si hubiera más ajetreo, quizá habría disuadido a los cabrones que me robaron la furgoneta. Y no vi a nadie al final del camino. La verdad es que estaba demasiado ocupado mirando mensajes en el móvil mientras conducía Julie, e íbamos con un poco de prisa porque había comprado entradas para ver a un grupo en el castillo de Leeds esa noche.

Kyle asintió, actualizando sus notas.

—He visto los carteles del concierto. ¿Estuvo bien?

—Sí, genial. —A Trimble se le ensombreció el rostro—. Una lástima que se fastidiara al descubrir que habían choriceado la furgoneta cuando volví el lunes.

Kyle se metió la mano en el bolsillo y sacó una imagen fija de la grabación de la cámara de seguridad de la tienda del pueblo, donde Sean la había congelado para captar el paso de la furgoneta.

—¿Puede confirmar que esta es su furgoneta, señor Trimble?

El hombre se inclinó y cogió la fotografía, frunciendo el ceño.

—Sí, es esa. ¿De dónde ha sacado esto?

—De una tienda de un pueblo a pocos kilómetros de la plantación de lúpulo de Mallory. ¿La conoce?

—Bebo cerveza, no me preocupo de dónde viene —dijo Trimble mientras le devolvía la fotografía—. ¿Qué hacía allí?

—Eso es lo que estamos investigando en este momento —respondió Kyle—. ¿Pero está seguro de que es su furgoneta?

—Sí, esa es la mía, sin duda.

Kyle echó un vistazo a los archivadores y a las estanterías cubiertas de polvo que se combaban bajo el peso de los manuales de instrucciones, y luego volvió a mirar a Trimble.

—¿Ha tenido algún otro problema aquí en el pasado?

—No, nunca. Por eso esto ha sido un buen susto, para serle sincero. —El hombre se reclinó en la silla, con el rostro cansado—. Hemos tenido suerte hasta ahora, supongo. Y quizá he pecado de ingenuo al pensar que este sitio estaba lo bastante apartado como para ser seguro. Quiero decir, las cerraduras venían con el local cuando lo alquilé por primera vez hace diez años, pero tener que instalar cámaras ahora… Voy a estar paranoico una buena temporada, eso seguro.

—¿Recuerda haber visto a alguien durante el último mes, más o menos, que pudiera haber estado vigilando el lugar o merodeando por las otras unidades?

—No, nada de eso. —Trimble frunció el ceño—. Y no suelen enviar a un detective por el robo de un vehículo, ¿verdad? ¿Qué está pasando?

—Ojalá lo supiera —dijo Kyle, y a continuación echó la silla hacia atrás—. Gracias por su tiempo, señor Trimble. Nos pondremos en contacto si tenemos más preguntas.

—Sin problema. ¿Me hace un favor? Dígale a los suyos que se den prisa en enviar ese papeleo a mi aseguradora. —Trimble hizo un gesto con la mano hacia los documentos esparcidos por el escritorio—. Necesito conseguir una furgoneta nueva y gestionar estos pedidos antes de que mis clientes se vayan a otra parte.

CAPÍTULO 24

La puerta de la oficina de la granja se abrió antes de que Kay y Laura tuvieran ocasión de llamar y Gloria Barkham apareció en el umbral, con expresión de curiosidad.

—¿Alguna novedad?

—Todavía no, señora Barkham —dijo Kay. Sacó su placa—. Soy la inspectora Kay Hunter. Ya ha hablado con mi compañera, la agente Hanway. ¿Le importaría que le hiciera algunas preguntas más?

—Por supuesto. —Gloria las hizo pasar.

Kay miró el expositor que mostraba la granja de los Mallory a lo largo de los años, la atención al detalle en la réplica del pub inglés del fondo de la sala y los relucientes grifos de cerveza de la barra, y contuvo un suspiro al pensar en las repercusiones que tendría para todos los implicados si no descubría quién había asesinado a la víctima.

Los Mallory habían prosperado trabajando muchas horas y a merced tanto del tiempo como de la burocracia, y ahora se enfrentaban a la ruina económica a menos que ella y su equipo consiguieran un avance pronto.

Y luego estaba la familia de la víctima, que en ese momento desconocía que su hijo, marido o quizás padre, se encontraba ahora en el hospital Darent Valley.

Kay negó ligeramente con la cabeza ante una discreta carraspera de Gloria, quien dedicó una breve sonrisa a Laura, y luego se sentó detrás de su escritorio y apoyó una mano sobre una serie de folletos que estaban desplegados en abanico sobre él. —Estaba revisando nuestra nueva campaña de marketing para la cosecha del año que viene. Justin tiene mucho interés en tenerlos listos para el festival del lúpulo fresco para mostrar lo que hacemos aquí a algunas de las pequeñas cervecerías de moda.

Kay paseó la mirada por los brillantes folletos con fotografías que mostraban el exuberante paisaje bucólico que rodeaba la granja de los Mallory. —Sé que ya ha hablado con la agente Hanway, pero ahora tenemos una fotografía del hombre que encontraron muerto aquí, y quería saber si podría echarle un vistazo por si lo reconoce.

Gloria palideció. —¿No sé…, me dará pesadillas? Ya de por sí no duermo muy bien últimamente.

—Se la sacamos antes de la autopsia, pero no hay sangre ni nada —dijo Kay—. Podría estar durmiendo.

Gloria todavía parecía insegura, así que Laura se inclinó hacia delante.

—Gloria, necesitamos intentar averiguar quién es. Tiene una familia por ahí, en alguna parte, amigos que se estarán preguntando dónde está.

La mujer cerró los ojos y luego asintió antes de mirar a Kay. —De acuerdo, enséñemela.

—Gracias. —Le entregó la fotografía y luego observó cómo Gloria fruncía el ceño—. ¿Qué ocurre?

—Estuvo aquí. En verano.

A Kay se le aceleró el corazón. —¿Está segura?

—Eso creo. Me resulta familiar. Espere. —Gloria dejó caer la fotografía sobre los folletos y luego se apresuró a ir a un archivador metálico de color verde oscuro que había en la esquina y empezó a rebuscar entre las carpetas colgantes.

Cerró el cajón superior de un portazo, luego empezó con el siguiente, murmurando por lo bajo antes de coger una carpeta de cerca del fondo y traerla. —Estas son las declaraciones de salud y seguridad que hacemos rellenar a todos los visitantes para nuestras aseguradoras, por si se lesionan. Básicamente, declaran que entienden que se trata de una granja en funcionamiento y que deben cumplir nuestras instrucciones en todo momento, no hacer tonterías, etcétera. —Señaló la zona del bar a sus espaldas —. Por eso también tenemos tanto cuidado con la cantidad de alcohol que servimos aquí, aunque la mayoría de los turistas vengan en un minibús con un conductor designado.

Kay adelantó un poco su silla y observó cómo Gloria rebuscaba entre los registros. —¿Y qué son esos documentos, entre las declaraciones?

—La lista de visitantes de cada tour —dijo ella, sosteniendo un juego de hojas grapadas—. Después de que cada grupo de visitantes firma su declaración de salud y seguridad, las recopilo y añado la lista final de nuestro sistema de reservas en la parte superior para tenerlo todo en un solo lugar. Es más eficiente si alguna vez tengo que volver atrás y hacer un seguimiento de algo, como objetos perdidos, permisos para usar fotografías de los visitantes para imágenes de marketing, cosas así.

—¿Cree que podría convencerla de que viniera a trabajar con nosotros? —dijo Kay con una ligera sonrisa—. A mi oficial de pruebas le encantaría.

—Bueno, yo solo lo hago lo mejor que puedo. —Las mejillas de Gloria se sonrojaron, y luego enarcó las cejas y sacó un juego de páginas de la carpeta—. Aquí está. Recuerdo a este porque estaba con unos amigos suyos, y Trevor tuvo que pedirles dos veces que moderaran su lenguaje. Creo que se habían tomado unas copas antes de llegar, y estaban siendo un poco ruidosos. Dijo que estaban incomodando a los demás visitantes.

—¿Tiene un nombre? —Kay resistió el impulso de estirar el brazo y arrebatarle las hojas a la mujer.

—Espere. —Gloria pasó las páginas hasta que encontró la que buscaba—. Aquí lo tiene. Me acuerdo de él porque era más agradable que los otros. Vino a disculparse con Trevor y conmigo justo antes de irse. Creo que le avergonzaba el comportamiento de los demás. Se llama Dean. Dean Spencer.

Kay cogió las hojas y miró la firma que adornaba la última línea de la declaración de salud y seguridad. Sonrió, reconociendo la inclinación torpe de alguien que escribía con la mano izquierda, igual que Adam cuando firmaba un documento oficial. —¿Por casualidad no tendrá su dirección, verdad?

—De él no, porque solo tuvo que firmar la declaración de salud y seguridad —dijo Gloria—. Pero sí que tengo los datos de contacto de otra persona. Verá, fue su amigo quien reservó la visita.

Se inclinó y señaló la primera página y esperó a que Kay la abriera por allí. —Es él.

Por primera vez desde el martes, Kay sintió una descarga de adrenalina al pensar que por fin tenía el avance que tanto ella como su equipo habían buscado con desesperación. —¿Me permite hacer una copia de esto?

—Por supuesto que puede. Deme un minuto.

Kay observó cómo Gloria se acercaba a una pequeña impresora y fotocopiadora. El motor cobró vida con un zumbido mientras Laura ponía al día sus notas.

—Hemos tenido suerte —dijo la joven agente—. Su nombre no estaba en la lista que me diste el miércoles.

—Mucha —respondió Kay—. Ahora solo falta que la suerte nos dure un poco más mientras averiguamos quién demonios lo mató.

CAPÍTULO 25

Gavin salió del coche de servicio y examinó la hilera de casas pareadas de una calle venida a menos a las afueras de Staplehurst.

Las casas eran de un diseño similar, con tejados de pizarra, dos ventanas en el piso superior y, abajo, la puerta de entrada y la ventana del salón. Delante de cada casa había un pequeño jardín que la mayoría de los residentes habían cubierto de grava u hormigón. El que pertenecía a Shane Vincent estaba ordenado, como la propiedad vecina, con macetas de terracota salpicando la zona de grava.

Gavin desvió la atención de la casa a su móvil y releyó el mensaje de Kay que le había llegado hacía unos instantes. Su conversación con Cassandra cambiaba su estrategia para el interrogatorio, pero todavía tenía preguntas para el hombre al que Justin Mallory había despedido hacía dos años.

Cerró el coche y, con renovada determinación, cruzó la calle hacia el número 14.

Unas pequeñas losas cuadradas de hormigón marcaban

el camino entre la acera y el umbral, y Gavin esquivó un montoncito de excremento de gato antes de llamar al timbre.

Una mujer abrió al cabo de unos instantes y lo miró de abajo arriba, con el pelo rubio ceniza recogido en un moño alto y las mejillas sonrojadas. Se apartó el flequillo de los ojos con el puño de su camisa vaquera y suspiró. —Venda lo que venda, no nos interesa. ¿No sabe leer?

Gavin echó un vistazo a la pegatina que había sobre el buzón, en la que se deseaban numerosos males a cualquier visita no deseada, y luego le enseñó su placa. —Agente Gavin Piper, de la policía de Thames Valley. ¿Está Shane?

La mujer frunció el ceño. —¿De qué se trata?

—¿Está en casa?

Ella se encogió de hombros y se hizo a un lado para dejarlo pasar. —Está en el jardín. Tendrá que pasar por la cocina para llegar. Se ahorrará tener que ir hasta el final de la calle y bajar por el callejón.

—Gracias. —Se limpió los pies en el felpudo, esperó a que ella cerrara la puerta con un portazo rotundo y luego la siguió por un pasillo corto hasta una diminuta cocina que se había ampliado en la parte trasera con una galería acristalada—. ¿Y usted es...?

La mujer se detuvo y miró por encima del hombro. —Soy Louise, su mujer. La puerta que da al jardín está abierta. Lo encontrará en el cobertizo o por ahí al fondo.

Dicho esto, salió de la cocina y él oyó otro portazo al final del pasillo. Volviendo su atención al jardín, distinguió movimiento junto a una pérgola de madera.

Un hombre de casi cincuenta años estaba de espaldas a la galería y podaba afanosamente una delgada parra que cubría el emparrado, con el pelo castaño recogido en una coleta mientras trabajaba. Llevaba una camiseta azul claro salpicada de manchas de tierra y hierba sobre unos vaqueros descoloridos, mientras que un par de botas de montaña robustas pero machacadas le protegían los pies.

Gavin se aclaró la garganta al acercarse. —¿Señor Vincent?

El hombre dio un respingo y se dio la vuelta, con una mano aferrando unos zarcillos de pequeñas ramas mientras que en la otra sostenía unas tijeras de podar de aspecto temible. —¿Quién demonios es usted? ¿Quién lo ha dejado entrar?

—Su mujer me ha abierto la puerta —dijo Gavin, y luego alzó la placa y volvió a presentarse.

El hombre entornó los ojos. —¿Qué quiere?

—Quisiera hacerle unas preguntas sobre la explotación de lúpulo de los Mallory, en concreto sobre su relación con Joseph y Justin Mallory.

—No *hay* ninguna relación.

—¿Hay algún sitio donde podamos hablar?

—No tengo nada que decir sobre ellos.

—Estoy en medio de una investigación por asesinato, señor Vincent, y no tengo tiempo para estas gilipolleces. —Gavin lo fulminó con la mirada—. Podemos hablar aquí o en comisaría, lo que significa que tendré que llamar a un coche patrulla y luego esperar mientras lo escoltan hasta él delante de sus vecinos. Usted elige.

—Vale, vale. No hace falta que se ponga así. —Vincent se acercó con aire enfadado a un montón creciente de ramas, hojas y otros desechos, luego fue hasta una mesa de pícnic de madera cerca de la pérgola y dejó las tijeras de podar. Se cruzó de brazos y se apoyó en la mesa—. ¿Qué quiere saber?

—¿Por qué rescindió Justin Mallory su contrato en la explotación?

—No nos poníamos de acuerdo, y pensó que lo mejor era que me fuera.

—¿De acuerdo en qué?

—Me acusó de robar combustible. —Vincent resopló.

—¿Lo hizo?

—¡No, joder, claro que no! —El hombre sacó la barbilla—. Le dije que se metiera el trabajo por donde le cupiera.

—¿Fue eso antes o después de que le pusiera de patitas en la calle?

—¿Qué más da?

—Responda a la pregunta, Shane. Mi oferta de una habitación un tanto incómoda en comisaría sigue en pie.

Vincent espetó con desdén. —No me creyó, dijera lo que dijera. Solo quería quitarme de en medio porque intentaba ahorrar dinero.

—¿Por qué iba a hacer eso? A la granja le iba bien después de que él tomara el relevo de su padre, ¿no?

Vincent se cruzó de brazos. —Pues sí, y por eso le pedí un aumento de sueldo. Llevaba más de un año sin una subida, y calculé que en cuanto su idea de cultivar variedades menos conocidas despegara, se iba a forrar. Pero me dijo que no se lo podía permitir, y que quizá si se lo pedía dentro de unos meses podría planteárselo. Y entonces, más o menos una semana después, me acusaron de robar combustible. Lo busqué en internet. Se llama despido improcedente encubierto, así que no tuve ninguna oportunidad. Justin me dio la paga de una semana y me dijo que me largara.

—He oído que ignoró a Joseph pocas semanas después de dejar la granja, cuando él lo vio a usted en el supermercado. ¿Por qué hacer eso si usted y él estaban tan unidos mientras trabajaba para él?

—Estaba avergonzado. Por culpa del maldito de Justin Mallory, todo el mundo por aquí pensaba que les había estado robando. No pude encontrar trabajo durante unos meses. Ya no quería saber nada de ninguno de ellos.

Gavin frunció el ceño. —Resulta un poco extremo que Justin lo despidiera solo porque le pidió un aumento. ¿Está seguro de que fue solo por eso?

—Sí.

—¿Dónde estaba usted el domingo?

—¿Cómo?

—El domingo. ¿Dónde estaba entre las cuatro de la tarde y las siete de la mañana siguiente?

Vincent entornó los ojos. —¿De qué va esto?

—¿Dónde estaba usted?

—Estuve visitando a mi padre en su residencia en Sittingbourne hasta las cinco del domingo, más o menos, y luego, de camino a casa, pasé por la de mi hermana y su marido a una barbacoa. El lunes tenía el día libre, así que me quedé a dormir y me tomé unas cervezas con ellos.

—Necesitaré sus datos de contacto. —Ignoró el suspiro que precedió a la respuesta de Vincent, apuntó la dirección de la hermana y luego levantó la vista de la libreta—. ¿Dónde trabaja ahora?

—Soy contratista para un podador que tiene la empresa cerca de Aylesbury. Algunos días lo siento demasiado lejos de mi casa, pero pagan bien. —Vincent miró de reojo hacia un ruido que provenía del porche acristalado y Gavin se giró para ver a Louise de pie en la puerta—. ¿Qué?

—Voy a salir. No volveré hasta dentro de unas horas.

—Como quieras. —Se volvió hacia Gavin—. Y antes de que pregunte, nos estamos divorciando.

—No es asunto mío, señor Vincent —replicó Gavin, y se guardó la libreta—. Ya me marcho yo.

CAPÍTULO 26

Laura echó un vistazo a la pintoresca casa de campo encalada, situada entre un gran sauce y un vetusto manzano, y reprimió un suspiro.

Hacía quince minutos, Lucas Anderson había confirmado que el cadáver de su depósito era el de Dean Spencer; la fotografía del joven coincidía con las de sus perfiles en las redes sociales. Sería necesaria una identificación formal, pero, por ahora, Laura y Kay podían comunicar la noticia a la familia de Dean antes de que se enteraran de su brutal asesinato por los medios.

Un pulcro seto de aligustre separaba la casa del camino y, frente a ella, un gran jardín presumía de un césped con el tipo de líneas rectas y perfectas que ella normalmente asociaría con un club de tenis, bordeado por varios arbustos y árboles jóvenes. El dulce aroma a hierba recién cortada impregnaba el aire, y podía oír el zumbido del cortacésped en algún lugar de la parte trasera de la propiedad.

La casa de campo tenía un viejo tejado de paja del que

sobresalía una chimenea de ladrillo por un extremo. La única concesión a la modernidad era una antena parabólica fijada a un lado de la chimenea; por lo demás, sintió que había retrocedido en el tiempo. Había incluso una farola de hierro forjado de estilo victoriano junto a un estanque a la izquierda del sendero de grava. Se acercó a la puerta principal, que tenía dos paneles verticales de cristal esmerilado engastados en el roble macizo.

Los pasos de Kay crujieron a su espalda, y el ritmo fue ralentizándose a medida que se acercaban.

—Odio ser yo la que tenga que decírselo —murmuró Laura por encima del hombro—. Se me parte el corazón cada vez.

—A mí también, pero tienen que saberlo. Imagina cuál sería la alternativa: hay muchas otras personas que tienen a seres queridos en nuestra lista de desaparecidos y no tienen ni idea de qué les ha pasado. —La inspectora llamó al timbre, se ajustó la chaqueta y enderezó los hombros—. Allá vamos.

Se abrió la puerta y una mujer de unos sesenta y cinco años se asomó con expresión de confusión.

—¿Sí?

—¿Margaret Spencer? Soy la inspectora Kay Hunter y esta es la agente Laura Hanway. ¿Está su marido?

—¿De qué se trata?

—¿Podemos pasar? Se lo explicaré dentro.

Laura oyó cómo el sonido del cortacésped se interrumpía y, unos instantes después, una voz masculina retumbó por la casa.

—¿Mags? ¿Llaman a la puerta?

—Es la policía —le respondió la mujer—. Quieren hablar con nosotros.

Las hizo pasar, y Laura se encontró en un recibidor pintado de un amarillo pálido que acentuaba las vigas vistas que entrecruzaban las paredes. Una serie de acuarelas colgaban de escarpias en la pared del fondo, y un par de sillones de aspecto cómodo estaban colocados junto a la ventana. Margaret pasó deprisa junto a ellos y los condujo a la cocina, en la parte trasera de la propiedad, donde un hombre de pelo plateado muy corto se apoyaba en el marco de la puerta trasera mientras se quitaba un par de zapatillas viejas con la punta del otro pie.

Levantó la vista cuando entraron y Laura vio la confusión en sus ojos.

—¿Qué está pasando? —preguntó él.

Kay recorrió la habitación con la mirada e hizo un gesto hacia una mesa redonda de nogal con cuatro sillas junto a una estantería cargada de libros de cocina y un horno AGA.

—¿Nos sentamos?

Laura vio que la pareja intercambiaba una mirada de preocupación, pero hicieron lo que la inspectora sugirió y se sentaron cada uno en una silla junto a la estantería.

—Margaret, Rowan, lamento mucho tener que hacerles unas preguntas para empezar —dijo Kay. Cogió una silla y se sentó frente a ellos, mientras Laura permanecía de pie e intentaba que el dolor inminente no le oprimiera el corazón.

—De acuerdo —dijo la mujer—. Pero llámeme Maggie. Todo el mundo lo hace.

—Gracias. ¿Podría decirme, por favor, cuándo fue la última vez que habló con Dean, su hijo?

—¿Por qué? ¿Qué ha pasado? —Los ojos de Rowan se abrieron de par en par cuando la mano de Maggie se lanzó a aferrar la suya—. ¿Qué está pasando?

—¿Podría decirme cuándo fue la última vez que habló con él? —insistió Kay—. Es muy importante.

—El viernes por la noche, justo antes de entrar en una reunión —dijo Maggie, con el rostro pálido—. Viene a comer aquí el próximo domingo.

Laura vio un destello de dolor en los ojos de Kay y, a continuación, la inspectora respiró hondo y juntó las manos sobre la mesa.

—Lamento mucho tener que decirles esto, Maggie y Rowan, pero tenemos motivos para creer que Dean es la víctima en una investigación de homicidio que estoy dirigiendo…

—No… —gimió Maggie, y se volvió hacia Rowan con el rostro desencajado. Un lamento sacudió su cuerpo, mientras las lágrimas surcaban las mejillas de su marido.

Laura se mordió el labio y se miró los pies mientras el desconsuelo de la pareja llenaba la cocina. Parpadeó y miró por la ventana la luz del sol que bañaba la hierba exuberante mientras una mariposa naranja y negra revoloteaba entre unos arbustos de flores moradas, y luego se volvió al oír un sonoro sollozo.

—Necesitaremos que lo identifiquen formalmente —dijo Kay en voz baja—, pero hemos podido confirmar gracias a las fotografías de las redes sociales que la víctima es Dean, y estamos haciendo todo lo posible para encontrar a la persona o personas responsables.

—¿Cómo...? ¿Cómo ha sucedido? —preguntó Rowan.

—En eso se centra mi investigación —dijo Kay—. Y les doy mi palabra de que voy a averiguar quién ha hecho esto.

El hombre asintió y estrechó a su mujer con más fuerza. —¿Dónde lo han encontrado?

—En una granja, en una plantación —dijo Kay—. Podré darles más detalles a su debido tiempo, pero ¿puedo hacerles algunas preguntas más? Me gustaría saber cómo era Dean y qué ha podido estar haciendo durante las últimas semanas.

Maggie se enderezó y se secó los ojos con los dedos antes de mirar a Kay. —Pregunte lo que necesite. Lo que sea.

—Gracias. ¿Dónde trabaja Dean?

—En casa —dijo Rowan—. Teletrabaja como diseñador gráfico autónomo desde que terminó la universidad. Tiene clientes por todo el mundo.

—Por eso hablamos tan tarde el viernes —añadió Maggie—. Tenía una reunión con un cliente de Vancouver y nos llevan unas ocho horas de diferencia.

—¿Puedo preguntar de qué hablaron?

—Oh... —A Maggie le corrieron nuevas lágrimas por el rostro—. Quería preguntarnos si estábamos libres el próximo domingo para venirse a comer. Hacía siglos que no lo veíamos y no es que se le diera muy bien mantener el contacto... está tan ocupado con el trabajo y supongo que en su tiempo libre queda con sus amigos.

—Pero no puede... no podía resistirse a uno de los asados de domingo de Maggie —dijo Rowan, rodeando la mano de su mujer con la suya y apretándosela—. Nunca ha podido.

—¿Cómo lo notaron? —preguntó Kay.

—Ocupado —dijo Maggie—. Creo que ya estaba pensando en la reunión con Canadá. Sí que dijo que esperaba salir a tomar una copa con unos amigos el sábado… Creo que iban a ver un partido de fútbol en la tele en uno de los pubs que les gustan en el centro.

—Supongo que no les dijo a qué pub, ¿verdad?

—No, lo siento. —Entonces se derrumbó, apoyándose en Rowan mientras su cuerpo se estremecía y sollozaba.

Laura tragó saliva, tratando de separar sus emociones de la necesidad profesional de obtener respuestas, y se preguntó cómo conseguía Kay parecer tan estoica mientras le concedía un momento a la pareja. Cuando por fin habló, su voz era tranquilizadora.

—Maggie, Rowan, ¿sería mucha molestia pedirles una fotografía reciente de Dean? —dijo—. ¿Y podrían darme su dirección? Me gustaría ver dónde vivía.

Rowan asintió. —Esperen aquí. Vuelvo enseguida.

—Gracias. Maggie, ¿puedo traerle algo? —Kay rebuscó en su bolso y le pasó un paquete de pañuelos a la otra mujer—. ¿Quiere que le prepare un té con azúcar?

—No, gracias. —Maggie sacó un pañuelo del paquete y se sonó la nariz—. Dios mío. ¿Por qué nosotros? ¿Por qué Dean?

—Voy a averiguarlo, se lo prometo —dijo Kay.

Laura miró por encima del hombro cuando Rowan regresó con el móvil y un juego de llaves en las manos.

—¿Quiere que le envíe algunas fotos? —le preguntó a Kay mientras se sentaba de nuevo junto a su mujer.

—Sería perfecto, gracias. —Kay le dictó su número de móvil y luego confirmó la recepción de las imágenes—. ¿Para qué son las llaves?

Rowan se las entregó y recitó una dirección. —Del piso de Dean en Maidstone.

—Se las devolveré en cuanto hayamos terminado de echar un vistazo —dijo Kay— y gracias por confiármelas. ¿Hay algo en el piso que quieran que les traiga?

—Su osito de peluche —dijo Maggie con voz temblorosa—. Está en el salón, en una estantería junto a unas fotos de un viaje de mochilero que hizo hace unos años. Lo tiene desde que era un bebé.

—De eso me encargaré personalmente —dijo Kay, y luego deslizó una tarjeta de visita por la mesa—. Haré que uno de nuestros agentes de enlace familiar pase a verlos hoy más tarde; ellos los mantendrán al día sobre cómo avanza la investigación y serán su principal punto de contacto, pero si quieren hablar conmigo de lo que sea, mis números directos están en esa tarjeta. Pueden llamarme a cualquier hora.

—Gracias —dijo Rowan.

—¿Hay alguien a quien podamos llamar para que venga a estar con ustedes?

—Mi hermana —dijo él—. Vive cerca, y ella y Dean son… eran… muy unidos.

Kay anotó el número y luego echó la silla hacia atrás. —De nuevo, siento muchísimo su pérdida. Gracias por darme las llaves de Dean. Las traeré de vuelta en cuanto pueda.

—Tómense el tiempo que necesiten —dijo Maggie y

miró a Laura, y después a Kay—. Tan solo asegúrense de atrapar al monstruo que mató a mi niño.

CAPÍTULO 27

Para cuando Kay se sentó en su escritorio y empezó a revisar sus correos electrónicos, el sol era un orbe bajo en el horizonte que proyectaba tonos dorados y ocres sobre jirones de nubes que insinuaban lluvia.

El olor a granos de café quemados llenaba la sala de incidencias, mezclándose con el aroma del desodorante recién aplicado de alguien y la lata de bebida energética que Gavin tenía en ese momento en la mesa de enfrente.

Tras darles una noticia tan devastadora a los padres de Dean Spencer, ella y Laura habían regresado a una sala de incidencias cargada con un renovado sentimiento de determinación. Cada uno de sus agentes estaba ahora centrado en averiguar por qué el joven había sido elegido para sufrir una tortura tan brutal y cómo se habían cruzado sus caminos y los de sus asesinos.

Kay apoyó la barbilla en su mano y repasó los distintos informes de la base de datos HOLMES2, pasando la vista por los resultados de las investigaciones puerta a puerta y las solicitudes de grabaciones de las cámaras de seguridad, pero, hasta la fecha, nadie había visto a un hombre que encajara con la descripción de Dean cerca de la plantación de lúpulo durante el fin de semana. Levantó la vista cuando el teléfono de su escritorio sonó y lo cogió antes de que saltara el buzón de voz.

—Hunter.

—Kay, soy Harriet. Estoy a punto de aprobar el informe de Patrick sobre la furgoneta calcinada que se localizó en las afueras de Kemsing, pero quería advertirte: no es concluyente que se la pueda situar en ese apartadero cercano a la propiedad de los Mallory.

—Mierda. —Kay se frotó los ojos, cansada—. ¿Supongo que no hay nada que pueda indicarnos quién la robó?

—Quienquiera que lo hiciera usó un acelerante como gasolina para rociar el interior antes de prenderle fuego, y ese es el problema: el incendio posterior destruyó por completo los neumáticos. Lo único que quedó fueron los cinturones de acero que sujetan la banda de rodadura exterior y las llantas. La goma se quemó por completo o se quedó pegada al asfalto donde se localizó. Desde luego, no podemos saber si se utilizó para transportar a Dean o a sus asesinos. Sin embargo, hemos encontrado un cuchillo de sierra bajo el asiento del copiloto. Aunque ha quedado muy dañado por el fuego, así que no he podido encontrar ninguna muestra para analizar el ADN.

—Así que lo único que tengo ahora son las grabaciones de las cámaras de seguridad que muestran la furgoneta en dirección a la plantación de lúpulo —dijo Kay—. Y eso no va a aguantar el escrutinio en un tribunal.

—Me temo que no —dijo Harriet—. Mira, tengo que irme, pero te enviaré esto por correo electrónico antes de marcharme para que puedas compartirlo con tu equipo. Avísame si tienes alguna otra pregunta.

—Gracias, Harriet.

Tras colgar, Kay actualizó la pantalla hasta que apareció el informe y se lo marcó a Debbie para que lo añadiera a la base de datos.

—Maldita sea —murmuró, y luego echó la silla hacia atrás e hizo una seña a los cuatro detectives, que la miraron con interés—. Hablemos de las tareas para mañana.

Se dirigió a la pizarra, llamando a Debbie al pasar, y esperó a que los cinco miembros del equipo se acercaran a toda prisa.

—No quiero distraer a los demás de lo que están haciendo —explicó—, y dado que estas tareas solo os incumben a vosotros, deberíamos poder ser breves. En primer lugar, ya está el informe de la furgoneta y, por desgracia, está en tan mal estado tras el incendio que Harriet y Patrick no pueden relacionarla con las marcas de los neumáticos encontradas cerca de la plantación. El cuchillo que también encontraron está muy dañado, así que volvemos al punto de partida. Laura, ¿podéis tú y Kyle seguir investigando a los amigos de Dean en las redes sociales y elaborar una lista de personas a las que podamos empezar a interrogar por la mañana? Teniendo en cuenta que es fin de semana, con un poco de suerte deberíamos poder hablar con la mayoría de ellos antes del lunes y conseguir por fin que esta investigación avance.

—Sin problema. —Laura se volvió hacia Kyle—. Si yo me encargo de las cuentas de las redes sociales, ¿quieres echar un vistazo a su negocio de diseño gráfico y ver si hay algo desde esa perspectiva?

—Me parece bien —dijo el miembro más nuevo del equipo de detectives—. Le pediré a Aaron que hable con los padres de Dean para averiguar si tenía un contable o un abogado habitual para su negocio también. ¿Supongo que Aaron va a ser el agente de enlace familiar en este caso?

—Así es —confirmó Kay—. Ya va de camino, así que dale un par de horas con Maggie y Rowan antes de llamarlo.

—De acuerdo.

—Mientras ellos hacen eso, solicitaré a su compañía de telefonía móvil el registro de sus llamadas —dijo Barnes, mirando su reloj—. Si lo hago en la próxima media hora, debería poder pillar a alguien antes de que se vaya por el fin de semana.

—Mejor que lo hagas ahora —dijo Kay—. Ya te diré si hay algo más.

—A ello voy.

Observó cómo su colega se apresuraba a volver a su escritorio, y luego miró a Debbie. —¿Hay algo que haya pasado por alto que necesites que hagamos desde el punto de vista administrativo? Puede que no vuelva después de ir al piso, y mañana por la mañana saldré temprano en cuanto Laura y Kyle nos digan a quién tenemos que interrogar.

—Solo unas autorizaciones de horas extra que he dejado en tu bandeja —dijo la agente uniformada. Bajó la voz—. Y he organizado una tarjeta y una colecta para la jubilación de Harry. Su fiesta es el próximo sábado por la noche, acordaos, así que no olvidéis apuntarlo en vuestras agendas. Os perseguiré personalmente a todos si se olvidan.

Kay sonrió y levantó las manos en señal de rendición. —¡Ni pensarlo! Y gracias, Debs.

—¿Necesitas que haga algo, jefa? —dijo Gavin.

—Sí, me gustaría que vinieras conmigo al piso de Dean. Voy para allá en unos veinte minutos. No espero que haya problemas, pero por si acaso…

—Sin problema, inspectora —dijo Gavin—. Más vale prevenir que curar, sobre todo teniendo en cuenta la naturaleza de este caso.

—Exacto. Vale, gracias a todos. Tenéis mi número si me necesitáis esta noche, pero, si no, os veré aquí mañana a las ocho y nos repartiremos las entrevistas con los amigos de Dean.

Alcanzó a Barnes mientras este volvía a su mesa. —¿Ian, puedo hablar un momento contigo?

—Claro. —Se detuvo junto a la fotocopiadora y enarcó una ceja—. ¿Qué ocurre?

—¿Podrías llamar a Lucas y pedirle que se ponga en contacto con Aaron para organizar una identificación formal? Cuanto antes, mejor. Quiero decir, hemos confirmado la identidad de Dean con las publicaciones de sus redes sociales, pero aun así hay que hacerlo. Si él no puede acompañar a los Spencer, ¿podrías ir tú?

—Sin problema, inspectora. —Sus ojos mostraron preocupación—. ¿Cómo ha ido esta tarde?

Ella suspiró. —Pues horrible, como siempre.

—¿Hiciste lo de siempre y les prometiste que atraparías al asesino de Dean?

—Sí.

—Inspectora, algún día tendremos un caso que no resolvamos, lo sabes, ¿verdad? —dijo él, con el ceño fruncido—. Es la ley de probabilidades.

—Lo sé, Ian. —Kay le dio una palmada en el brazo y se volvió hacia su mesa, diciendo por encima del hombro —: Pero lo digo en serio. Encontraremos a esos cabrones.

CAPÍTULO 28

Kay vio el compacto deportivo de Gavin entrar en el aparcamiento público, cogió el bolso del asiento del copiloto antes de bajar del coche de servicio y esperó a que él maniobrara para aparcar en una plaza libre junto a la suya.

El bloque de apartamentos de ladrillo visto donde había vivido Dean Spencer se encontraba al final de un corto callejón que salía del aparcamiento. Las ventanas traseras de seis de los pisos daban al aparcamiento. Media docena de esas ventanas tenían cristales esmerilados y la mayoría también tenían los estores enrollados en la parte superior, así que Kay supuso que serían los cuartos de baño. Las ventanas restantes tenían las persianas bajadas y en algunos alféizares se veían macetas con plantas o cristales que colgaban de los pestillos y reflejaban los últimos rayos del sol de la tarde.

Al otro lado de los coches había un pequeño parque con un sendero para peatones y ciclistas que serpenteaba junto al río y desembocaba cerca del centro de Maidstone.

Kay sacó un juego de llaves del bolso mientras Gavin se bajaba del coche.

—¿A qué hora has quedado con Leanne?

—Hasta las siete no, y solo si no llega antes a casa —dijo él—. Y no he reservado en el restaurante hasta las ocho, así que tenemos tiempo de sobra si lo necesitamos.

—Gracias. —Se puso a su altura y se dirigieron hacia el callejón—. Al menos te pilla de camino a casa.

—Cierto. —Le lanzó una mirada de reojo—. ¿Esperas problemas?

—Espero que no. Pero quería preguntarte qué opinas de los Mallory sin influir en el juicio de los demás. Dijiste que Shane Vincent cree que fue un despido improcedente encubierto, ¿no?

—Sí. Negó por completo la historia del robo de combustible y asegura que se la inventaron para poder deshacerse de él sin que pudiera presentar una demanda por despido improcedente contra ellos.

—Y ahora tenemos a Roland Hammerton montando el numerito de la lesión personal para hacer algo parecido. —Kay se detuvo ante el portal del bloque de apartamentos.

Había telefonillos numerados para cada uno de los doce apartamentos, pero ninguno para un conserje. Rebuscando entre las llaves que le había dado Rowan Spencer, encontró una que encajaba en la puerta principal y se la abrió a Gavin.

—El piso número cuatro —dijo, y lo siguió escaleras arriba—. Entonces, mi pregunta es: ¿crees que los Mallory merecen una investigación más profunda? ¿Has tenido oportunidad de hablar con las dos mujeres que trabajaban allí?

—Lo tengo en la lista para mañana, jefa —dijo él por encima del hombro—. Tengo pensado llevarme a Laura cuando termine de interrogar a los amigos de Dean con Kyle.

—Genial, gracias.

—¿Crees que los Mallory traman algo y que cualquiera que esté a punto de descubrir el qué se queda sin trabajo, o…?

—No lo sé. Quizá. Es decir, Hammerton no encaja en ese patrón, pero algo no cuadra, ¿verdad? —Lo alcanzó y bajó la voz—. Y, de momento, no tenemos ni idea de por qué mataron a Dean Spencer en su propiedad.

Gavin se detuvo en el segundo rellano y le abrió la puerta cortafuegos que daba a los dos siguientes apartamentos.

—Lo tendré en cuenta mañana, jefa, pero sí, estoy de acuerdo en que hay algo que no encaja. Me lo guardaré para mí por ahora, y te veré en la oficina o te llamaré para mantenerte al día, si te parece.

—Gracias. —Le guiñó un ojo—. Sabía que podía contar contigo. Bueno, ¿necesitas guantes antes de que hagamos esto?

—Tengo unos aquí, jefa. —Se metió la mano en el bolsillo de la chaqueta y sacó un par de guantes de nitrilo.

—Bien. —Kay sacó un par de su bolso, luego encontró la llave del número cuatro y abrió la puerta.

Daba a un corto pasillo con una bicicleta de montaña desvencijada apoyada en la pared y un montón desordenado de zapatillas de deporte y zapatos de trabajo detrás de la puerta. El pasillo tenía tres puertas: una para un cuarto de baño, otra para un dormitorio principal y la tercera para un pequeño dormitorio de invitados que Dean había convertido en un despacho. Tras pasarlas, Kay se encontró en un salón-cocina de planta abierta, con la ventana de la cocina que daba al aparcamiento y al río, como había sospechado.

—Muy bien, ¿quieres encargarte del dormitorio principal y del baño y yo empiezo aquí? —dijo—. Podemos dejar el despacho para el final.

—Me parece bien. Avísame si encuentras algo, jefa.

Gavin se fue mientras ella dejaba su bolso en la encimera de la cocina y luego se dirigió hacia una estantería junto a un gran televisor en la esquina.

Encontró el osito de peluche que Maggie Spencer tanto quería y lo dejó junto a su bolso antes de volver a las fotografías que llenaban los huecos entre varios libros de arte, arquitectura y gestión empresarial.

Tras reconocer una o dos caras de las redes sociales de Dean, recorrió con la vista el resto y luego centró su atención en los dos cajones de la base de la estantería.

El primero reveló algunos juegos de mesa viejos, con las tapas de cartón desgastadas por el tiempo y el uso. Rebuscó entre ellos hasta que encontró una cartera de documentos ignífuga y la sacó.

Al abrir la cremallera, descubrió que contenía un testamento, el certificado de nacimiento de Dean y su título de graduación, junto con una lista de contraseñas para varias webs de banca y de inversión en bolsa. Ojeando el documento legal, enarcó una ceja al ver los detalles, anotó los nombres y las direcciones de los beneficiarios en su cuaderno y luego se enderezó y dejó la cartera junto al oso de peluche.

—¿Alguna novedad, jefa? —preguntó Gavin en voz alta.

—Un testamento, pero nada raro por aquí. ¿Y tú?

—Ya he terminado en el dormitorio. Voy a empezar con el cuarto de baño.

—Vale, gracias.

Kay fue hasta el centro de la estancia y examinó el sofá. Tenía tres cojines desparramados, todos con distintos motivos de viajes, pero no parecía que nadie se hubiera sentado en él últimamente. Se acercó a la zona de la cocina, abrió el frigorífico y retrocedió por el hedor a leche agria. En un estante había un bol con restos secos de patatas asadas y en el cajón de las verduras, media docena de latas de cerveza. El congelador contenía una lasaña, una cubitera y nada más.

Cerró la puerta de un portazo y comprobó el horno y el microondas, para luego pasar a los armarios.

Nada.

—He terminado ahí —dijo al pasar por delante del baño—. Voy a empezar con el despacho.

—Voy en un segundo —dijo Gavin, dándose la vuelta desde un armario con puerta de espejo que había sobre el lavabo—. No hay gran cosa aquí dentro, solo cosas para el dolor de cabeza y la indigestión, y algunos preservativos.

—Vale. ¿Nada en la cisterna?

—Limpia como una patena, jefa.

—Gracias.

El despacho de Dean estaba despejado, organizado y diseñado para que pudiera trabajar de la forma más eficiente posible. Kay silbó por lo bajo al ver las obras de arte que colgaban de las paredes, fijándose en su firma en cada esquina, y luego reparó en la impresora 3D del rincón y en algunos de los últimos diseños del artista expuestos en una estantería a su lado.

—Tenía talento, desde luego —dijo cuando apareció Gavin—. Y estaba ocupado, si nos guiamos por ese archivador de ahí lleno de facturas.

Su compañero se acercó al escritorio y rebuscó entre los documentos de una bandeja de dos pisos. —Tiene contratos de todo el mundo. Algunos de grandes empresas también.

—He encontrado su testamento en la otra habitación. Ha dejado un montón de dinero a amigos y a organizaciones benéficas.

—¿Cuántos años tenía?

—Veintiséis.

—Joder, le saco unos cuantos años y ni siquiera tengo testamento. —Gavin dejó caer los documentos en la bandeja y se volvió hacia ella—. ¿Crees que temía por su vida?

Kay negó con la cabeza. —No lo creo. Bueno, no cuando hizo el testamento, tiene fecha de hace dos años y también hay contraseñas para inversiones. Creo que Dean trabajaba duro, invertía con cabeza y le iba bastante bien.

—Entonces, quizá a alguien no le gustaba eso.

—Quizá. —Recorrió la habitación con la mirada una vez más, luego se acercó a la ventana y miró a la calle. Un anciano paseaba un terrier desaliñado más abajo, pero aparte de eso, todo estaba en calma; la hora de salida de los colegios y el atasco de vuelta a casa ya habían pasado —. ¿Qué demonios se nos está escapando, Gav? ¿Por qué narices mataron a Dean? No veo nada aquí que indique que estuviera metido en algo turbio, ¿y tú?

—No, jefa —dijo Gavin—. Pero tampoco veo nada que indique que pasara mucho tiempo aquí, ¿no te parece?

—Estoy de acuerdo —se giró para mirarlo—. Entonces, ¿adónde iba cuando no estaba aquí?

CAPÍTULO 29

Kyle terminó de revisar el perfil de Dean en las redes sociales mientras Laura detenía el coche frente a una hilera de adosados de dos dormitorios en el centro de Maidstone y miraba por la ventanilla el muro de chapa ondulada de una gran nave industrial que se alzaba sobre las ocho propiedades del callejón sin salida.

—Caray —dijo—. Los han metido aquí con calzador, ¿eh?

—Y cobraron un dineral por ellos —dijo Laura—. Recuerdo cuando salieron al mercado. Habría necesitado el sueldo de un comisario para poder siquiera aspirar a uno de estos por aquel entonces. A saber por cuánto se venderán ahora.

—Ni siquiera hay dónde aparcar. Por cierto, estamos en una zona de solo reparto.

—Lo sé. —Laura se inclinó, abrió la consola central y sacó un trozo de papel muy gastado con una sola palabra garabateada. Lo sostuvo en alto y sonrió antes de colocarlo en el salpicadero—. Supongo que nos dejarán en paz cuando sepan que somos la policía.

—O nos rajarán las ruedas —dijo Kyle, y abrió la puerta—. Venga, vamos.

La guio hasta el número 7, que estaba escondido en el rincón más alejado de la entrada de la calle sin salida y bajo la sombra de la nave. Musgo de color verde oscuro cubría las grietas del sendero de hormigón que llevaba a la puerta principal y se adhería a la parte inferior de los canalones y desagües de PVC blanco. Pudo ver una luz encendida en el salón a través de unas persianas opacas.

—Supongo que aquí ni siquiera da el sol —dijo en voz baja.

—Sí, el polígono industrial se construyó al año siguiente de que se vendieran estos —respondió Laura—. Así que me alegro de no haber comprado uno al final.

Se calló y esperó mientras él buscaba un timbre sin éxito. Luego, golpeó con los nudillos el panel de cristal de la puerta.

Abrió un hombre de veintimuchos años con el pelo castaño y de punta. Parpadeó y, al ver la placa de Kyle, abrió los ojos como platos.

—¿Policía?

—¿Es usted Dominic Bridger?

—Eh, sí.

—¿Podemos pasar?

—Eh, ¿por qué?

—Tenemos unas preguntas sobre su amigo, Dean Spencer —dijo Kyle—. ¿Cuándo fue la última vez que lo vio?

—Eh, la semana pasada. Creo. Sí. El sábado anterior.

—¿Ha hablado con él desde entonces?

—Le mandé un mensaje el viernes pasado, porque íbamos a tomar una cerveza y a ver el fútbol.

—¿Y esta semana?

Dominic miró a Laura y luego a Kyle, frunciendo el ceño.

—¿Qué pasa?

—Si nos permite pasar, por favor, se lo explicaremos.

El hombre suspiró y se dio la vuelta.

—Venga, pasad. Pero no me juzguéis, ¿eh? Aún no he tenido tiempo de limpiar. Normalmente lo hago los domingos.

Kyle le lanzó una mirada de advertencia a Laura y luego cruzó el umbral delante de ella, con la mirada yendo de izquierda a derecha mientras observaba un pasillo estrecho que conducía a una cocina en la parte trasera de la casa y a una puerta que daba a un salón a la derecha. Miró por encima del hombro.

—Todo despejado.

Ella asintió levemente, cerró la puerta tras de sí y lo siguió.

Cuando Kyle entró en el salón, su primera impresión fue que un tornado había arrasado el lugar. Cajas de pizza vacías y cubos de pollo frito ocupaban un extremo de un sofá de dos plazas y cubrían la mitad de la mesa de centro, sobre la que había ocho latas de cerveza chafadas.

Una gran pantalla de televisión ocupaba la mayor parte de la pared de enfrente de la ventana, y la imagen de un juego de tiros en primera persona estaba congelada; el escenario era una pesadilla postapocalíptica, mientras que una puntuación en la esquina superior izquierda sugería que el hombre era un jugador experimentado.

Kyle vio el logo en la parte inferior de la pantalla y frunció el ceño.

—¿Es el nuevo…?

—Sí. —Dominic sonrió mientras se inclinaba sobre el sofá y abría la ventana, dejando entrar una brizna de aire—. Lo conseguí ayer. Perdonad el olor. Me he pasado toda la noche jugando.

Kyle vio a Laura apartarse y taparse la nariz un momento hasta que el aire fresco empezó a circular, y luego se centró en el amigo de Dean.

—Ha dicho que vio a Dean el viernes pasado, Dominic —indicó—. ¿Parecía estar bien cuando quedaron?

El hombre se dejó caer en una silla de gaming ergonómica y la hizo girar perezosamente de un lado a otro.

—Sí, supongo. Quedamos en ese pub de la esquina y nos tomamos unas pintas mientras veíamos el partido.

—¿De qué hablaron?

—No sé. De las chorradas de siempre. —Dominic frunció el ceño y detuvo la silla, plantando los pies en el suelo laminado que imitaba la madera y mirando fijamente a los dos detectives—. A ver, ¿qué pasa? ¿Dean está bien?

—Lamentamos tener que comunicarle esto —dijo Laura—, pero Dean fue encontrado muerto el martes por la mañana.

—¿Muerto? —espetó Dominic, abriendo mucho los ojos—. ¿Cómo? Solo se tomó tres o cuatro pintas el viernes… Estaba perfectamente cuando nos fuimos del pub. ¿Qué ha pasado?

—Eso es lo que estamos intentando averiguar —dijo Kyle. Se acercó al sofá, apartó varios cartones de comida para llevar y le ofreció el asiento a Laura antes de sentarse en el reposabrazos, a su lado—. Y esperamos que pueda ayudarnos.

Dominic abrió y cerró la boca y, a continuación, tragó saliva. —¿Cómo ha muerto?

—No podemos darle esos detalles por el momento —dijo Laura—. ¿Sabía si Dean tenía algún problema?

—¿Como cuáles?

—¿Le preocupaba algo?

—A mí no me dijo nada, no. —Dominic tragó saliva, luego apoyó los codos en las rodillas y cerró los ojos—. Me encuentro mal.

—¿Quiere que le traiga un vaso de agua?

—Sí, por favor. Hay un filtro en la puerta de la nevera.

Kyle esperó a que Laura saliera hacia la cocina y luego se giró de nuevo hacia el amigo de Dean. —¿Había algo que le preocupara cuando se vieron el viernes?

—No. —Dominic parpadeó, se recostó en la silla y miró por la ventana, con la mirada perdida un instante—. No puedo creer que esté pasando esto.

Laura volvió con el agua y se la entregó al hombre, quien dio un sorbo vacilante antes de dejar el vaso junto a un montón de latas de cerveza y refrescos usadas al lado del teclado de su ordenador. —¿Desde cuándo conocía a Dean?

—Unos cuantos años. Nos conocimos en la universidad. Ya entonces hacía trabajos de diseño como autónomos, y después de terminar la carrera le fue sobre ruedas.

—El cuerpo de Dean fue descubierto en una plantación de lúpulo que usted había visitado con él y con Liam Peyton a principios de verano. ¿Tiene idea de por qué podría ser?

Dominic frunció el ceño y negó con la cabeza. —No, en absoluto. Dean organizó ese viaje en el último momento. Se suponía que íbamos a ir a Orpington a un festival de música, pero lo cancelaron unas semanas antes y nos quedamos todos sin nada que hacer. La verdad es que nos reímos mucho. Cuando lo propuso por primera vez, me pareció un poco patético.

—Hemos oído que la cosa se puso violenta —dijo Laura.

—Sí, así fue. De hecho, fue culpa mía. Al menos Dean tuvo el buen juicio de disculparse. ¿Por qué, creen que alguien de allí lo mató?

—La investigación sigue activa y no podemos decir nada por el momento.

—¿Dónde estaba el domingo por la noche entre las diez y las cuatro de la madrugada? —dijo Kyle.

—Aquí. Jugando a videojuegos.

—¿Puede alguien corroborarlo?

—No, estaba solo. A veces me conecto y desafío a otros jugadores, pero los domingos me gusta relajarme. A menudo tengo que atender llamadas de clientes a primera hora de un lunes, sobre todo si están en el extranjero, en Australia o Asia.

—¿A qué se dedica? —preguntó Laura.

A modo de respuesta, Dominic señaló el ordenador con el pulgar. —Gestiono varias páginas web de dropshipping, servicios de agencia para reservas en restaurantes, ese tipo de cosas.

—¿El negocio va bien? —dijo Kyle.

—Sí, la verdad es que no va nada mal. —El hombre consiguió esbozar una sonrisa—. Al menos me da tiempo a hacer lo que me gusta.

—¿Jugar a videojuegos?

—Eso, y viajar cuando me apetece. —Se estremeció—. No sé si podría trabajar en una oficina, con toda esa gente, la política y todo eso. Hice algunos trabajos por contrato mientras montaba mi negocio, y fue horrible.

Kyle le entregó una de sus tarjetas de visita. —De nuevo, lamentamos su pérdida. ¿Me llamaría si se le ocurre algo que pueda ayudarnos? Hasta el más mínimo detalle puede ser útil.

—Claro. —Cogió la tarjeta y los acompañó hasta la puerta principal. Los llamó mientras se dirigían al coche —. ¿Detective Walker?

Kyle se detuvo y se volvió. —¿Sí?

—No iba en broma... Píllese ese juego —dijo Dominic, con cara seria—. Espere a ver lo que han hecho con la tercera fase.

CAPÍTULO 30

—¿Y bien, qué sabemos hasta ahora de Liam Peyton? —dijo Kay, cogiendo la chaqueta del asiento trasero del coche de servicio y poniéndose a la altura de Barnes.

La casa a la que se dirigían era un pareado de ladrillo con un amplio jardín delantero y una entrada pavimentada para coches a la derecha. Una de las treinta casas que bordeaban una sinuosa avenida en los suburbios del este de Maidstone, estaba retirada de la carretera y varios arbustos hacían de pantalla para proporcionar a los residentes algo de privacidad de sus vecinos y de los vehículos que pasaban.

Barnes había aparcado unas casas más allá, detrás de la furgoneta de un contratista, y se guardó las llaves del coche en el bolsillo antes de hablar.

—Vive en casa de sus padres y, según sus redes sociales, es una medida temporal mientras espera a que se formalice la compra de su casa —dijo, poniendo el móvil en silencio—. Por nuestras búsquedas no hemos podido averiguar dónde estará esa casa, pero me da la impresión de que se va a mudar de la zona. En otras de sus publicaciones se le ve de excursión por Lake District, así que quizá se dirija hacia allí.

—¿Algún otro interés?

—Videojuegos, beber, música en directo, lo típico —respondió Barnes—. Como a la mayoría de los veinteañeros.

—¿Qué tal está la tuya?

—Emma está bien —dijo él, sintiendo una calidez en su interior al pensar en su única hija—. Viene a finales de mes a pasar el fin de semana con nosotros, lo que significa que no me dejará meter bocado; ella y Pia se llevan muy bien.

—Eso está bien.

Barnes se agachó para abrir la verja que bloqueaba el acceso de los Peyton y examinó con la vista los tres coches aparcados uno detrás de otro, distinguiendo el compacto plateado que pertenecía a Liam detrás de un SUV más antiguo. —Al menos está en casa. Solo esperemos que esté levantado.

Su compañera se rio entre dientes y luego llamó al timbre. Su expresión pasó de la jovialidad a la neutralidad en cuanto la puerta se abrió.

Una mujer de unos cincuenta y tantos años se asomó. —¿Está bien Charlotte?

—Su hija está bien —le aseguró Kay sin dudar un instante—. Disculpe que la molestemos. Soy la inspectora Kay Hunter y este es mi compañero, el agente Ian Barnes. Nos gustaría hablar con Liam.

La mujer se llevó una mano al pecho. —Ay, gracias a Dios. Me he imaginado lo peor. ¿De qué se trata?

—Solo unas preguntas rutinarias sobre un asunto que estamos investigando.

—¿Pasa algo malo?

—Como le he dicho, solo son unas preguntas rutinarias sobre un asunto que estamos investigando.

—Ah. De acuerdo, entonces. Pasen y voy a buscarlo.

Barnes siguió a la madre de Peyton y a Kay a un amplio salón con dos grandes sofás de tres plazas dispuestos en forma de L frente a un televisor. Las paredes estaban cubiertas de fotografías familiares impresas en lienzo que mostraban a Liam y a su hermana en diferentes etapas de su vida; las más monas eran de cuando eran pequeños.

Se acercó a mirar una de los dos en la graduación de la universidad y enarcó una ceja. —Mellizos.

—Es dos minutos mayor que yo —dijo una voz a su espalda.

Se giró y vio a Liam de pie en el umbral, con el rostro pensativo. —Y apuesto a que se lo recuerda a la mínima oportunidad.

—No se equivoca. —Liam se pasó una mano por el pelo hasta los hombros, con mechas aclaradas por el sol, luego se quitó una goma de la muñeca y se lo recogió en una coleta baja. Llevaba una camiseta azul arrugada con un logotipo deportivo familiar sobre unos vaqueros negros, y parecía que acababa de despertarse—. Mamá ha dicho que necesitaban hablar conmigo. ¿Sobre qué?

—Dean Spencer —dijo Barnes—. ¿Quiere sentarse?

—Esto no me gusta nada —dijo Liam, dejándose caer en el sofá más cercano y mirando hacia arriba con los ojos muy abiertos—. ¿Qué pasa?

—Lo siento. —Kay se acercó, su voz dolida—. Pero tenemos que decirle que Dean fue atacado y asesinado hace seis días. Hemos notificado a sus padres y estamos intentando averiguar quién le hizo esto.

—Joder. —Liam se reclinó en el asiento y se cubrió la cara con las manos por un momento—. Mierda.

—¿Quiere que vaya a buscar a su madre? —dijo Barnes.

—No, está bien. —El joven dejó caer las manos sobre su regazo, con el rostro abatido—. Charlotte está de viaje por Vietnam en este momento y mamá está muerta de preocupación por ella, aunque nos manda mensajes cada dos por tres para contarnos lo que hace. Una noticia como esta solo la pondrá peor.

—Avísenos si cambia de opinión.

—¿Qué ha pasado?

—Estamos intentando reconstruir los hechos en este momento —dijo Barnes—. ¿Cuándo fue la última vez que vio a Dean?

—El miércoles de la semana pasada. Jugamos al fútbol sala en ese club de Tovil. No soporto ir al gimnasio, y Dean es… era… bastante bueno, así que era algo habitual para nosotros. —Se interrumpió, con la mirada perdida en las fotografías de la pared—. Me preguntaba dónde estaría esta semana.

—¿No lo llamó?

—Lo intenté, saltó directamente el buzón de voz, así que supuse que estaba demasiado ocupado con el trabajo y que ya lo vería mañana en el pub. Dan un partido por la tele que pensábamos ver juntos. Mierda.

—Visitó una plantación de lúpulo con él y con

Dominic Bridger durante el verano —dijo Barnes—. ¿Hubo algún problema?

Liam frunció el ceño. —¿La plantación de lúpulo? ¿Por qué es importante?

—Allí es donde lo encontraron. Estamos intentando averiguar por qué. Nos ha llegado que las cosas se descontrolaron un poco durante la visita a la plantación.

—El puñetero Dominic, eso fue lo que pasó. —Liam negó con la cabeza y una sonrisa triste le asomó al rostro —. Dean le dijo que no bebiera chupitos en el pub donde nos recogió la minivan antes de la visita, pero no hizo caso. Dom solo es un bocazas, eso es todo, pero, como es lógico, no sentó nada bien. Aun así, Dean se disculpó con el tipo que dirigía la visita y con la mujer que se encargó del papeleo al principio. ¿Creen que alguien de allí lo mató?

—Tenemos varias líneas de investigación abiertas en estos momentos.

—Liam, esta es una pregunta rutinaria que tenemos que hacerle —dijo Kay—. ¿Dónde estuvo el domingo por la tarde hasta las cuatro de la madrugada siguiente?

—Estuve aquí, de tranquis, poniéndome al día con unas películas que me había descargado —respondió él—. Salí un momento sobre las siete para bajar a las tiendas a por unas cervezas porque nos habíamos quedado sin, pero, por lo demás, eso fue todo.

—¿Alguien puede corroborar su coartada para ese periodo? —dijo Barnes.

Liam frunció el ceño. —¿Por qué iba a...? Ah. Sí, mi madre estaba aquí. Hizo una videollamada con Charlotte en algún momento y luego, por la noche, vinieron unas amigas suyas a cenar y a tomar algo. Es lo que hacen siempre desde que se jubilaron anticipadamente, una especie de rebelión contra los viejos tiempos en los que tenían que trabajar en el turno de noche.

—¿A qué se dedicaba su madre?

—Era enfermera, especializada en recuperación cardiológica —dijo Liam con un deje de orgullo en la voz—. Le encantaba.

—¿Y su padre?

—Es asesor financiero. Sigue trabajando. Y seguramente lo hará siempre, aunque solo sea unas pocas horas a la semana.

Barnes miró a Kay, enarcó una ceja y vio que ella negaba levemente con la cabeza como respuesta. Se volvió hacia Liam y le tendió una tarjeta.

—De nuevo, lamentamos ser los portadores de tan terribles noticias. Si recuerda cualquier cosa, lo que sea, llámeme a ese número. Mi móvil también está ahí.

—De acuerdo. —Liam cogió la tarjeta y le dio vueltas entre los dedos—. ¿Saben cómo murió Dean?

—Sí —dijo Barnes, y luego suspiró—. Pero no vamos a compartir los detalles. No sería justo para usted.

La mirada de Liam se posó en la tarjeta. —Espero que lo encuentren, al que lo mató.

—Oh, lo haremos —dijo Kay, dirigiéndose hacia la puerta—. No le quepa duda, lo haremos.

CAPÍTULO 31

Gavin consultó el reloj y luego dirigió su atención al pub de estilo victoriano tardío enclavado entre una próspera tienda benéfica y una ruinosa tienda de artículos para el hogar.

Esta zona de la ciudad era evitada por los turistas, olvidada por los lugareños y frecuentada por muchos que preferían mantenerse alejados del centro, a menos que tuvieran que visitarlo por necesidad.

El pub carecía tanto de carácter como de atractivo. Una lona de un azul intenso cubría un extremo del tejado de pizarra, donde un andamio se aferraba al lateral del edificio, y un letrero descolorido anunciaba que estaba en obras. La pintura se descascaraba en los alféizares, que en su día fueron blancos y ahora lucían un sucio tono grisáceo, y los cristales de las ventanas estaban manchados, con una grieta en la esquina inferior de uno de ellos que parecía haber sido causada por el impacto de una piedra.

De pie bajo el toldo de una carnicería al otro lado de la

calle, el hedor a carne cruda, con un trasfondo de detergente y lejía, asaltó los sentidos de Gavin mientras hacía tiempo y esperaba.

Eran casi las doce, y planeaba hablar con Kathryn Garnet antes de que el turno de comidas comenzara en serio. Las puertas del pub permanecieron cerradas a cal y canto hasta dos minutos antes de la hora en punto; entonces, distinguió movimiento y la puerta exterior se abrió hacia dentro.

Instantes después, una mujer de unos cuarenta y tantos años arrastró una pizarra de tipo sándwich al exterior y la encadenó a una farola. Gavin entornó los ojos por la luz del sol de mediodía y vio que anunciaba una variedad de sándwiches y baguetes para el almuerzo; la tiza líquida estaba corrida en algunas partes, de tanto mover la pizarra de un lado a otro cada día.

Esperó a que pasara un autobús de dos pisos, luego cruzó la calle al trote y empujó la puerta interior del pub.

El interior era lúgubre, y se detuvo en el umbral para observar la decoración desgastada. El suelo de parqué parecía bastante limpio, pero al caminar hacia la barra, notó que los zapatos se le pegaban a la superficie e hizo una mueca, recordando algunas de las discotecas que solía frecuentar al final de su adolescencia y principios de sus veinte.

El bar olía a cerveza rancia y el ligero toque de productos de limpieza con olor a limón no conseguía disimularlo, mientras que el polvo se adhería a los grifos de cerveza. En algún lugar del edificio, oyó el estrépito y repiqueteo de ollas y sartenes y supuso que la cocina estaba detrás de la pared del fondo de la barra. A la izquierda había una puerta batiente de madera con una ventana redonda, y las luces estaban encendidas, así que esperó y observó para ver quién aparecía.

La mujer que había sacado la pizarra salió por la puerta un minuto más tarde, con las manos cargadas de cubiertos envueltos en servilletas rojas y tarareando en voz baja. Dio un respingo visible al volverse hacia la barra.

—¡Ay, Dios mío, qué susto me ha dado! —dijo, y luego soltó una risita antes de colocar los cubiertos en una bandeja de plástico sobre la barra—. No he oído la puerta.

—Lo siento —dijo Gavin, y le mostró su placa—. ¿Es usted Kathryn Garnet?

—Lo soy, pero no me consta que nadie haya denunciado ningún problema a la policía. —Frunció el ceño—. Reg me lo habría dicho si hubiera pasado algo; siempre se preocupa por nuestra seguridad, el pobre.

—No tiene que ver con este local —aclaró Gavin—. Me preguntaba si podría hablar un momento con usted sobre Justin y Cassandra Mallory.

La mirada de Kathryn se desvió hacia la puerta principal y luego volvió a él. —Eh… no sé… podrían entrar clientes en cualquier momento.

Gavin recorrió el bar con la mirada, fijándose en la tenue iluminación y las paredes desnudas, en las sillas gastadas junto a mesas que lucían rasguños y arañazos como cicatrices de guerra, y luego se volvió de nuevo hacia Kathryn. —No parece que esto se vaya a llenar de momento. Y no tardaremos nada.

Se le cayeron los hombros. —De acuerdo. ¿Qué quiere saber?

—¿Por qué se marchó? Tengo entendido que fue guía turística allí hasta hace dos años.

—No quería irme. Joseph podía ser un viejo cascarrabias a veces, pero nos apañábamos bien y me gustaba enseñar el lugar a la gente. Me encanta todo lo que tiene que ver con la historia local, así que cuando Gloria me dijo que estaban buscando a alguien, me presenté de inmediato.

—¿Conoce a Gloria desde hace tiempo?

—Fuimos juntas al colegio, pero perdimos el contacto durante unos años hasta que me vio como amiga sugerida en las redes sociales y me envió una solicitud. Ahora intentamos quedar al menos una vez al mes para tomar un café. Por cierto, ¿de qué va todo esto?

—¿Gloria no se lo ha contado?

Kathryn esbozó una sonrisa compungida. —Puede que sea una buena amiga, pero también es leal, así que no, no me ha contado nada.

Tras mirar por encima del hombro y comprobar que el pub seguía vacío, Gavin bajó la voz de todos modos para que no lo oyera quienquiera que estuviese trabajando en la cocina. —Han encontrado el cuerpo de un joven en el campo de lúpulo de los Mallory. Estamos intentando averiguar por qué.

—Madre mía. —Kathryn se tapó la boca—. Qué horror. ¿Se sabe quién es?

—Sí, se ha notificado a su familia. Necesito preguntarle, ¿dónde estuvo usted el domingo entre las seis de la tarde y las cuatro de la madrugada?

—Aquí —dijo Kathryn sin dudar—. Hice el último turno, cerré a las diez y tardé una hora más o menos en recogerlo todo. Luego me fui a la cama. Sam lleva la cocina, y él y yo vivimos en el piso de arriba. Ventajas del trabajo.

Gavin percibió el deje de sarcasmo en su voz y se preguntó en qué estado estaría el piso, a juzgar por el aspecto de la zona del bar de abajo. —¿Por qué la despidió Justin Mallory?

Ella se encogió de hombros. —Me dio la impresión de que quería hacer las cosas de otra manera, y que para ello quería quitarse de en medio a cualquiera que estuviera relacionado con la forma de trabajar de su padre.

—Pero Gloria se quedó.

—Gloria es indispensable. No podrían llevar el negocio sin ella. Además, las visitas guiadas fueron idea suya y ella se encarga de todos los preparativos y los seguros. No creo que Justin o Cass tuvieran tiempo.

—¿Cómo se sintió al ser despedida de esa manera?

—Hecha polvo —dijo Kathryn—. Como ya le he dicho, me encantaba ese trabajo. Obviamente, había más movimiento en los meses de verano, pero en invierno seguíamos ocupadas ayudando a Gloria con otros asuntos de promoción y seguíamos celebrando eventos privados, sobre todo en Navidad.

—Una última pregunta por ahora —dijo Gavin—. ¿Ha hablado con los Mallory desde que se fue?

—No ha habido necesidad. Me despidieron con solo una semana de preaviso y ni siquiera me dieron tiempo libre durante esa semana para buscar otro trabajo. Por lo que a mí respecta, me hicieron un favor.

CAPÍTULO 32

Laura vio el coche de Gavin pasar por debajo de la barrera de seguridad y entrar en el aparcamiento de la comisaría, y salió de la sombra del edificio justo cuando él rodeaba los demás vehículos y se detenía a su lado.

—Buena sincronización —dijo, subiendo y abrochándose el cinturón de seguridad—. Kyle y yo hemos vuelto hace solo cinco minutos.

—¿Qué tal os ha ido? —Su compañero se incorporó al tráfico en Palace Avenue y tamborileó con los dedos en el volante mientras un autobús descargaba un torrente de pasajeros en la acera al final de Gabriels Hill—. ¿Kyle bien?

—Está bien, sin problemas. —Laura orientó las rejillas de ventilación del salpicadero hacia ella y se abanicó el cuello de la blusa hasta que el aire fresco le llegó al cuello —. Pero Dominic Bridger no ha podido dar ninguna pista sobre quién podría querer matar a Dean. Espero que Kay e Ian hayan tenido más suerte con Liam. ¿Y tú?

Escuchó mientras Gavin le contaba su conversación

con Kathryn Garnet y luego suspiró. —Tiene que ser algo relacionado con los Mallory, ¿no? Quiero decir, el cuerpo de Dean está ahí durante, ¿qué?, un día y medio antes de que nadie se dé cuenta, y luego están los lúpulos envenenados que encontró Kay.

—Salvo que no encontramos un motivo. Incluso Kathryn parecía bastante estoica estos días sobre el hecho de que Justin la despidiera cuando se hizo cargo de la granja.

—¿Y Joseph? —probó—. Parecía resentido.

—Sí, pero no subió a Dean a esas plantas él solo, ¿verdad? ¿Y por qué envenenar las plantas? —Gavin negó con la cabeza—. Puede que ya no dirija la granja, pero si el negocio se va a pique, él también se quedará en la calle, porque venderán las casas rurales junto con la granja, ¿no?

Laura suspiró. —Cierto. Mierda. No estamos llegando a ninguna parte, ¿verdad?

—Desde luego, esa es la sensación que da hoy. —Gavin cambió de marcha y aceleró al dejar atrás los confines de las carreteras del pueblo.

Agarrada a la correa que colgaba sobre la puerta del copiloto, Laura intentó no clavar los pies en el suelo del coche en cada curva y, en su lugar, trató de confiar en el instinto natural de su compañero para conducir. No lo consiguió y dejó escapar un jadeo cuando él pisó a fondo en una curva cerrada a la derecha. —Gav, que esto no es un circuito de carreras, ¿sabes?

—Ya lo sé, pero estas son de las mejores carreteras del condado. —Le dedicó una sonrisa antes de soltar el acelerador y adoptar un ritmo más pausado—. ¿Así mejor?

—Gracias.

—*Paseando a Miss Daisy*, vaya.

—Muy gracioso. —Desenroscó los dedos de la correa de la puerta y buscó su libreta en el bolso—. Vale, Mia Gates fue la que estudió viticultura mientras trabajaba a tiempo parcial para Joseph Mallory. La he localizado en un viñedo de la zona, y en la web dice que hoy en día se encarga del marketing. Han ganado bastantes premios y es un negocio familiar desde hace más de veinte años. He comprobado los datos de la empresa por internet y todo parece en orden. Mia no trabaja hoy, por eso vamos a hablar con ella en su casa.

—Dado que tú has hecho las comprobaciones, ¿por qué no diriges tú la entrevista con Mia? De todos modos, puede que responda mejor si le haces tú las preguntas.

—Cierto, de acuerdo. —Laura apartó la vista de sus notas cuando el coche redujo la velocidad y vio la señal de Bethersden—. El desvío para su calle es el segundo de por aquí a la derecha.

Gavin se detuvo frente a una moderna casa pareada con tejado de pizarra y un piso superior de tejas rojas a juego con las demás propiedades de la urbanización, a las afueras del pueblo.

La parte inferior de la casa estaba revocada en un color crema pálido y había cuatro grandes medios barriles dispuestos bajo la ventana del salón que contenían brillantes arbustos de hoja perenne.

Una cuidada zona de gravilla se extendía junto a un camino de entrada con aparcamiento para dos coches y, mientras se detenían, Laura distinguió en la puerta a una mujer de veintitantos años, esperando.

—Gracias por la puntualidad —dijo Mia Gates

mientras se acercaban—. Tengo que llevar al perro al veterinario a las tres.

—Espero que esté bien —dijo Laura después de presentarse.

—Hugo está bien, gracias. —Mia se hizo a un lado y los condujo a la cocina, donde un West Highland terrier blanco estaba acurrucado en una cama para perros con un cono protector de plástico sujeto al collar y un vendaje alrededor de una de sus patas traseras—. Se enganchó con un alambre de espino mientras paseábamos la otra semana y le tuvieron que dar suturas. Menos mal que se las quitan hoy, porque me ha estado volviendo loca con el cono.

Gavin se agachó y le tendió la mano al perro, que la olisqueó con curiosidad y luego meneó la cola. —Parece que está bien.

—Sí, menos mal, porque me acaba de costar seiscientas libras —dijo Mia—. Menos mal que lo quiero. Bueno, ehm... ¿quieren sentarse aquí? Disculpen el desorden.

Cruzó hasta una maltrecha mesa de roble con cuatro sillas alrededor que ocupaba la esquina de la cocina e hizo a un lado varias revistas de vinos y una agenda de tamaño A4.

Laura tomó asiento junto a Gavin y esperó a que Mia se acomodara. Luego señaló las revistas. —He visto el viñedo en el que trabaja en un reportaje en una de esas revistas por internet, ¿ha sido todo obra suya?

—Sí. —Mia se apartó el flequillo de los ojos con un bufido—. Pero es un no parar, intentar conseguir publicidad así. Ahora hay muchísimos viñedos en el Reino

Unido, sobre todo aquí, en el sudeste. Hay mucha competencia.

—¿Y qué me dice de la competencia con otros agricultores, como los productores de lúpulo?

—Es un negocio completamente distinto —dijo Mia, frunciendo el ceño—. Y, como es obvio, han venido a hablar de los Mallory, así que ¿qué quieren saber?

—Nos gustaría saber más sobre su relación con ellos, en especial con Justin —dijo Laura—. Y querría entender por qué la despidió cuando le cogió el relevo a Joseph en la granja.

—Porque podía. —Mia se encogió de hombros—. De todas formas, yo solo estaba allí mientras terminaba los estudios, pero me gustaba el trabajo.

—¿La noticia la pilló por sorpresa?

—Supongo que sí. —La mujer se quedó pensativa un momento, con la mirada perdida en las revistas—. A ver, teníamos visitas guiadas reservadas para el resto del año y yo creía que Kathryn y yo hacíamos un buen trabajo representando a la granja. Me encantaba el contraste con estar todo el día hablando de vino para el máster, y me llevaba bien con todo el mundo.

—¿Y Joseph?

Mia esbozó una leve sonrisa. —No estaba mal. Tenía sus momentos, pero supongo que estaba sometido a mucho estrés dirigiendo el negocio, sobre todo porque perdía dinero hasta que Gloria sugirió lo de las visitas guiadas.

—¿Sabía que planeaba venderle el terreno a una promotora inmobiliaria?

La mujer enarcó las cejas. —No, ¿en serio?

Laura permaneció en silencio, observando cómo sus palabras calaban.

Finalmente, Mia suspiró. —Bueno, supongo que después del accidente debió de sentir que no podía con todo.

—Pero ¿por qué venderla, en lugar de transferirle la propiedad a Justin?

—No creo que él y Justin estuvieran de acuerdo sobre cómo debía gestionarse la granja —admitió Mia—. Y, de vez en cuando, le salía la vena rencorosa.

—¿Cuándo fue la última vez que vio a los Mallory?

—No he vuelto a ver a Justin ni a Cassandra desde el día que me fui, hace dos años, pero me topé con Joseph hace unos meses. Estaba echando gasolina en esa estación de servicio de la A20, entre Ashford y Charing, y él estaba pagando en la caja cuando entré. Me preguntó qué tal me iba, y eso fue todo.

—¿Ha hablado con él desde entonces?

—No, ¿por qué iba a hacerlo?

—Una última pregunta —dijo Laura—. ¿Dónde estaba el domingo por la noche?

Mia frunció el ceño y se recostó en la silla, observando a los dos detectives. —¿De qué va esto?

—¿Podría responder a la pregunta, por favor?

—Estaba jugando al squash en el club de aquí. Me lesioné la muñeca en verano, así que hasta ahora no he podido volver a jugar. Estábamos cuatro, echando un peloteo.

—Necesitaremos sus datos, por favor.

—Vale, un momento. —Mia se acercó al mostrador y regresó con el móvil. Tras leer los datos de contacto de sus tres compañeros de squash, lo deslizó a un lado—. ¿Están bien los Mallory?

—¿Por qué lo pregunta?

—Es que, con tanta pregunta, me pregunto si ha pasado algo malo.

Laura esbozó una sonrisa tensa, luego se levantó y le hizo una seña a Gavin para indicarle que el interrogatorio había terminado. —Me temo que no podemos hacer comentarios al respecto. ¿Nos acompaña a la salida?

Una vez fuera, Gavin esperó a estar cerca del coche para hablar. —Tengo la impresión de que Mia no es nuestra sospechosa.

—Opino igual —dijo Laura con un suspiro—. Y solo estuvo con los Mallory para adquirir experiencia en otros campos. Y es obvio que le ha servido, visto el éxito que está teniendo en el viñedo.

—Espera. —Gavin miraba fijamente su móvil—. Tengo tres llamadas perdidas de Kay.

Laura sacó su móvil del bolso mientras él llamaba a la sala de incidencias; descubrió que ella también había recibido una serie de llamadas perdidas y mensajes de voz mientras hablaban con Mia. Entonces oyó cómo el tono de voz de Gavin se volvía preocupado y esperó, con el corazón desbocado. Cuando terminó la llamada, tenía la mandíbula apretada. —¿Qué pasa?

—Jonathan Aspley, del *Kentish Times*, se ha enterado de alguna forma de las heridas de nuestra víctima —espetó—. La noticia se ha filtrado y Kay está intentando controlar los daños para proteger a los padres de Dean. Tenemos que volver a comisaría. Ahora mismo.

CAPÍTULO 33

Kay caminaba de un lado a otro sobre la moqueta junto a la pizarra, con la mandíbula apretada mientras enviaba otro mensaje de texto al comisario Devon Sharp y se preguntaba cuál de los miembros del equipo de investigación la había traicionado.

En la sala de incidencias reinaba la calma; solo quedaba el personal mínimo indispensable después de que los agentes que habían terminado su turno se marcharan, y los que quedaban mantenían las distancias mientras ella daba órdenes y se coordinaba con la central. Debbie se le acercó con una taza humeante de café que recibió con gratitud y le dedicó una mirada tranquilizadora.

—Hemos pasado por cosas peores, jefa —dijo, bajando la voz para que el resto del personal no la oyera—. Y puede que la filtración no provenga del equipo. Para este caso hemos tenido que subcontratar muchas pruebas de laboratorio, y cualquiera de ellos podría haber dicho algo que no debía.

—Mmm. Ya veremos. —Kay dejó la taza en un

escritorio junto a la pizarra y contempló las notas que cubrían su superficie—. Ahora mismo, quiero contener esto antes de que salte a nivel nacional. Ha sido un fin de semana de pocas noticias y me gustaría asegurarme de que no seamos nosotros los que demos la campanada. Debbie, ¿podrías actualizar la lista de turnos para mañana por si necesitamos más gente para contestar los teléfonos? Si no consigo frenar esto, nos van a bombardear con llamadas de periodistas, y no quiero que saturen las líneas por si alguien intenta contactar con nosotros con información urgente.

—Hecho, jefa.

—Y gracias por el café.

—De nada.

Kay se volvió hacia su oficial—. Ian, ¿puedes echar un vistazo a la lista de tareas para mañana y ver quién está disponible por si necesitamos enviar una patrulla a la granja de los Mallory para mantener a raya a los periodistas? El camino que lleva hasta allí es muy estrecho y no quiero que provoquen ningún accidente.

—¿Vale. ¿Y los padres de Dean?

—Voy a llamar a Aaron ahora. Tengo una idea. —Marcó el número de móvil del agente uniformado, que contestó al segundo tono—. ¿Te has enterado?

—Harry me ha avisado hace quince minutos, jefa. ¿Qué necesitas que haga?

Parte de la tensión abandonó los hombros de Kay al escuchar la voz tranquila de Aaron, y se dio cuenta de que Debbie tenía razón: ninguno de los miembros de su equipo la defraudaría contactando con la prensa. Se preocupaban demasiado por la familia implicada.

—¿Ya se ha presentado allí algún periodista?

—Aspley ha estado aquí hace una hora.

—¿Qué ha pasado?

—Pareció sorprendido cuando le abrí la puerta en lugar de Maggie o Rowan, y luego me preguntó si podía hablar con ellos. Le dije que no y que todas las consultas de los medios se gestionaban desde la central. Dijo que sabía que Dean había sido torturado antes de que lo mataran y que no teníamos ningún sospechoso.

—¿Le preguntaste quién era su fuente?

—Se negó a responder a esa pregunta, jefa.

—¿Han oído algo de esto los Spencer?

—No, he hablado con él en la puerta. No ha habido ningún otro intento de hablar con ellos, no ha aparecido nadie más y, por si acaso, he estado cogiendo todas las llamadas que llegaban a sus teléfonos, a petición suya.

—Gracias, Aaron, estupendo. Aunque no creo que la cosa siga así por mucho tiempo. ¿Puedes preguntarles si tienen amigos o algún pariente con el que puedan quedarse hasta que solucionemos esto?

—Un momento.

Oyó voces ahogadas de fondo y, unos minutos después, Aaron regresó.

—Jefa, Maggie dice que pueden ir a quedarse con su hermano. Vive en las afueras de Ashford, así que está lo bastante cerca como para que yo me quede de enlace y lo suficientemente lejos de aquí como para poner distancia entre ellos y Aspley.

—De acuerdo. —Kay observó los tonos del atardecer que arrojaban un resplandor sobre la ciudad más allá de las ventanas—. No voy a correr ningún riesgo de que los sigan los periodistas, Aaron. Necesito que se trasladen esta noche. ¿Puedes organizarlo?

—Sin problema, jefa. Ah, espera, Maggie quiere decirte algo.

—¿Inspectora Hunter? —La madre de Dean parecía nerviosa.

—Aquí estoy. Siento mucho la intromisión. Ese periodista nunca debería haber intentado acercarse a usted de esa manera.

—No es culpa suya. Aaron acaba de explicarnos que quiere que vayamos a casa de mi hermano esta noche.

—Probablemente sea lo mejor.

—Lo entiendo, es solo que... se me olvidó preguntárselo el otro día. Hay unas fotos en el piso de Dean que odiaría perder. Me preguntaba si podría recogerlas por mí.

Kay consultó su reloj—. Déjemelo a mí, Maggie. No podré pasarme por allí esta noche, pero las recogeré mañana. ¿Podría pedirle a Aaron que me envíe un mensaje con los detalles de las que quiere?

—Lo haré, gracias. Aquí se lo paso.

—De acuerdo, jefa. Ya me voy —dijo Aaron—. Hablaré con un par de los de Tráfico para ver si pasan por aquí esta noche y pedirles que nos ayuden a llevar a Maggie y a Rowan a Ashford por si alguien está vigilando el lugar. Creo que usar su coche o un taxi podría ser demasiado arriesgado.

—Estoy de acuerdo, y gracias. Envíame esa lista de fotos y ya hablamos por la mañana. —Mientras Kay colgaba, vio aparecer otro nombre conocido en la pantalla al tiempo que el móvil empezaba a vibrar—. ¿Jefe?

—Ha sido el puto laboratorio —ladró Sharp a modo de saludo—. Uno de sus contratistas autónomos.

—Estupendo, simplemente estupendo. ¿Ha habido algún soborno?

—No… solo que a una se le fue la lengua anoche después de unas copas de más con sus amigas. No volverá a trabajar por la zona, dalo por hecho. Harriet está que trina.

—No me extraña.

—Mientras tanto, Kay, tengo que advertirte: la comisario jefa ha empezado a preguntar por qué no tenemos todavía a nadie bajo custodia. Espera una solicitud de revisión la semana que viene si tu equipo no consigue un avance pronto.

—Mierda. —Kay se giró al oír abrirse la puerta de la sala de incidencias y vio entrar a Gavin y a Laura. Entonces vio a Kyle de pie junto a su mesa, con un teléfono en cada mano, mientras coordinaba la redacción de un comunicado de prensa conjunto entre el laboratorio y el asesor jurídico del equipo—. Lo estamos haciendo lo mejor que podemos, jefe.

—Lo sé —dijo Sharp, con un tono que no era hostil—. Pero puede que esta vez no sea suficiente.

CAPÍTULO 34

El camino estaba oscuro, iluminado solo por alguna que otra farola en las curvas de la estrecha carretera que serpenteaba por las calles más antiguas de Bearsted, alejándose del pub de la plaza del pueblo.

Kay hundió la barbilla en el cuello de su forro polar mientras seguía a Adam y a su paciente más reciente, una labradora marrón llamada Poppy que se recuperaba de una operación de cadera. Su ritmo era lento pero constante, y ella saboreaba la quietud, que solo se rompía de vez en cuando por el paso de un coche. Paseó la mirada por las casas que dejaban atrás, algunas con rendijas de luz que se colaban por las cortinas echadas, a través de las cuales podía ver destellos de color mientras las pantallas de los televisores iluminaban las estancias.

Aún no hacía el frío suficiente como para ver el vaho de su aliento, pero se notaba un frescor en el aire que prometía un tiempo más gélido, y las chimeneas de una o dos de las casas más grandes arrojaban humo de leña al cielo nocturno, cuyo dulce aroma le recordaba a Kay los fines de semana que pasaba de niña en casa de sus abuelos.

—Estás muy callada —dijo Adam por encima del hombro—. ¿Estás bien?

—La verdad es que no —admitió ella—. Supongo que todavía estoy en estado de shock por la filtración. Es raro que ocurra, pero cuando pasa… Ojalá esta gente se parara a pensar en las familias a las que afectan en lugar de buscar solo una forma de atacarnos. Es de un egoísmo increíble, y las horas que hemos perdido gestionando esta crisis en lugar de buscar a sus asesinos…

El camino se ensanchó al tomar una curva hacia la carretera principal y ella se puso a su lado para caminar. Luego, suspiró. —Basta de hablar de mí. ¿Qué tal está Poppy?

—La verdad es que muy bien. —Adam bajó la vista hacia la perra, que se detuvo a olisquear un seto de aligustre—. No está nada mal para ser una veterana.

—¿Cómo están sus dueños?

—Más tranquilos desde que Poppy ha salido de la sala de recuperación y está mejorando. Uno de los empleados de la residencia de ancianos donde viven los ayudó a configurar una videollamada con su jaula para que pudieran verla después de la operación, y después de nuestro paseo les enviaré un pequeño vídeo que acabo de grabar para mostrarles lo bien que camina ahora. —Sonrió cuando Poppy decidió dejar el seto y siguió adelante, con la correa tensa y el hocico levantado—. Dada su edad, estoy muy contento, y ya se nota que esto le ha dado una nueva vida.

—Menos mal que el seguro aceptó pagarlo —dijo Kay—. ¿Cuánto tiempo se va a quedar con nosotros?

—Una semana más o menos, calculo. Sus dueños ya tienen bastante con sus problemas de salud, así que su recuperación es una cosa menos de la que preocuparse. De todas formas, mañana voy a llevarla a verlos —dijo Adam—. No hay nada como unas caricias y unos abrazos para mantenerlos sanos a los tres.

Kay alargó el brazo y le apretó la mano. —Y por eso te quiero tanto.

Él la miró y sonrió de oreja a oreja. —Y yo que pensaba que era por mi habilidad para hacer lasaña.

—Por eso también. —Gruñó cuando sonó su móvil y Poppy la miró con cara de reproche. Al ver el nombre en la pantalla, dejó que Adam se adelantara antes de responder—. Harriet.

—Antes de nada, permíteme que te diga que no sabes cuánto lo siento, Kay. Llevo años trabajando con ese laboratorio y nunca había tenido una filtración como esta. Jonathan Aspley también debería tener más cabeza. Pensaba que tenía más integridad.

—Yo también, y no es culpa tuya, Harriet. Gracias, de todas formas. Por desgracia, con la forma en que se subcontrata a terceros hoy en día, no podemos controlar lo que la gente hace con la información que les damos, aunque tengamos estrategias para los requisitos de la cadena de custodia en lo que respecta a las pruebas.

—Aun así… —Harriet se interrumpió y suspiró—. Me temo que te traigo más malas noticias. He pensado que preferirías escucharlo de mí ahora en lugar de leerlo en un correo cuando llegues mañana al trabajo.

Kay se quedó helada en el sitio y observó cómo Adam y Poppy se dirigían tranquilamente hacia el cruce y la esperaban en la esquina. —¿Qué pasa?

—La muestra de sangre que cogimos de la valla de alambre de espino entre el campo de maíz y las plantaciones de lúpulo de los Mallory no coincide con la de Dean.

—Entonces, quizá sea de uno de sus asesinos.

—Quizá, pero la hemos pasado por el sistema y no aparece nada.

—Así que a quienquiera que lo mató no lo han detenido antes.

—Exacto. Como te decía, siento ser la portadora de más malas noticias, pero al menos es una cosa más que puedes tachar de tu lista.

—Gracias por tomarte la molestia de llamar. ¿Ya vas de camino a casa?

—En cuanto te envíe esto. Hablamos el lunes si tengo alguna otra novedad que contarte.

—Gracias. Buenas noches.

Tras colgar, Kay se apresuró a alcanzar a Adam y a la perra, y se puso a su paso mientras volvían hacia Bearsted.

—¿Malas noticias? —preguntó Adam, cogiéndole la mano de nuevo.

—Noticias frustrantes —dijo Kay, con la mirada clavada en el suelo mientras caminaba—. Y ahora mismo estoy contra las cuerdas con esta investigación.

CAPÍTULO 35

Gavin se quedó mirando el techo de escayola mientras una luz pálida empezaba a colarse por una rendija de la cortina del dormitorio a medida que se acercaba la mañana.

Una ligera brisa entraba por la ventana abierta y oyó el piar de un mirlo, seguido de cerca por una llamada de respuesta más adelante en la misma calle. Al final de la carretera, oía el ronroneo ocasional del motor de una furgoneta de reparto de madrugada que se dirigía al centro de la ciudad, pero eso era todo.

Suspiró, alargó la mano hacia la mesilla de noche y tocó la pantalla del móvil para ver la hora.

—Joder.

Faltaban otras cuatro horas para que tuviera que estar en la sala de incidencias y sabía que el sueño le vendría bien, pero la preocupación le carcomía la mente y le perturbaba los sueños.

Ninguna investigación dirigida por Kay había sido sometida jamás a una revisión, y él sabía que eso se debía a que ella y su unido equipo de detectives trabajaban sin descanso para asegurarse de que no se les escapara nada.

Salvo que esta vez, se les había escapado.

Gavin se giró hacia el espacio vacío a su lado en la cama y sonrió. Leanne llegaría pronto a casa de su turno con el equipo de Búsqueda y Rescate de los Bomberos de Kent, y, dada su carga de trabajo, sabía que probablemente no había comido en casi toda la noche. Sus turnos eran la razón por la que a veces no se veían durante días, así que retiró la sábana y se dirigió a la ducha, ansioso por pasar un rato con ella antes de que cayera rendida por el sueño.

La oyó meter la llave en la cerradura de la puerta principal mientras se secaba el pelo con una toalla y se acercó a lo alto de la escalera.

—Buenos días, cariño. ¿Todo bien?

—Uf. Ha sido una noche tranquila, por suerte, pero, Dios mío, qué turno más largo se hace así —dijo Leanne desde abajo y, al aparecer al pie de la escalera, le sonrió—. Vaya, hola.

—Estaba pensando en prepararnos un buen desayuno frito antes de irme. ¿Tienes hambre?

—Me muero de hambre.

—Dame cinco minutos.

—Pongo el café.

El olor a grano recién tostado recibió a Gavin cuando entró en la cocina unos minutos más tarde. Leanne estaba sacando una caja de huevos, beicon y salchichas de la nevera.

—Hala, siéntate —dijo él, quitándole las cosas—. Llevas toda la noche de pie.

Ella lo besó y se dejó caer en una de las sillas de una mesita puesta para dos.

—Y tú te has levantado pronto.

—No podía dormir —dijo mientras empezaba a freír las salchichas—. Alguien ha filtrado nuestra investigación a la prensa, no tenemos sospechosos y la jefatura amenaza con enviarnos a otro inspector para que nos supervise.

—Joder, cuánto lo siento.

Gavin se afanó en preparar la comida mientras su novia se ponía al día con sus redes sociales, y luego llevó dos platos bien cargados a la mesa y sonrió.

—Hala, a comer.

Leanne sorbió un poco de café y luego se lanzó a por las salchichas.

—Qué buena idea has tenido, gracias. Y bueno, ¿qué vas a hacer ahora?

—¿A qué te refieres?

—No has pegado ojo y tienes esa mirada decidida que ya te he visto otras veces. ¿En qué estás pensando?

Él se rio entre dientes mientras mojaba un trozo de beicon en la yema rota de un huevo.

—Estaba pensando que probablemente tenemos dos, quizá tres días, antes de que la comisario jefa pueda asignar a un inspector para que audite la investigación. Hoy no hará nada, así que tengo algo de ventaja.

—Y nada que perder.

—Exacto —dijo, agitando un trozo de salchicha en el tenedor mientras hablaba—. Así que voy a volver al principio. Empezaré por la granja donde encontraron a nuestra víctima y desde ahí avanzaré.

—Pero ¿cuántas declaraciones vas a tener que leer otra vez? —dijo Leanne, con los ojos como platos.

Gavin sonrió.

—No voy a leer las declaraciones. Voy a hablar con la gente.

————

Trevor Leavitt vivía en la última casa de una hilera de adosados de ladrillo gris, a unos cinco kilómetros de la granja, y frunció el ceño al abrir la puerta principal y ver a Gavin en el umbral.

—¿Qué quiere? —gruñó el encargado de la granja—. Son las putas cinco y media de la mañana y es domingo. Tiene que haber alguna norma sobre esto.

—Las hay, pero estamos investigando un asesinato. —Gavin enseñó su placa—. No creo que nos hayan presentado.

—Tengo que estar en casa de los Mallory en una hora.

—Ya lo suponía, por eso he venido temprano. Seré breve. Usted habló con mi inspectora, Kay Hunter, la semana pasada.

—Sí, y ya le di mi declaración a una de las suyas también. Una chica joven de uniforme. Rubia. —Trevor frunció el ceño—. ¿Y ahora qué quiere?

—¿Me permite pasar?

—Estoy desayunando.

—Puede hablar y comer, ¿no?

—Joder. —Trevor se dio la vuelta y se fue por el pasillo hasta perderse de vista—. Cierre la puerta al entrar para que no se cuelen las moscas. Ayer estuvieron esparciendo estiércol en el campo de enfrente.

Gavin entró y, después de cerrar la puerta, pasó junto a una fila de abrigos y chaquetas en un colgador, sobre un montón desordenado de zapatos y botas de trabajo. A su derecha había una escalera estrecha y, en algún lugar del piso de arriba, oyó la risa de un niño. Siguió a Trevor hasta una cocina lúgubre que daba a un jardín descuidado, el cual a su vez lindaba con un campo recién arado. La puerta del jardín estaba cerrada a cal y canto, al igual que la ventana de encima del fregadero, y se detuvo junto a un horno con la placa salpicada de grasa mientras Trevor, apoyado en el fregadero, se metía en la boca a cucharadas los restos de un bol de cereales.

—Entonces, ¿qué quería? —preguntó el hombre—. Y hable bajo; si despierta a los niños, mi mujer me va a dar la tabarra.

—¿Ya ha recibido los resultados del laboratorio sobre las guías de lúpulo que envenenaron?

Trevor tragó, luego dejó el bol en el fregadero y abrió el grifo para llenarlo de agua. —No. Iba a reclamárselos el viernes, pero vamos con cuatro días de retraso en la cosecha y eso era la prioridad. Aunque podría no ser un envenenamiento…, a lo mejor son solo pulgones o algo así.

Gavin esperó a que el hombre se volviera para mirarlo de nuevo. —¿Cuánto tiempo lleva trabajando en el sector, señor Leavitt?

—Unos quince años.

—¿Y qué hizo en el ejército antes de eso?

Trevor enarcó una ceja. —¿Cómo…?

—Nos lo dijo Justin.

—No es que sea asunto suyo, pero estuve en misiones de reconocimiento en el extranjero. —Trevor se cruzó de brazos—. Y eso es todo lo que pienso decirle. La Ley de Secretos Oficiales y todo eso.

—No hay problema. ¿Quién informó del envenenamiento?

—No tiene por qué ser... Bah, da igual. Fui yo. Recorro los emparrados dos o tres veces por semana, igual que Justin. Cuando vi lo que había pasado, volví a la granja, cogí mi equipo de análisis de suelo y tomé algunas muestras. Se enviaron al laboratorio el mismo día.

—¿A qué laboratorio? —preguntó Gavin, y luego anotó los datos que le dio el otro hombre—. En sus quince años en la industria del lúpulo, ¿ha visto alguna vez guías en ese estado?

—Una o dos veces.

—¿Y qué causó el daño en esos casos?

—No lo sé. —Trevor se encogió de hombros—. Por aquel entonces era nuevo en el sector y trabajaba para otra persona. Pudieron ser insectos o la mala calidad de la tierra. La agricultura no es una ciencia exacta, detective Piper.

Gavin sacó del bolsillo una copia de la fotografía de Dean Spencer y se la enseñó al otro hombre. —¿Lo reconoce?

—No, ya le dije que no a la poli que me interrogó el martes, y lo mismo a su jefa cuando me enseñó esa foto el jueves —dijo Trevor—. Y tampoco tengo ni idea de por qué lo mataron en la granja.

—Gloria nos ha informado de que Dean formaba parte

de un grupo de cuatro hombres que visitaron la granja para uno de los recorridos por el lupular durante el verano. Un recorrido que les hizo usted, señor Leavitt.

—Acompaño a mucha gente en los recorridos. ¿Le dijo también cuántos visitantes hemos tenido en la granja este verano? No puedo acordarme de todo el mundo.

—Al parecer, él y sus amigos fueron memorables porque llegaron borrachos —dijo Gavin—. De hecho, Gloria dijo que fueron tan molestos que Dean sintió la necesidad de disculparse por su comportamiento cuando terminó la visita.

Trevor levantó las manos. —Vemos de todo. Como ya le he dicho, no me acuerdo de él.

—¿Dónde estaba el pasado domingo, señor Leavitt, entre las seis de la tarde y las cuatro de la madrugada del día siguiente?

—¿Perdón?

—Responda a la pregunta, por favor.

—Estaba fuera, con mi mujer y los niños. Los llevamos a la piscina y luego fuimos a cenar pizza. Volvimos sobre las siete y nos quedamos en casa el resto de la noche.

—¿Y su mujer le proporcionará una coartada?

Trevor frunció el ceño. —Claro que sí.

—¿Está aquí?

—Es enfermera. Lleva trabajando desde medianoche y no volverá hasta dentro de unas horas.

—¿Tiene algún problema con Justin y Cassandra Mallory?

—¿Cómo cuál?

—Cualquiera. ¿Algún problema trabajando para ellos del que deba estar al tanto?

—No.

—¿Qué opina de la demanda por lesiones personales de Roland Hammerton?

—Creo que se está pasando. —Trevor sonrió con suficiencia—. Ese hombre no va a ganar, y se ha tirado piedras contra su propio tejado. Con esa reputación, no volverá a conseguir trabajo en el sector agrícola por aquí.

—¿Qué hay de Joseph Mallory?

—¿Qué pasa con él?

—Tengo entendido que tiene fama de haber sido difícil de cuando dirigía la granja. ¿Tuvo algún problema trabajando con él?

—Que yo recuerde, no.

Gavin cerró la libreta de golpe y le entregó una tarjeta de visita. —Pídale a su mujer que me llame cuando llegue, por favor, señor Leavitt. Y tenga en cuenta que corroboraré sus declaraciones con el polideportivo y la pizzería.

—Bah —espetó Trevor con desdén—. Le acompaño a la puerta.

Gavin caminó por delante del otro hombre y, al pasar, echó un vistazo a las fotografías enmarcadas de la pared del pasillo. Había una selección de imágenes de los dos niños mientras crecían, dos de la época de Trevor en el ejército, una de él de uniforme en una ceremonia y otra vestido con el traje de camuflaje completo, posando junto a un compañero en alguna selva, y por último una de él y su mujer en una cita de aniversario.

Al llegar a la puerta de entrada, su mirada se posó en

las chaquetas colgadas del perchero y frunció el ceño, deteniéndose un instante antes de echar mano al pestillo.

—Gracias por su tiempo, señor Leavitt —dijo—. No se olvide de decirle a su mujer que me llame.

—Le digo la verdad, detective —dijo Trevor, bajando la voz—. Y ella me respaldará.

Gavin no dijo nada y, en su lugar, se apresuró a volver a su coche con el corazón latiéndole con fuerza.

Trevor Leavitt mentía, y él acababa de ver la manera de demostrarlo.

CAPÍTULO 36

Kay llevaba un montón de carpetas de cartón bajo el brazo y una taza de café para llevar en la mano mientras cruzaba a grandes zancadas el aparcamiento de la comisaría en dirección a la puerta trasera.

Se notaba frescor en el aire, pues los meteorólogos predecían lluvia para la semana siguiente, y se estremeció cuando una ráfaga de viento le alborotó el pelo y le levantó la chaqueta.

Un agente uniformado estaba terminando de fumarse un cigarrillo cuando Kay se acercó. Apagó la colilla, pasó su tarjeta de seguridad por la cerradura y le sujetó la puerta. —Buenos días, jefa.

—Gracias. Me estaba preguntando cómo iba a hacerlo cargada con todo esto.

—¿Alguna novedad, jefa? —preguntó el joven agente, con los ojos llenos de esperanza.

—Todavía no. —Kay forzó una sonrisa—. Pero no soy de las que se rinden.

—Contamos con ello, jefa. Que tenga un buen día.

—Ten un turno tranquilo... y gracias de nuevo.

Lo dejó dirigiéndose a los calabozos mientras ella subía las escaleras hacia la sala de incidencias. Al doblar el primer rellano, vio una figura familiar al final de la escalera. —¿Kyle, me sujetas la puerta, por favor?

El detective frunció el ceño cuando ella llegó a su altura. —¿Te llevaste todo eso a casa anoche, jefa?

—Era la única forma de terminar los informes de este mes a tiempo.

—¿A qué hora te fuiste? —preguntó él, siguiéndola por la puerta y a lo largo del pasillo.

—A las ocho y media.

—Y apuesto a que solo porque Adam llamó para decirte que estaba sirviendo la cena.

Ella sonrió. —Hizo lasaña. No podía decir que no, ¿verdad?

Kyle puso los ojos en blanco como respuesta. —Si cualquiera de nosotros trabajara tanto como tú, jefa, nos echarías la bronca.

—Lo sé, pero, en última instancia, Dean es mi responsabilidad. Unos días echando horas de más no me harán daño.

Él no pareció muy convencido, pero tuvo la decencia de permanecer en silencio mientras entraban en la sala de incidencias.

Kay dejó las carpetas en el escritorio de Debbie para que la agente de pruebas las procesara cuando empezara su turno, y luego se giró para dirigirse a los escritorios de los detectives.

—Jefa.

—Huy. —Dio un respingo al chocar de frente con

Gavin, derramándose café tibio sobre la mano—. Me has dado un susto.

—Perdón. —Abrió los ojos como platos—. ¿Estaba caliente?

—No mucho. No pasa nada. —Kay frunció el ceño—. ¿Cuándo has llegado?

—Hace una hora o así.

Se miró el reloj. —Acaban de dar las siete y media.

—No podía dormir. —Vio la expresión de ella y levantó las manos mientras volvía a su silla y se sentaba—. No pasa nada. Se me ocurrió una idea, eso es todo, y pensé que más valía empezar para ver si iba por buen camino, y entonces me enteré de lo de Trevor, e iba a hablar con algunos de los otros trabajadores subcontratados para ver qué sabían, pero pensé que sería mejor venir aquí primero para poder ponerte al día.

Kay miró la lata de bebida energética que había en su escritorio y enarcó una ceja. —¿Te has tomado unas cuantas de esas?

—¿Qué? No, es que…, bueno, sí, me he tomado dos. Y un par de cafés. Pero esta mañana he ido a hablar con Trevor Leavitt. En su casa, antes de que se fuera a la granja.

—Maldita sea. ¿Y a qué hora ha sido eso?

—Eh, a las cinco y media, pero no pasa nada porque Leanne acababa de llegar de trabajar y yo sabía que tenía que hablar con Trevor antes de que se fuera al trabajo, porque no quería hablar con él cerca de Justin Mallory ni de los demás.

—Claro…

—Y llegué justo cuando estaba desayunando.

—Vale. —Kay se cruzó de brazos y se apoyó en el escritorio de Laura—. Entonces, ¿qué ha provocado esta visita?

—Bueno, en primer lugar, fui allí porque estaba leyendo las notas de Ian sobre cuando estuvisteis hablando con Trevor y Justin el jueves y me pareció que ambos estaban esquivando vuestras preguntas sobre el lúpulo que encontrasteis y que parecía envenenado. Dijeron… —dijo, antes de consultar sus notas—… que estaban "investigándolo".

—Y como Cassandra nos interrumpió y nos habló de la demanda por lesiones de Roland Hammerton, no tuvimos la oportunidad de insistir en el tema —dijo Kay—. De acuerdo. Así que has ido a hablar con Trevor. ¿Qué es lo que te tiene tan emocionado? Aparte del subidón de azúcar, claro.

—¿Recuerdas el botón que el equipo de Harriet encontró en la plantación de lúpulo donde mataron a Dean? Pues hay una chaqueta colgada en un perchero en el pasillo de Trevor con botones exactamente iguales. —Gavin sonrió—. Y le falta uno.

A Kay le dio un vuelco el corazón. —¿En serio?

—No he podido echar un vistazo más de cerca sin que me viera, pero los botones tienen un diseño muy característico. La chaqueta es vieja, como una parca tres cuartos, y de color azul oscuro; perfecta para llevarla por la noche si no quieres ser visto.

—Joder, Gav. —Kay miró por encima del hombro y vio a Kyle salir de la pequeña cocina anexa a la sala de incidencias—. Oye, Kyle, que nos ha encontrado el avance que necesitábamos.

El detective más joven se acercó a toda prisa. —¿Quién?

—Trevor Leavitt —dijo Gavin. Giró en la silla para encarar la pantalla del ordenador, apartó la lata de bebida energética y movió el ratón para reactivarlo antes de señalar las ventanas abiertas con el índice—. Espero que no te importe, jefa, pero sabía que para ti el tiempo sería crucial, así que le he enviado un correo al comisario Sharp para preguntarle si tenía algún antiguo contacto en el ejército que pudiera ayudarnos a averiguar qué hacía exactamente Leavitt cuando se alistó. Trevor me dijo que trabajaba en reconocimiento, pero no quiso añadir nada más, y se amparó en la Ley de Secretos Oficiales.

Kay se relajó un poco al escuchar al agente, reconociendo en él el mismo entusiasmo que la había impulsado a ella todos estos años, y contenta de dejar que se regodeara en su éxito. —¿Y qué hay de los antecedentes? ¿Algo?

—No, Leavitt está limpio, jefa. Y acabo de hablar con su esposa, que respalda su versión de que estuvieron fuera con sus hijos hasta las siete del domingo pasado, y dice que pasaron el resto de la noche en casa. También ha dicho que él se fue a trabajar a las seis, como de costumbre, a la mañana siguiente. —Gavin se giró para mirarla de nuevo—. Voy a solicitar las imágenes de las cámaras de seguridad del polideportivo al que dicen que fueron a nadar el domingo por la tarde, y también de la pizzería a la que llevaron a sus hijos. Leavitt dijo que no recordaba nada de Dean de cuando visitó la granja con sus amigos en esa ruta del lúpulo de la que le habló Gloria, y que no se acordaba del incidente, pero yo recomendaría sin duda que lo trajéramos a declarar basándome en la chaqueta y que la analizáramos de inmediato, para ver si hay algún rastro de la sangre de Dean en ella.

Kyle soltó una risita y le guiñó un ojo a Kay, que reprimió una sonrisa.

—Te digo una cosa, Gav —dijo ella, cogiendo la lata de bebida energética, ya vacía, y tirándola a la papelera más cercana—. Primero vamos a hacer que comas algo para asentar todo eso y *luego* traeremos a Trevor a declarar. Ahora mismo, el equipo de grabación no sería capaz de seguirte el ritmo, a la velocidad a la que hablas.

CAPÍTULO 37

Ian Barnes entró en la sala de incidencias a las ocho menos cinco y se encontró a Gavin en su mesa, zampándose un bocadillo de beicon y huevo, con una botella de agua abierta junto al teclado.

A su lado había otro envoltorio grasiento hecho una bola y el olor impregnaba la sala, haciendo que le rugieran las tripas a pesar del (o quizá por culpa del) bol de granola y fruta que se había comido hacía media hora.

Se sentó en su mesa, frente a la del agente, y enarcó una ceja. —¿Has tenido día de pierna en el gimnasio?

—No —dijo Kay, que se acercó con un fajo de órdenes del día para la reunión y le entregó uno—. Alguien está hasta arriba de cafeína y de suerte después de conseguirnos el avance que tanto necesitábamos.

Barnes miró a Gavin. —¿En serio? ¿Quién?

—Trevor Leavitt —dijo él. Luego se lamió los dedos, se los limpió con una servilleta y tiró la basura a la papelera que tenía bajo la mesa antes de explicar lo que había estado haciendo de madrugada.

Cuando terminó, Barnes vio que Kay observaba al joven agente con una leve sonrisa. —Ha progresado mucho, ¿verdad, jefa? A este paso, tendremos que dejar que salga solo más a menudo.

Ella se rio mientras Gavin soltaba un juramento bonachón entre dientes, y luego se puso seria. —Bueno, creo que ya se te ha bajado la cafeína. ¿Crees que Trevor se dio cuenta de que viste la chaqueta?

—No, no lo creo —respondió Gavin—. Estaba concentrado en prepararse para ir a trabajar y en asegurarse de que sus hijos no se despertaran antes de que su mujer volviera del hospital donde trabaja, y yo tuve cuidado de no reaccionar delante de él. También he estado dándole vueltas a las estrategias para el interrogatorio mientras comía. Creo que deberíamos mandar a una patrulla a que lo recoja y lo traiga, y que incauten la chaqueta al mismo tiempo para que pase a ser una prueba.

—¿No quieres ser tú quien lo detenga? —dijo Barnes, sorprendido.

Gavin negó con la cabeza. —Quiero ser yo quien lo interrogue. No quiero darle la oportunidad de que intente explicarme nada antes, aunque entienda sus derechos.

Barnes asintió. —Tiene sentido.

—Hablando de eso, Ian —dijo Kay—, por mucho que quiera estar aquí, necesito que tú interrogues a Leavitt con Gav. Sharp me ha llamado justo antes de que llegaras y me han pedido que vaya a Gravesend. No me puedo escaquear: van a dar una rueda de prensa a las diez para hablar del asesinato de Dean y necesitaremos un tiempo para repasar el plan con el equipo de relaciones con los medios. ¿Qué más tenías para esta mañana?

—Aún no he recibido los registros telefónicos de Dean; deberían llegar por la mañana, según su proveedor de telefonía móvil, así que iba a empezar a revisar las notas de Laura sobre Joseph Mallory para ver si tiene antecedentes de violencia o algo así. —Miró a Gavin—. Pero tiene sentido esperar a ver qué tiene que decir Leavitt. Si la teoría de Harriet es correcta, que hicieron falta tres personas para colgar a Dean de esas guías, puede que Leavitt dé los nombres para no cargar él solo con toda la responsabilidad.

—Crucemos los dedos —dijo Gavin, y consultó la hora en su móvil—. Estoy esperando a que abra el polideportivo dentro de un minuto para solicitar las grabaciones de las cámaras de seguridad, pero todavía estoy intentando localizar un número del encargado de la pizzería. Preferiría no tener que esperar a que abran a las doce para hablar con alguien.

—La espera de las grabaciones de las cámaras no debería retrasar el interrogatorio a Trevor —le aconsejó Kay—. Podéis retenerlo sin cargos hasta treinta y seis horas si Sharp aprueba la prórroga, y no creo que ponga pegas si la necesitáis. Si hace falta más tiempo, necesitaremos que lo apruebe un juez. Ian, ¿por qué no llamas tú al polideportivo mientras Gav organiza la detención y lo de las grabaciones del restaurante?

—Sin problema —dijo Barnes, y le guiñó un ojo—. Y si Leavitt tiene que pasarse un par de horas en un calabozo mientras tanto, le dará tiempo a reflexionar sobre su futuro, ¿no?

Diez minutos después, Kay se había marchado a su reunión en la jefatura y Barnes estaba sentado en su escritorio, con el teléfono pegado a la oreja mientras escuchaba el contestador automático del polideportivo y navegaba por las distintas opciones para llegar a la recepción.

Al tercer intento, una mujer respondió con voz alegre y amable. —Le atiende Wendy, ¿en qué puedo ayudarle?

—Soy el oficial Ian Barnes, de la policía de Kent —dijo él—. Me gustaría hablar con alguien sobre la obtención de las grabaciones de sus cámaras de seguridad, por favor. ¿Con quién sería mejor que hablara?

—Ah. —Oyó las uñas de Wendy teclear, y luego—: Sería con nuestro encargado de turno, Harvey Melton. Aunque ahora mismo está comprobando los niveles de cloro en la piscina. ¿Quiere dejarle un mensaje?

—Sí, por favor —dijo Barnes, poniéndose de pie y cogiendo las llaves del coche—. Dígale que estaré allí en veinte minutos.

———

Barnes esperó ante la barrera que daba acceso al aparcamiento del polideportivo, tamborileando con los dedos en el volante mientras una luz verde junto a la puerta comenzaba a parpadear, y observó la cámara en el poste mientras la barrera se levantaba. Encontró una plaza cerca de la entrada principal del polideportivo y se dirigió hacia las puertas dobles de cristal. Dentro se encontró en una recepción que ofrecía una tienda con una selección de ropa deportiva y una máquina de café de autoservicio.

Había un hombre y una mujer detrás de un mostrador de recepción blanco y brillante. Ambos llevaban polos del color característico del grupo de ocio y con el logotipo del centro bordado en hilo dorado sobre el bolsillo izquierdo del pecho. La mujer le echó un vistazo al traje y le dedicó una sonrisa cautelosa.

—¿Detective Barnes? Soy Wendy, hemos hablado por teléfono. —Hizo un gesto hacia el hombre de veintitantos años que estaba a su lado—. Este es Harvey, el gerente de aquí.

El hombre le tendió la mano, con la barbilla prominente cubierta por una barba castaña corta y bien recortada. Su cuerpo recordaba a un torpe triángulo invertido, de hombros anchos y cintura estrecha, y Barnes se preguntó por enésima vez por qué algunos hombres preferían el press de banca al entrenamiento de fuerza general.

—Espero no causarle demasiadas molestias —dijo él.

—En absoluto —respondió Harvey. Señaló el ventanal interior que daba a la piscina y luego, hacia arriba, un tramo de escaleras que conducía al gimnasio—. Como puede ver, ahora mismo está tranquilo. ¿En qué puedo ayudarle?

—En varias cosas, y de forma confidencial, si es posible. —Barnes se volvió hacia Wendy—. ¿Puede confirmarme si tienen en el sistema a algún socio con el nombre de Trevor Leavitt?

Ella se giró hacia la pantalla y, tras unos pocos clics de ratón, negó con la cabeza. —Nadie con ese nombre, lo siento.

—¿Y con tarjeta? ¿Guardan registro de esas operaciones?

—Solo las cuatro últimas cifras.

—¿Podría sacarme una lista de las transacciones del pasado domingo, entre el mediodía y la hora de cierre, por favor?

—Claro, sin problema.

—Gracias. —Se volvió de nuevo hacia Harvey—. ¿Me equivoco al pensar que usan un sistema de reconocimiento automático de matrículas en su aparcamiento?

—Sí…, de hecho, necesitará uno de estos para salir —dijo el gerente, dándole un ticket de papel con un código de una cesta que había en el mostrador, y señaló una tableta que había al lado—. Introduce ahí su número de matrícula y, si es socio, no paga el aparcamiento. Si no es socio, le dice cuánto tiene que pagar, dependiendo del tiempo que haya estado. Usted tiene un pase de invitado, así que no paga. Lo registramos todo en nuestro sistema.

—¿Podría comprobar si la matrícula de este coche estuvo aquí el domingo pasado? —Barnes le leyó la matrícula de Trevor Leavitt y esperó mientras Wendy se hacía a un lado para que Harvey pudiera usar el ordenador.

Al cabo de unos minutos, el gerente negó con la cabeza. —Lo siento, no hay nada que coincida. Aunque, si estábamos a tope, podría haber aparcado en la calle. A veces pasa.

—No estábamos a tope el domingo pasado —dijo Wendy—. Yo estaba aquí y había muchas plazas de aparcamiento libres. Pero si vino andando o en bicicleta, no tendríamos ningún registro de él de todos modos.

—Vale, ¿y sus cámaras de seguridad? —sugirió Barnes, señalando una que había encima del mostrador de recepción y otra que enfocaba las puertas de entrada—. ¿Podría darme copias de esas grabaciones, por favor?

—Sin problema —dijo Harvey. Cogió la memoria USB que Barnes le entregó—. ¿De qué va todo esto, por cierto?

Barnes esperó a que el gerente terminara de copiar el archivo, luego se guardó el USB en el bolsillo de la camisa y le dio al hombre una de sus tarjetas de visita. —Una investigación por asesinato. Puede que necesitemos hablar con ustedes dos formalmente como testigos, así que ¿podrían darme sus datos de contacto completos, por favor?

CAPÍTULO 38

Kyle Walker repasaba los documentos esparcidos por su escritorio, con el cuaderno abierto a su lado y una nueva página ya medio llena con una lista de puntos que crecía exponencialmente.

Un sol radiante formaba un charco de luz en la moqueta a su lado, y sus rayos se colaban por las rendijas de las persianas que había bajado para proteger la pantalla de su ordenador. A su espalda, dos agentes uniformados miraban una pantalla de televisión fija en la pared, sintonizada con la rueda de prensa que estaba a punto de empezar en la comisaría, y sus comentarios entre dientes sobre Aspley y sus secuaces del *Kentish Times* no eran precisamente educados.

Al entrar en la sala de incidencias hacía cuarenta minutos, Gavin lo había abordado para comunicarle que iban a traer a Trevor Leavitt para un interrogatorio formal y le había encargado revisar todas las declaraciones de los testigos: de los dueños de la granja y de los trabajadores.

—¿Qué es lo que busco? —preguntó.

—Cualquier cosa que vincule a Leavitt con Dean Spencer, aparte del botón de la chaqueta —fue la respuesta—. Sabemos que Dean estuvo en una de las visitas a la granja de lúpulo que Trevor gestionaba, pero no tenemos un móvil. Estoy abierto a sugerencias.

Kyle se hizo crujir el cuello y volvió a centrar su atención en la pantalla del ordenador. En ella, tenía las páginas de las redes sociales de Leavitt y Dean una al lado de la otra, y había estado alternando entre las dos, revisando año tras año para ver si los dos hombres aparecían juntos en algún otro momento.

Hasta el momento, había resultado ser una búsqueda frustrante sin resultados que justificaran el tiempo invertido.

—¿Por qué diablos lo mataste? —murmuró Kyle. Apartó la vista de la pantalla del ordenador cuando Barnes volvió a entrar en la sala de incidencias y levantó una mano a modo de saludo—. Jefe, Gavin acaba de bajar a recibir al abogado de Leavitt. Me ha pedido que presencie el interrogatorio desde la sala de observación, por si necesita algo. Esta es la estrategia de interrogatorio que hemos elaborado.

—De acuerdo, bien. —Barnes dejó las llaves del coche sobre el escritorio y cogió la carpeta de cartón que Kyle le tendía, echando un vistazo al contenido—. ¿Qué opinas de esto?

Kyle señaló las declaraciones de los testigos. —No encuentro nada que conecte a los dos hombres, excepto la visita a la granja de lúpulo. Gloria le dijo a Laura que Dean estaba allí con tres amigos que, según ella, ya habían estado bebiendo antes de llegar, pero él se tomó la molestia de disculparse por su comportamiento cuando terminó la visita. No hay nada aquí que indique que hubiera un problema entre él y Trevor en ese momento, y no he podido encontrar ninguna conexión previa entre ellos en las redes sociales, así que, hasta el día de la visita a la granja de lúpulo, no creo que se hubieran conocido.

Hizo una pausa cuando Gavin apareció en la puerta y se dirigió hacia ellos. —¿Va todo bien?

—Ya estamos listos abajo. Ian, ¿te parece bien que empecemos en cinco minutos?

—Me parece bien.

—Lo siento, no he encontrado nada que ayude —dijo Kyle.

—No te preocupes, ya llegaremos a eso en el interrogatorio. —Gavin miró a Kyle y esbozó una sonrisa lobuna—. No pierdas de vista las reacciones de Leavitt e infórmame si hay algo que creas que debamos preguntarle. Somos tres contra uno, así que vamos a conseguir algunas respuestas.

———

Kyle se sentó frente a un monitor de ordenador y escuchó mientras Barnes y Gavin se detenían fuera de la sala de observación y discutían sus últimas ideas sobre la estrategia del interrogatorio.

En la pantalla vio a Trevor Leavitt y a un hombre con un traje oscuro conversando, con las cabezas inclinadas el uno hacia el otro mientras el rostro del abogado permanecía serio. Aún no había sonido (permanecería desconectado hasta que comenzara el interrogatorio formal para dar a los dos hombres algo de privacidad y cumplir con los requisitos legales), pero parecía una conversación animada.

Leavitt vestía vaqueros azules y un polo blanco con el logotipo de una marca en el lado izquierdo, sus brazos bronceados lucía un tatuaje en el bíceps derecho y un reloj deportivo robusto en la muñeca izquierda. Tenía las manos extendidas mientras hablaba y negaba con la cabeza de vez en cuando al escuchar al asesor legal.

Kyle miró por encima del hombro. —¿Cómo se llama el abogado?

—Bernard Crossley —dijo Gavin, entregando dos bolsas de pruebas a Barnes antes de abrir la carpeta de cartón en la que había recopilado todas sus notas y colocar las fotografías que había elegido para que estuvieran al frente—. Es un especialista en derecho penal de la zona que se ha sentado en esa silla unas cuantas veces a lo largo de los años.

—Y tampoco parece muy contento de estar aquí —dijo Barnes.

—Mejor —replicó Gavin, y luego llamó a Kyle—. ¿Está todo listo ahí dentro?

—Listo para empezar —dijo—. Conectaré el sonido en cuanto estéis en la sala. ¿Esperáis algún problema por parte de Leavitt?

—Creo que no habrá problemas.

—De acuerdo, entonces, buena suerte.

Segundos después, Gavin y Barnes aparecieron en la pantalla, y Kyle manipuló los controles de volumen hasta que oyó el chirrido de sus sillas al arrastrarse por el suelo mientras se sentaban frente a Leavitt y su abogado.

Gavin puso en marcha el equipo de grabación antes de recitar la advertencia formal y pedir a los dos hombres que se presentaran. Luego, juntó las manos sobre la carpeta de cartón con sus notas y miró a Trevor Leavitt.

—Señor Leavitt, cuando he hablado con usted hoy, ha mantenido que no tuvo nada que ver con el asesinato de Dean Spencer. ¿Hay algo en esa declaración que le gustaría cambiar o de lo que le gustaría retractarse en este momento?

—No. —La respuesta de Leavitt fue rotunda, y Kyle vio a Barnes levantar la vista de su libreta y lanzarle al hombre una mirada penetrante.

—Háblenos de las visitas a la granja —dijo Gavin—. ¿De quién fue la idea de que las hiciera usted?

—Mía. Evidentemente, Justin es el más indicado para hacerlas, pero está demasiado ocupado con la gestión del negocio como para encargarse él solo de las visitas.

—Creía que usted era el encargado de la granja, ¿qué es lo que mantiene a Justin tan ocupado?

—Yo me encargo de la gestión del día a día de la granja; él todavía tiene que lidiar con toda la burocracia que conlleva, además de la parte financiera. Cassandra es buena, se encarga de toda la contabilidad y los sueldos, cosas así, pero Justin es quien tiene el control general del presupuesto y del pago a los proveedores.

—¿Disfruta haciendo las visitas?

—Sí, en general. A veces son agotadoras.

—¿Como cuando los visitantes están borrachos?

Trevor cerró la boca de golpe y su abogado se inclinó hacia delante. —¿Adónde quiere llegar con esta pregunta, detective?

—Me gustaría entender cómo se siente su cliente con respecto al comportamiento alborotador —dijo Gavin—, sobre todo teniendo en cuenta que en el recinto se vende y se consume alcohol.

—Casi nunca hay problemas —dijo Trevor después de que Bernard Crossley le hiciera un leve gesto de asentimiento—. A uno o dos hay que decirles que se calmen, y solo hemos tenido que echar a una persona del recinto en todo el tiempo que llevamos haciéndolas. Hable con cualquiera de los viñedos de Weald y le dirán lo mismo.

—¿Estaba Dean Spencer borracho cuando les enseñó la granja a él y a sus amigos?

—No me acuerdo. Para serle sincero, no me acuerdo de *él*. —Trevor se reclinó en la silla—. En verano, hacemos dos visitas al día, además de algunos eventos de empresa y privados por la noche. Entre eso y asegurarme de que estamos listos para la cosecha, no puede esperar que me acuerde de un tipo cualquiera.

—En el polideportivo al que dijo que fue con su familia el domingo por la tarde no consta que estuvieran ustedes allí —dijo Barnes—. ¿Le importaría explicar por qué?

El rostro de Trevor se endureció. —No todo el que va puede permitirse ser socio.

—No consta que su vehículo entrara o saliera del aparcamiento.

—Cobran demasiado si no eres socio. Aparcamos a la vuelta de la esquina.

—¿Al lado de una carretera principal, con dos niños

pequeños y todas las cosas que tendrían que llevar para ellos? —dijo Barnes.

—Usan sus propias mochilas para el bañador y las toallas —dijo Trevor, con una nota de orgullo en la voz—. Les gusta ser independientes. Debería verlos cuando vamos de acampada. No hay quien los pare.

—¿Cómo pagó la entrada? —preguntó Gavin.

—En efectivo.

—Poco habitual hoy en día.

—Vendimos unos muebles viejos por internet. Pregúntele a mi mujer. Los compradores nos dieron dinero en efectivo, que no solemos usar, así que lo estamos gastando en excursiones para quitárnoslo de encima.

Kyle vio a Barnes agacharse para coger la más voluminosa de las bolsas de pruebas que había colocado junto a sus pies y la puso sobre la mesa.

—Para que conste en la grabación, el oficial Barnes está mostrando al señor Leavitt una chaqueta de color oscuro que fue encontrada en su casa —dijo Gavin—. ¿Reconoce esto?

Trevor se cruzó de brazos. —Sí.

—¿De quién es?

—Mía.

—¿Cuánto tiempo hace que la tiene?

—Un porrón de años. La compré en una tienda de acampada en Tunbridge Wells. No recuerdo el nombre; creo que ya no existe.

—¿La ha llevado alguna vez al trabajo?

—No. ¿Por qué iba a hacerlo?

Barnes puso entonces la segunda bolsa sobre la mesa. —Parece que a su chaqueta le falta un botón, señor

Leavitt. ¿Le importaría decirnos qué hacía este en la esquina del campo de lúpulo donde se encontró el cuerpo de Dean Spencer?

Kyle observó cómo la actitud de Leavitt cambiaba por completo. Su cuerpo se desplomó en la silla y su expresión pasó de la beligerancia al miedo.

—Quisiera hablar con mi abogado en privado —acertó a decir.

—Como desee. —Gavin anotó la hora para la grabación, luego cogió las dos bolsas de pruebas y la carpeta de cartón y siguió a Barnes fuera de la sala.

Kyle se giró en su asiento y salió apresuradamente al pasillo mientras cerraban la puerta de la sala de interrogatorios, y sonrió mientras chocaba el puño con Gavin.

—Lo tenemos —dijo Kyle—. Joder, lo tenemos.

—Quizá —replicó Barnes—. Pero había al menos dos personas más en ese campo con él y con Dean, y todavía no sabemos por qué. Aún nos queda mucho camino por recorrer antes de celebrar nada.

CAPÍTULO 39

—Jefa, ya hemos llegado.

Kay se incorporó de un salto y miró por el parabrisas el edificio de apartamentos de Dean Spencer; luego se sonrojó al dirigirle una mirada a Laura, que estaba abriendo la puerta. —¿Dios mío, cuánto tiempo he estado dormida?

La agente le dedicó una sonrisa tranquilizadora. —Solo cinco minutos. Aunque parecías agotada después de la rueda de prensa. No te preocupes, no pienso contárselo a los demás. Adam también ha estado de guardia esta semana, ¿verdad?

—Sí. —Kay se frotó los ojos, cansada. Luego bajó el parasol para comprobar su maquillaje y soltó un suspiro—. Y tienes razón, los buitres han estado en plena forma hoy.

Salió del coche y siguió a Laura hasta la entrada del edificio; después, la guio escaleras arriba. —Y gracias por ofrecerte a conducir.

—No hay de qué, jefa. He pensado que, si tenías que venir, ya de paso me acercaba yo a ver si Andy Grey había tenido algún éxito con todas las grabaciones de seguridad que le hemos estado enviando.

—¿Y lo ha tenido?

Laura hizo una mueca. —No, por desgracia. Su equipo y él han intentado ampliar la grabación que nos dio Warner Knowles de la furgoneta pasando por delante de su tienda ese viernes, pero se volvió borrosa antes de poder distinguir ninguna cara.

—Maldita sea.

—Aún podríamos sacar algo, jefa, sobre todo con Trevor Leavitt bajo custodia. Cuando consigamos sus registros telefónicos, podremos ver quién más está implicado, ¿no crees?

—Eso espero, joder. Precisamente hoy no me apetecía nada tener que ir a la central. —Kay rebuscó en su bolso y comprobó si tenía mensajes en el móvil—. Sigo sin noticias de Gavin ni de Ian, tampoco.

Laura se detuvo en el rellano. —¿Se va a ir Gavin?

—No si puedo evitarlo. —Kay frunció el ceño—. ¿Por qué? ¿Qué has oído?

—Nada. Es solo que le pediste que interrogara a Trevor Leavitt. Pensé que les habrías pedido a él y a Ian que esperaran a que volvieras de la rueda de prensa para poder hacerlo tú.

Kay exhaló con alivio. —Por un momento pensé que me ibas a dar alguna mala noticia. Ya es bastante malo que hayan convencido a Harry para que se jubile anticipadamente como para que encima me quiten detectives. La cuestión es que, a excepción de Kyle, que solo necesita más experiencia, todos vosotros sois capaces de interrogar a sospechosos. Sí, de verdad que quiero estar presente, pero vosotros nunca vais a aprender si siempre hago yo lo más interesante, ¿no es así?

Laura sonrió. —Y por eso me encanta trabajar en este equipo, jefa.

—Bien. Y si oyes algún rumor sobre alguien que se vaya, dímelo, ¿entendido? A la central le encantaría tener la oportunidad de echarle el guante a cualquiera de vosotros. —Sacó de su bolso las llaves del piso de Dean y le dio a Laura un par de guantes protectores—. Ponte estos, por si acaso. El equipo de Harriet ha registrado el lugar y ha confirmado que no hay señales de forcejeo, pero puede que tengamos que volver para buscar más pruebas dependiendo de cómo les vaya a Gavin y a Ian con el interrogatorio a Trevor.

—De acuerdo, gracias.

Kay entró en el piso, y se detuvo en el corto pasillo. Ya parecía que el lugar había sido olvidado, y una sensación de melancolía flotaba en el aire mientras miraba a su alrededor. Un olor a podrido seguía emanando de la nevera, y cuando siguió a Laura hasta la cocina vio que un montón de platos y tazas de café vacías permanecían en el fregadero.

—Supongo que se quedarán ahí hasta que su madre y su padre hagan que alguien venga a limpiar —dijo Laura, arrugando la nariz.

—Tendrán que hacerlo —admitió Kay—. Harriet ha sacado huellas de todo, pero no hay señales de que nadie más los usara, solo Dean. De momento no necesitamos nada de ahí como prueba.

—Vale.

Kay miró su móvil mientras este sonaba con un nuevo

mensaje de texto del comisario Sharp, y luego gimió al leerlo. —Oh, no.

—¿Qué pasa, jefa?

—Por lo visto, a Susan Greensmith se le ha acercado Jonathan Aspley del *Kentish Times*. Le ha pedido una entrevista en exclusiva sobre el caso y quiere que la haga yo.

—¿En serio? —A Laura se le abrieron los ojos como platos—. ¿Y eso para qué? Lo último que queremos es que se meta un periodista, y menos él después de la que ha liado.

—Ya se lo dije después de la rueda de prensa —suspiró Kay, repasando el mensaje—. Según Sharp, cree que sería bueno mostrar cómo es ser una mujer detective para ayudar en su campaña de reclutamiento de invierno, dirigida a los universitarios que se gradúan el año que viene. Como si a mí me sobrara el tiempo para eso.

—¿No puede pedírselo a una de las otras?

—Puedo intentar convencerla.

—Háblale de la investigación sobre cocaína que la División Este está llevando en Medway —dijo Laura con una sonrisa—. Por lo visto, vale millones.

—Puede que haga eso mismo, buena idea. Bueno, déjame encontrar las fotos que quieren Maggie y Rowan, y volvemos.

Pasó a la sala de estar y se dirigió a las estanterías, cotejando las imágenes con la lista de su móvil.

Entre las favoritas de los padres de Dean se incluían una fotografía de él con ellos en una boda familiar, varias de los distintos viajes del joven por el mundo y una de la ceremonia de su graduación, con ambos padres rebosantes de orgullo. Luego había una o dos de su época de atletismo en el colegio; una de Dean con seis años ganando una carrera de huevos con cuchara resultaba especialmente conmovedora.

—Odio ver una vida tan plena destrozada —dijo Laura, mientras cogía cada fotografía enmarcada que Kay le entregaba y la metía en una bolsa de tela de arpillera—. Parecía que se lo estaba pasando muy bien.

—Sí que lo parecía, ¿verdad?

Kay cogió otra fotografía de la época de mochilero de Dean. Esta vez, parecía que había viajado con Liam y Dominic a Tailandia; los tres sonriendo de oreja a oreja mientras posaban junto a un desvencijado puente de cuerda sobre una cascada tumultuosa, con la frente perlada de sudor por lo que parecía haber sido una subida empinada, a juzgar por las vistas montañosas que se veían a sus espaldas.

—Tiene que ser muy duro también para sus amigos —dijo.

Laura levantó la vista. —Me dio la impresión de que Liam intenta evadirse con los videojuegos cuando hablamos con él. No creo que tenga a nadie con quien hablar sobre Dean.

—Dios, qué desastre. —Kay le entregó la fotografía y comprobó la lista—. Vale, esta es la última. Mañana, al volver a casa del trabajo, se las dejaré a los Spencer. Para cuando salga hoy de la sala de incidencias, será demasiado tarde. Venga, vámonos.

Su móvil sonó mientras se dirigían al coche y, en cuanto vio el número de Gavin, lo puso en manos libres mientras Laura arrancaba el motor. —¿Gav, cómo lo llevas?

—¿A qué distancia estáis, jefa?

—Estamos de camino de vuelta. ¿Por qué?

—Trevor Leavitt ha pedido hablar con su abogado en privado, que es lo que están haciendo ahora mismo. Estamos esperando las grabaciones de las cámaras de seguridad del ayuntamiento que cubren la calle de enfrente del polideportivo para ver si podemos corroborar la insistencia de Leavitt en que aparcó allí en vez de en el aparcamiento el domingo pasado.

—¿Y qué ha dicho su mujer en su defensa?

—Le ha dado una coartada, jefa, pero yo creo que solo lo hace para proteger a los niños.

—Es muy posible.

—Dadas las circunstancias, jefa, queremos esperar a mañana para continuar con el interrogatorio, así que vamos a mantenerlo detenido esta noche. Por la mañana, cuando empecemos, aún estaremos de sobra dentro del plazo de veinticuatro horas antes de tener que solicitar una prórroga.

—Entonces, ¿crees que Leavitt presenta riesgo de fuga? —preguntó Kay.

—Sí, jefa. Y dado que hay al menos otras dos personas por ahí que son tan culpables como él, y sabiendo lo que podrían hacerle si se enteran de que está hablando con nosotros, yo no le culparía, ¿y tú?

CAPÍTULO 40

A la mañana siguiente, Gavin decidió ir andando a la comisaría, y a una hora más tardía que el día anterior.

El sueño se le había resistido y, a pesar de sus buenas intenciones, había empezado el día con un café bien cargado después de la ducha, y ahora sostenía un vaso para llevar de una de sus cafeterías favoritas por la que pasaba de camino.

Hacía ya más de una semana que Dean Spencer había sido brutalmente asesinado, y Gavin caminaba con determinación, con la esperanza de que, si llegaba a la comisaría antes que Kay, fuera él a quien ella eligiera para continuar interrogando a Trevor Leavitt.

El abogado del hombre se había marchado tarde la tarde anterior, demasiado tarde para continuar con el interrogatorio, por lo que Leavitt había pasado la noche en los calabozos bajo la atenta mirada del sargento Ellis Hughes.

Gavin llegó al paso de peatones junto al puente sobre

el río Medway y observó la arremolinada corriente que se dirigía hacia la esclusa de Allington, preguntándose si esta sería la investigación que le conseguiría un ascenso.

Sacudió la cabeza para desechar la idea.

Un hombre inocente había muerto en terribles circunstancias, y su propia carrera no importaba en ese momento. Lo que importaba era asegurarse de que todas las pruebas se reunieran de tal manera que Leavitt (y quienquiera que estuviera con él esa noche) se pasara una larga temporada tras las rejas.

El semáforo del paso de peatones se puso en verde y un pitido electrónico lo arrancó de sus pensamientos. Cruzó a toda prisa la carretera de dos carriles, entró en la comisaría unos minutos después y subió corriendo las escaleras.

Cuando entró en la sala de incidencias, Kay ya estaba sentada en su escritorio, pero Kyle y Laura no estaban por ninguna parte. Barnes estaba junto a la pizarra blanca, actualizando las notas, y saludó a Gavin con un gesto de cabeza antes de volver a su trabajo.

—Buenos días, jefa —dijo Gavin, deslizando su mochila bajo el escritorio y tirando el vaso de café vacío a la papelera—. Pensaba bajar un momento a ver qué tal le ha ido a Leavitt anoche.

—Ya está hecho, no te preocupes —dijo Kay—. Hughes me ha pillado abajo cuando he llegado esta mañana. Ha dicho que Leavitt ha sido un huésped tranquilo y que no ha habido ningún problema. Su abogado está disponible a partir de las nueve, así que, ¿quieres ponerme al día?

—Claro. —Gavin se sentó y señaló la pantalla del ordenador de ella, que mostraba la transcripción del interrogatorio de la tarde anterior—. Después de hablar contigo, la releí y decidí llamar a Justin Mallory para tomarle declaración oficialmente. Se quedó de piedra, pero confirmó que no ha tenido ningún problema con Leavitt en el pasado. Tampoco pudo arrojar luz sobre lo que hizo mientras estaba en el ejército; cada vez que sacaba el tema en la conversación, Leavitt cambiaba de tema o decía que no podía hablar de ello. No obstante, he estado investigando en varias páginas web de los regimientos y he descubierto que tiene un par de condecoraciones por operaciones tras las líneas enemigas, pero eso es todo lo que dicen. El comisario Sharp tampoco ha averiguado nada.

—Sin embargo, si está condecorado, estoy bastante segura de que habría entrado en combate en esas operaciones —dijo Kay—. Así que es posible que ya haya matado antes.

—Pero, aunque sea capaz, no logro entender por qué —dijo Gavin—. Que Dean y sus amigos aparecieran borrachos en una visita a una granja de lúpulo no parece motivo suficiente, sobre todo porque Dean se disculpó con Trevor y Gloria después.

—¿Te has hecho alguna idea de lo que quería hablar con su abogado?

—No —suspiró Gavin—. Y cuando terminaron, Bernard Crossley dijo que necesitaba hacer algunas llamadas e investigar un poco antes de poder asesorar más a su cliente, así que aceptó que Trevor pasara la noche con nosotros.

Kay frunció el ceño. —¿Pues ese no es el accionar de un hombre inocente, verdad?

—Eso es lo que he pensado —dijo Gavin, asintiendo—. Me parece que se está preparando para delatar a los otros dos tíos que estuvieron implicados, pero quiere saber qué podría suponer eso para él.

—Una larga temporada tras las rejas —dijo Barnes, acercándose y sentándose en su escritorio—. Son las ocho y media pasadas, Gav. ¿Estás listo para reanudar el interrogatorio cuando llegue Crossley?

Gavin se giró para mirar a Kay. —¿Quieres que lo haga yo?

—Por supuesto. —Ella sonrió—. Lo mejor que podemos hacer ahora mismo es garantizar la continuidad. Tú y Barnes estáis al tanto de todas las pruebas y los hechos, y tú encontraste la chaqueta, así que adelante. Me uniré a Kyle en la sala de observación.

—Un segundo, Ian. Déjame revisar el correo primero. —Gavin fue disparado a su escritorio y empezó a reunir sus notas, moviendo el ratón para reactivarlo y revisando sus correos en busca de alguna novedad—. Bueno, aún no hay nada sobre las cámaras de seguridad del centro polideportivo, pero tengo aquí una nota del gerente de la pizzería a la que Leavitt y su mujer dicen que fueron.

—¿Qué dice? —preguntó Kay.

—Al parecer no hay ninguna reserva a ese nombre. —Gavin suspiró—. Aunque eso no significa nada, ¿verdad? Podrían haber aparecido sin más.

—Y pagado en efectivo, como hicieron con la sesión de piscina —dijo Barnes, luego se inclinó y le dio una palmada en el hombro a Gavin—. Pero aún tenemos ese botón, y las imágenes de la cámara de seguridad podrían aparecer mientras hablamos con Leavitt.

Gavin miró por encima del hombro cuando la puerta de la sala de incidencias se abrió y entraron Kyle y Laura, con las manos cargadas de cafés para llevar para el equipo, y sonrió. —Debéis de haberme leído el pensamiento.

—Lo dudo —dijo Laura, sonriendo mientras le entregaba una de las tazas—. Es descafeinado.

———

Trevor Leavitt tenía un aspecto notablemente peor tras una noche en los calabozos de la comisaría.

Gavin se sentó junto a Barnes y observó al hombre al otro lado de la mesa en la sala de interrogatorios número tres. Se fijó en que tenía el pelo revuelto, como si se hubiera pasado la mano por él varias veces. Su polo blanco estaba arrugado en algunas partes, aunque, por suerte, cuando Hughes le había pasado el testigo a Harry Davis en la gestión de la unidad de detenidos esa mañana, los dos agentes se habían encargado de que le dieran jabón y desodorante de cortesía y le permitieran una ducha corta antes del desayuno.

Bernard Crossley se sentó junto a su cliente, con el cuaderno de notas abierto por la misma página en la que había terminado de escribir el día anterior y el bolígrafo preparado, con la mirada baja mientras escuchaba a Barnes repasar las formalidades para reanudar el interrogatorio.

Una vez hecho esto, Gavin abrió la carpeta de cartón que llevaba bajo el brazo y deslizó una fotografía sobre la mesa hacia Leavitt.

Tanto él como su abogado retrocedieron ante la imagen de Dean Spencer tal y como lo habían encontrado entre las plantas de lúpulo. Crossley fue el primero en apartar la vista y carraspear.

—Dígame por qué hizo esto —dijo Gavin, golpeando la imagen con el dedo índice.

—Yo no lo hice. —La voz de Leavitt sonaba estrangulada y cerró los ojos—. No fui yo.

—Por el momento, Trevor, nos ha dado dos coartadas para sus movimientos del domingo pasado que no se pueden verificar y no ha explicado por qué este botón de su chaqueta estaba en el mismo campo donde encontraron a Dean. —Gavin retiró la fotografía bruscamente y lo fulminó con la mirada—. Ahora mismo, es usted el único sospechoso de su muerte, y no me creo ni por un segundo que nos esté diciendo la verdad.

Leavitt exhaló y miró a su abogado, que le hizo un gesto de ánimo con la cabeza antes de que el hombre volviera a mirar a los dos detectives. —No tuve nada que ver con la muerte de ese hombre. La razón por la que encontraron el botón de mi chaqueta en el campo fue porque fui allí una noche, hace unas semanas, y envenené las plantas de lúpulo que vio la otra detective.

Gavin parpadeó. —¿Qué?

—Aparqué lejos de la granja y volví hacia ella por el camino de herradura que discurre entre la finca de los Mallory y la de otro propietario. La valla está rota más o menos a la mitad, así que me colé por ahí para entrar en el lupular.

—¿Por qué las envenenó? —preguntó Barnes mientras

Gavin rebuscaba en sus notas para averiguar dónde había descubierto el equipo de Harriet el botón.

—Porque me pagaron por hacerlo —dijo Leavitt, sacando la barbilla.

—¿Quién le pagó?

—Alguien que quiere trabajar con la misma cervecería con la que Justin consiguió negociar su acuerdo. Están cultivando la misma variedad experimental en Suffolk, pero Justin se les adelantó.

Gavin revisó las notas de Harriet y vio que había encontrado el botón exactamente donde Leavitt había descrito, y consiguió reprimir su decepción. —Dice usted que lo sobornaron para causar daños criminales a los cultivos de los Mallory… ¿por qué hacerlo, si a usted también le afectaría que el acuerdo se viniera abajo si todo ese lúpulo muere?

Leavitt se encogió de hombros. —Supongo que por la misma razón por la que Roland finge una lesión para cobrar una indemnización. Justin y Cassandra son demasiado tacaños y no nos pagan un sueldo decente. Llevamos tres años sin un aumento y cobramos menos que nadie por aquí. Así que, cuando los otros me dijeron que me darían diez mil libras para asegurar que la cosecha fracasara este año, no pude decir que no.

—Sí que podría haberlo hecho —dijo Gavin, recogiendo sus notas y las bolsas de pruebas antes de fulminar a Leavitt con la mirada—. Entretanto, lo acusaremos de daños criminales a la propiedad. No tiene obligación de decir nada, pero su defensa podría resultar perjudicada si no menciona ahora algo que posteriormente alegue en el juicio. Cualquier cosa que diga podrá ser utilizada como prueba. Interrogatorio finalizado.

Dicho esto, Gavin detuvo la grabación y salió de la sala detrás de Barnes, con una náusea en la boca del estómago.

El detective mayor le dedicó una sonrisa tranquilizadora al cerrar la puerta, y entonces Kay y Kyle salieron de la sala de observación, con una expresión de frustración en el rostro de la inspectora.

Le hizo un ligero gesto negativo a Gavin con la cabeza y señaló hacia el piso de arriba. —Déjalo. Hablaremos en un minuto.

Se le cayeron los hombros mientras seguía a los demás hasta la sala de incidencias y luego se arrastró hasta su escritorio y arrojó la carpeta sobre él antes de desplomarse en la silla. Pasó unos instantes revisando sus correos electrónicos y después levantó la vista cuando Kay terminó de hablar con Barnes y se dirigió hacia él.

—Maldita sea. De verdad creía que tenía algo bueno. Lo siento, jefa.

—No te disculpes —dijo Kay con voz severa mientras se sentaba frente a su ordenador—. Todos pensábamos que ese botón podría ser una prueba clave en el asesinato de Dean. En cambio, has demostrado con éxito que se cometieron dos delitos en la granja de los Mallory: el envenenamiento de la cosecha, por un lado, y el asesinato de Dean.

—Sí, pero seguimos sin saber quién es el responsable de eso —dijo Gavin. Se pasó una mano por su pelo de punta y luego señaló la pantalla—. Y Paul Solomon también me acaba de responder: no hay antecedentes recientes de asesinatos de tipo ritual en la zona. Así que volvemos al punto de partida, y en la jefatura no van a estar muy contentos, ¿verdad?

Kay no supo qué responder a eso, y él soltó un suspiro mientras volvía a dirigir su atención a la pantalla del ordenador, invadido por la desesperación.

—Mierda —murmuró—. ¿Y ahora qué coño hacemos?

CAPÍTULO 41

Kay miró con rabia el teléfono fijo que había en medio de la mesa de reuniones y le gruñó mientras del altavoz emanaba un pitido monótono.

La comisario jefa había finalizado la llamada tras solicitar que enviaran todos los expedientes de la investigación a la central, insistiendo en que se iniciara una auditoría de inmediato dado el interés mediático en el caso, y a Kay no le había quedado más remedio que acceder.

Sharp, que también se encontraba en la misma sala que la comisario jefa al otro lado de la línea, había permanecido sensatamente en silencio, ya que le había dado la noticia por mensaje apenas unos minutos antes de que se produjera la petición formal de reunión hacía media hora.

—Joder —murmuró. Acto seguido, golpeó la base del teléfono con la palma de la mano para detener el pitido y luego se inclinó hacia delante y apoyó la cabeza en los brazos, cerrando los ojos por un momento—. Mierda.

A pesar de reconocer el éxito de Gavin al cerrar la vía

de investigación del envenenamiento, el tono de Susan Greensmith había sido seco al centrar su atención en el asesinato de Dean, compartiendo su decepción por el hecho de que Kay y su equipo no tuvieran ninguna pista viable que seguir y recordándole por enésima vez que toda la policía tendría que rendir cuentas ante los medios si sus asesinos seguían en libertad.

—Uf —gimió Kay, y levantó la cabeza cuando sonó su móvil. El nombre de Sharp aparecía en la pantalla—. ¿Sí, jefe?

—No he podido hacer nada, Kay. Lo siento.

—No pasa nada. No le falta razón.

—Aun así… ¿Qué tienes pensado hacer el resto del día mientras tu equipo prepara los expedientes?

—Los registros telefónicos de Dean Spencer han llegado esta mañana mientras interrogábamos a Trevor Leavitt, así que Ian los está revisando ahora. Gavin ha conseguido las imágenes de las cámaras de seguridad del ayuntamiento y hemos confirmado que Trevor y su familia fueron al polideportivo el domingo, y también nos han proporcionado grabaciones de un aparcamiento cercano a la pizzería más tarde esa noche. Está claro que Leavitt no es nuestro hombre para el asesinato de Dean. —Kay se levantó de la silla y se acercó a la ventana, observando cómo un flujo constante de trabajadores salía de las oficinas y se dirigía al centro de la ciudad para almorzar—. Voy a llevarles a sus padres algunos de los efectos personales de Dean que recogí ayer de su piso, y cuando vuelva prepararé mi informe de resumen para los auditores. ¿Quieres que te envíe una copia antes de entregarlo?

—Por favor —dijo Sharp—. Cuatro ojos ven más que dos, al fin y al cabo.

—Gracias, jefe.

—Y no pongas esa cara de abatida —la amonestó—. Esto es perfectamente normal, y nunca se sabe; puede que la auditoría te consiga más personal para ayudar en tu investigación.

—Si es que no lo transfieren a Gravesend —dijo Kay. Dejó que la persiana de la ventana volviera a su sitio de un golpe—. Será mejor que me vaya, jefe. Me imagino que tendré que dar la charla motivacional de mi vida cuando informe al equipo más tarde.

—Buena suerte.

Kay finalizó la llamada y se quedó mirando el teléfono un momento. "Maldita sea, la voy a necesitar, Devon".

Suspiró y salió de la sala de reuniones para bajar las escaleras hasta la siguiente planta; el sonido de las voces y los teléfonos le llegó antes de alcanzar la sala de incidencias.

Gavin estaba en su mesa, con una hamburguesa en una mano y un bolígrafo en la otra mientras completaba todas las listas de verificación de pruebas que exigía la Fiscalía de la Corona para procesar los cargos contra Trevor Leavitt; Kyle y Laura estaban de pie con Debbie mientras revisaban todas las pruebas que se habían recopilado hasta la fecha.

Barnes levantó la vista de los registros del móvil de Dean cuando Kay cogió de debajo de su escritorio la bolsa de tela que contenía las fotografías del piso del joven y enarcó una ceja.

—Te ves hecha polvo, jefa —dijo en voz baja—. No dejes que esos cabrones te amarguen.

Ella le dedicó una sonrisa de agradecimiento. —Gracias. No lo haré. ¿Cómo vas?

Él extendió la mano sobre las declaraciones. —Tengo llamadas de y para los números de Liam y Dominic, además de los de su madre y su padre. Algunos de los números se corresponden con clientes que Andy Grey identificó desde el ordenador de Dean. Hay unos cuantos números del extranjero con los que hablaba semanalmente, probablemente clientes, pero lo verificaré después de revisar el resto. Tengo otro aquí al que llamaba o del que recibía llamadas con regularidad. Estoy esperando a que el proveedor de telefonía móvil me diga a quién pertenece. Podría ser otro amigo o un cliente. Y luego está este otro grupo al que llamaba con menos frecuencia. Estoy revisándolos ahora.

—De acuerdo, gracias. —Kay levantó la bolsa de tela —. Voy a llevarle esto a Maggie y a Rowan, así que llámame si necesitas algo urgente.

—Hecho. Hasta luego.

Quince minutos después, Kay iba por la A20, saliendo de la ciudad y atravesando las afueras de Bearsted, optando por evitar la concurrida autopista. El coche de servicio se conducía bien y, para cuando pasó el campo de golf junto al castillo de Leeds, ya estaba tamborileando los dedos en el volante y tarareando por lo bajo al ritmo de la radio.

El desvío hacia la casa del hermano de Maggie Spencer, a las afueras de Ashford, no tardó en aparecer, y Kay se metió en una urbanización que era un laberinto de calles sin salida que partían de la vía principal, todas con nombres de pájaros que antaño debieron de habitar los campos que ahora ocupaban los edificios.

Encontró la casa al final de uno de esos callejones sin salida y aparcó junto al coche compacto de Rowan en un acceso pavimentado, frente a una impecable casa unifamiliar con tejado de tejas rojas y un pequeño pórtico sobre la puerta principal.

Aaron Stewart abrió la puerta mientras ella se bajaba del coche y la invitó a pasar con un gesto.

—Gracias —dijo ella—. ¿Algún problema?

—Ni rastro de periodistas, jefa, y los vecinos de por aquí son muy suyos, así que creo que de momento no habrá problemas —dijo el agente—. Maggie y Rowan están en el salón, si quieres pasar. Iba a ponerles la tetera. ¿Te apetece un café?

Kay asintió.

—Pues sí, por favor. Gracias.

—Ahora mismo.

Desapareció por un ancho pasillo hacia una cocina bañada por la luz de la tarde, y Kay dirigió su atención a la puerta cerrada a su izquierda. irguió los hombros, llamó brevemente antes de entrar y encontró a los Spencer sentados juntos en un gran sofá, junto a una mesa de centro cubierta de fotografías.

—Inspectora Hunter —dijo Rowan, levantándose y señalándole un sillón frente a ellos—. ¿Ha encontrado las fotos que buscaba Maggie?

—Sí —respondió Kay, entregándole la bolsa de tela antes de echar un vistazo a la colección ya dispuesta sobre la mesa—. Parece que Dean era todo un viajero.

—Le encantaba —dijo Maggie, con los ojos enrojecidos. Sorbió por la nariz y luego metió la mano en la bolsa—. Sobre todo los grandes viajes como este.

—Pensábamos que no iba a volver de Tailandia —dijo Rowan, mirando por encima del hombro de su mujer con una sonrisa triste—. Se lo pasó tan bien.

Kay se inclinó y examinó la fotografía.

—Esos son Liam y Dominic con él en la foto, ¿verdad?

—Sí, exacto. Siempre iban juntos a lugares remotos; lo hacían desde antes de la universidad —Rowan sorbió por la nariz—. Aunque no sé si los chicos irán sin él en el futuro. Dean siempre era el que tenía las ideas y organizaba los vuelos, ese tipo de cosas. Algunos de los sitios como este estaban apartados, pero a él le encantaba. Cuantos menos turistas, mejor. Eso es lo que nos decía.

Kay frunció el ceño.

—Entonces, ¿quién hizo la fotografía? No es un *selfie*.

—Ese debió de ser Isaac —dijo Rowan. Pasó la mano por las fotografías de la mesa de centro—. Espere, tengo una foto suya por aquí en alguna parte. Ah, aquí está. Dean lo conocía desde que empezaron juntos el instituto, con once años.

Maggie arrugó la nariz mientras Kay cogía la fotografía que Rowan le tendía.

—Aunque se descarrió después del instituto. Oí que se había metido en drogas, y Dean dijo que a veces era una pesadilla en Bangkok. Estaba muy preocupado de que se metieran en líos con la policía de allí por culpa de Isaac.

—¿Dónde está Isaac ahora?

—Creo que tiene un trabajo en Sittingbourne, en una consultoría.

—Dean mencionó que también ayuda a su padre de vez en cuando, para ganar algo de dinero extra —añadió Rowan—. Creo que se metió en problemas hace unos años, por deberle dinero a gente…

—Probablemente por las drogas —dijo Maggie.

Kay volvió a mirar la fotografía y pasó el pulgar por la cara de Isaac mientras una idea tomaba forma en su mente.

—¿Cuál es su apellido?

—Trimble —dijo Rowan—. Su padre tiene una empresa de fontanería cerca de Sevenoaks.

CAPÍTULO 42

Kay abrió de un empujón la puerta de la sala de incidencias, casi derribó a un agente novato que se disponía a salir con un montón de expedientes en los brazos y, tras disculparse, se apresuró hacia el escritorio de Gavin.

—¿Dónde están los demás? —dijo, levantando la fotografía enmarcada de Dean Spencer y sus amigos mochileros—. Acabamos de conseguir el avance que necesitábamos en el asesinato de Dean.

El agente se quedó boquiabierto antes de recuperar la compostura. —Barnes está abajo supervisando la puesta en libertad de Leavitt a la espera de su vista judicial, y Kyle y Laura han salido a comer algo.

—Llámales. Haz que vuelvan los dos ahora mismo… y pídeles que me cojan un café por el camino, ¿quieres?

Él sonrió de oreja a oreja. —Sí, jefa.

Con el corazón todavía palpitándole por la revelación de Rowan Spencer, Kay marcó el número de Barnes en la marcación rápida de su teléfono. Él contestó a los dos tonos. —¿Cuánto tardas en volver a subir?

—Casi he terminado, jefa. Otros cinco minutos y…

—Que sean dos, Ian. Tenemos a nuestro sospechoso del asesinato.

Terminó la llamada, se acercó a la impresora y fotocopiadora y sacó con cuidado la fotografía de Dean del marco. Después de hacer varias copias, dejó el original en su escritorio y colgó una de las copias en la pizarra blanca, luego le llevó el resto a Debbie, que ya estaba preparando un orden del día.

—Me he enterado —dijo la agente uniformada—. Y supongo que vas a convocar una reunión informativa de inmediato, ¿no es así, jefa?

—Sí, ¿y puedes incluir estas copias con el orden del día? Ayudará con el contexto. Y si hay alguien más comiendo, llámalo para que vuelva ahora mismo, por favor.

—Ya me pongo a ello, jefa.

—Una cosa más: necesito que asignes a cuatro agentes para que acompañen a Kyle, Laura y Gavin cuando vayan a detener a Liam Peyton y a Dominic Bridger. Quiero interrogar a ese par aquí en cuanto termine la reunión.

—Hecho.

—Gracias, Debbie.

Kay volvió a la pizarra blanca y se tomó un momento para calmar sus pensamientos agitados mientras repasaba su contenido con la mirada, escuchando cómo la agente uniformada reunía al resto del equipo de investigación y repartía el orden del día a medida que, uno por uno, se unían a ella frente a la sala, con los rostros expectantes. Al cabo de unos instantes, se giró para mirarlos y les dedicó una sonrisa tranquilizadora mientras Gavin se apoyaba en un escritorio a la izquierda de la pizarra, con la mandíbula apretada. —Esperaremos a los rezagados antes de empezar, pero quiero aprovechar un momento para agradeceros a todos y cada uno de vosotros vuestros esfuerzos hasta la fecha. Sé que nos ha costado avanzar en este caso, pero tened por seguro que soy consciente de la cantidad de horas que estáis dedicando a encontrar al asesino de Dean y os lo agradezco. Ya hemos realizado una detención en el proceso de descartar sospechosos, y espero que al final del día de hoy haya más.

Miró a los agentes sentados justo cuando la puerta de la sala de incidencias se abría y entraban Barnes, Kyle y Laura. Se apresuraron hacia ella y Kyle le entregó un vaso humeante para llevar.

—Gracias —dijo y levantó la tapa antes de dar un sorbo cauteloso—. Mucho mejor. Bien, empecemos. Sabemos que Dean Spencer, Dominic Bridger y Liam Peyton visitaron la granja de lúpulo de los Mallory durante el verano para hacer una visita, y que para cuando se fueron habían hecho algunas payasadas de borrachos, de tal manera que Dean se disculpó por el comportamiento de los otros. Avancemos tres meses y Dean aparece muerto en el mismo lugar, después de haber sido colgado y apuñalado varias veces antes de ser destripado. Sin embargo, Harriet ha dicho desde el principio que se habrían necesitado tres personas para levantarlo y atar las cuerdas que se usaron. Sabemos que se utilizó una furgoneta para transportarlo, y que esa furgoneta fue robada de una empresa de suministros de fontanería propiedad de Rex Trimble, de Wrotham.

Dio otro sorbo antes de colocar el vaso en el escritorio junto a Gavin y dedicarle una mirada de advertencia, luego se volvió hacia el resto del equipo. —La fotografía que tenéis en vuestro dosier informativo fue tomada en Tailandia hace unos años, cuando Dean y sus amigos estaban de viaje como mochileros. Los padres de Dean me confirmaron hace menos de una hora que Isaac Trimble hizo esa foto.

Un murmullo recorrió a sus agentes y oyó a Kyle maldecir en voz baja.

—Tres personas —dijo—. Tres amigos. Pero ¿por qué?

—Eso es lo que vamos a averiguar —dijo Kay—. Y tendremos que darnos prisa, porque ya han pasado cuatro días desde que interrogamos a Dominic y a Liam, y probablemente le hayan avisado a Isaac de que le seguimos la pista. Así que, en cuanto acabemos aquí, haced los preparativos que necesitéis en casa o en cualquier otro sitio, porque nos espera una noche larga. En cuanto a las tareas, quiero que Dominic y Liam estén detenidos en las próximas dos horas. Ambos trabajan desde casa, así que localizarlos no debería ser un problema. Kyle, Laura, quiero que vayáis con una patrulla de uniforme a detener a Dominic; y tú, Gavin, te encargarás de la detención de Liam. Dado que no hemos vuelto a contactar con ellos desde la primera vez que hablamos, espero que hayan bajado la guardia y piensen que se han salido con la suya. Ian, tú y yo iremos a Sittingbourne, donde trabaja Isaac cuando no está ayudando a su padre, y efectuaremos allí la detención. No quiero esperar a que llegue a casa por si se entera de las otras detenciones.

Esperó mientras sus agentes actualizaban sus notas. —Mientras eso sucede, quiero que todos vosotros centréis vuestra atención en Isaac Trimble. Redes sociales, si lo han detenido en el pasado… según los Spencer, tiene un largo historial de abuso de drogas, así que podría haber algo ahí. Fue al mismo instituto que Dean; localizad al director, averiguad si hubo algún problema entre ellos dos. Lo mismo con la universidad. También necesitaré que dos de vosotros habléis con la empresa para la que trabaja después de que lo hayamos puesto bajo custodia, para ver si ha habido algún problema.

Tras apurar el café, miró el reloj. —Le asigno a Debbie la tarea de recopilar toda la información que puedan en el tiempo que nos lleve a Barnes y a mí llegar a Sittingbourne, y quiero que me envíe un resumen antes de que entremos a detenerlo. No quiero que nadie salga herido, incluidos los ciudadanos.

—Me parece una buena idea, jefa —dijo Sean—. ¿Quieres que vaya, entonces, dada mi experiencia en los Marines?

—Sí, por favor, por si necesitamos un par de manos extra. Tim, me gustaría que también vinieras con nosotros.

El sargento Wallace asintió. —Sin problema.

—De acuerdo, equipo, eso es todo por ahora. Volveremos a reunirnos aquí después de que se hayan efectuado las detenciones.

CAPÍTULO 43

Laura esperaba de pie en la puerta de la casa de Dominic Bridger mientras escuchaba las voces alteradas del interior.

Cinco minutos antes, el coche de servicio de Kyle y un coche patrulla rotulado de la policía de Kent habían entrado a toda velocidad en la calle sin salida y aparcado a la sombra de la nave industrial que se alzaba sobre las compactas casas adosadas. Había visto cómo una cortina del salón de un vecino volvía a su sitio mientras se acercaban a la casa de Dominic y, cuando Kyle golpeó la puerta con los nudillos, el sonido retumbó en la superficie y resonó en las demás casas.

—Seguro que esto lo sacará de la cama —dijo Laura.

Uno de los agentes uniformados enarcó una ceja.

—Es por la tarde.

—Por lo visto, tiene clientes internacionales.

Todos se volvieron hacia la puerta cuando se abrió. Kyle se puso delante de Laura por si se producía un ataque, pero el hombre que se asomó para mirarlos estaba pálido y demacrado.

El hedor a piel y ropa sin lavar emanaba por la rendija y ellos dieron un paso atrás.

—Buenas tardes, Dominic —dijo Laura alegremente, y luego le recitó la advertencia legal.

—¿Q-qué quieren? —consiguió decir.

—Queremos hablar con usted —dijo Kyle—. No aquí, en la comisaría.

Dominic parpadeó.

—Tengo que vestirme.

—Pues dese prisa —dijo Laura y empujó la puerta—. No tenemos todo el día, ¿verdad?

El joven se tambaleó hacia atrás y ella vio que llevaba unos calzoncillos y nada más. Él se sonrojó y luego señaló las escaleras.

—Voy a buscar algo de ropa.

—Ningún problema. —Laura hizo un gesto a uno de los agentes uniformados que ahora estaba en el pasillo—. Pero él irá con usted.

Dominic tragó saliva, luego asintió con la cabeza y subió las escaleras a trompicones mientras Kyle se dirigía al salón.

Estaba en penumbra, con la luz bloqueada por las cortinas corridas, y en la habitación había un hedor inconfundible y grasiento a fritanga.

Laura le dio al interruptor de la luz.

—Joder —logró decir Kyle, cubriéndose la nariz con la manga de la chaqueta—. Creía que esto era una pocilga la última vez que vinimos…

Laura le dio un codazo para que avanzara y echó un vistazo a la montaña de latas de cerveza que se había acumulado sobre la mesa de centro desde el jueves, algunas de las cuales habían caído a la alfombra y rodado por debajo. El montón de envases de comida para llevar y cajas de pizza había aumentado, pero la mayor parte de la comida estaba a medio comer, lo que explicaba en parte el olor que se mezclaba con la falta de higiene de Dominic.

Laura enarcó una ceja y miró a Kyle.

—Ya veo lo de limpiar los domingos.

—Parece que la culpa le está reconcomiendo, ¿no? —Le guiñó un ojo—. ¿Lo llevamos a los calabozos y empezamos el interrogatorio?

———

Un abogado de oficio ya los estaba esperando cuando Laura llevó a Dominic a rastras hacia el mostrador de custodia; el hombre no pudo ocultar su asco por el estado de su último cliente antes de aclararse la garganta.

—Necesitaré unos momentos para informar al señor Bridger. ¿Cuáles son los detalles?

Kyle le entregó una delgada carpeta.

—Le ficharemos y luego podrá hablar con él. Tome asiento en la sala de interrogatorios y se lo llevaremos cuando terminemos aquí.

El hombre asintió y se apresuró a seguir a uno de los agentes uniformados que le abrió la puerta de seguridad. Laura oyó a Dominic arrastrar los pies.

Al volverse, vio el miedo en sus ojos, y se le heló el corazón.

—Harry, ¿puedes procesar a este rápidamente? Me gustaría empezar ya.

—Sin problema —dijo el agente veterano, y extendió la mano—. Primero los objetos de valor, por favor, señor.

Kyle sacó a Laura de la zona de custodia y caminaron por el pasillo hasta la máquina expendedora. Él pasó la tarjeta y eligió una bolsa de patatas fritas.

—Dado que nos hemos saltado la comida, necesito comer algo o se van a oír mis tripas en la grabación. ¿Qué te apetece?

—Chocolate, por favor. Gracias.

Chocaron los aperitivos a modo de brindis y luego se apoyaron en la pared comiendo en un silencio cómplice.

—Entonces, ¿qué piensas? —preguntó Laura, bajando la voz mientras dos administrativas de otra investigación pasaban por allí—. ¿Hizo Dean algo que fastidiara a sus amigos, o qué?

—Ni idea —dijo Kyle, lamiéndose la sal de los dedos antes de alejarse unos pasos para tirar la bolsa de patatas vacía a una papelera. Tenía una expresión pensativa cuando se volvió hacia ella—. Teniendo en cuenta el tiempo que parece que se conocen los cuatro, debió de ser algo gordo para ellos. ¿Quizá los estaba chantajeando o algo así?

Laura frunció el ceño.

—No había pensado en ese ángulo. Buena idea. Asegúrate de cubrir eso cuando hables con él, ¿vale?

—¿Quieres que haga yo el interrogatorio? —dijo Kyle, sorprendido.

—Tiene sentido. —Sonrió—. Necesitas practicar, después de todo.

—Qué morro tienes.

CAPÍTULO 44

Kay apretó los dientes mientras Barnes aceleraba por la autovía que pasaba junto al recinto ferial de Detling. El paisaje pasaba a toda velocidad por la ventanilla mientras ella intentaba estabilizarse contra el movimiento del coche y escribirle un mensaje al comisario Sharp.

Por el rabillo del ojo, veía las luces azules y rojas parpadeantes del coche patrulla que conducía el sargento Tim Wallace justo delante de ellos. Las sirenas del vehículo permanecían en silencio por el momento mientras se abría paso entre el tráfico y se dirigía a toda velocidad hacia Sittingbourne.

—Al menos nos libraremos de los auditores —caviló Barnes, reduciendo una marcha cuando el coche se topó con la pendiente de la colina—. Ha estado cerca.

—Demasiado cerca. Le he dicho a Sharp en qué andamos metidos, así que, con un poco de suerte, hablará con la comisario jefa y nos conseguirá algo más de tiempo. —Su móvil volvió a sonar—. Bien, Harry Davis ha confirmado que tanto Dominic como Liam ya están bajo custodia. Solo están esperando a que llegue el abogado de Liam. Lo tienen en los calabozos mientras Dominic habla con su representante legal antes de que Kyle y Laura lo interroguen.

—Todo está encajando, jefa.

—Dios, eso espero, Ian. Solo quiero unas puñeteras respuestas. —Los pies de Kay se hincaron en el suelo del coche cuando los dos vehículos se acercaron a una rotonda y frenaron en seco. Salieron disparados por el otro lado y volvieron a coger velocidad. Entonces, sonó su móvil.

El nombre de Debbie apareció en la pantalla y Kay activó el altavoz.

—¿Qué has conseguido averiguar hasta ahora, Debs?

—Bueno, según parece, Isaac era un auténtico cabroncete en el colegio —contestó la agente—. He hablado con su antiguo director, que lo recuerda como un alumno problemático, irrespetuoso y beligerante.

—Un encanto, vamos —dijo Barnes.

—Sí, y tampoco le hacía ascos a las peleas —dijo Debbie—. Sin embargo, parece que se calmó cuando llegó a la universidad. He hablado con algunos de los profesores que tuvieron él y Dean, y uno de ellos me ha contado que, aunque corrían rumores de que Isaac consumía drogas, eso no afectó a sus notas. Se graduó con un aprobado de segunda categoría en Dirección de Empresas. La compañía para la que trabaja es una consultora de publicidad con varios clientes de renombre en el sureste y a nivel nacional. Según su página web, Isaac es un ejecutivo de cuentas clave responsable de la captación de nuevos clientes.

—¿Y sus redes sociales? —preguntó Kay.

—Silencio total desde hace más de una semana —respondió Debbie—. Hasta entonces, era bastante activo en dos o tres plataformas y, de repente, nada.

—¿Se ha cruzado antes con nosotros?

—Nada en los archivos, jefa. No obstante, seguiré investigando, y todavía estoy detrás de un par de pistas pendientes de la semana pasada que podrían ayudarnos. Mientras tanto, te enviaré algunas fotos recientes de Isaac.

—Entonces te dejo trabajar. Gracias.

Kay colgó y guardó silencio mientras se aproximaban a las afueras de Sittingbourne.

Los coches giraron a la izquierda, hacia un polígono industrial, y Kay distinguió varias marcas conocidas en los letreros que había al principio de cada calle que salía de la vía principal. El coche de Tim se metió en una flanqueada por naves de dos plantas, cada una con el nombre de una empresa sobre la puerta del almacén, y aparcó frente a la que pertenecía a la consultora de publicidad.

Kay se bajó y guio a Barnes y a los dos agentes uniformados hasta la puerta principal. Empujó el tirador cromado y se encontró en un espacio fresco, con aire acondicionado, decorado con mucho gusto. Una mujer con un traje de chaqueta hecho a medida estaba sentada detrás de un mostrador de recepción y abrió los ojos como platos al ver a cuatro agentes de policía de pie delante de ella.

—¿Puedo ayudarles? —atinó a decir.

—Inspectora Hunter —dijo Kay, mostrándole su placa—. Quisiera hablar con Isaac Trimble, por favor.

—Le avisaré de que están aquí —dijo la mujer, alargando la mano hacia el teléfono.

—No será necesario, gracias. ¿Dónde está su mesa?

—Eh, por esa puerta, pero no dejamos que los clientes pasen por ahí, preferimos...

Kay no oyó el resto de la frase y siguió a Sean Gastrell, que cruzó con decisión hasta una puerta con el letrero "privado" y la abrió de un empujón. Con Barnes y Tim Wallace pisándoles los talones, recorrieron un corto pasillo, pasaron junto a una zona de cocina y los aseos del personal, y atravesaron otra puerta que daba a una oficina diáfana.

Seis hombres y ocho mujeres los miraron estupefactos. La más joven de ellos soltó un chillido de sorpresa antes de que un hombre de unos cincuenta y tantos saliera de un despacho al fondo y los fulminara con la mirada.

—¿Qué demonios significa esto? —exigió.

Kay lo ignoró. Su mirada recorrió los escritorios hasta que vio a un hombre de veintipocos años agacharse detrás de la pantalla de un ordenador. Se acercó a grandes zancadas y reconoció a Isaac Trimble por las fotografías que Debbie le había enviado por correo electrónico.

En lugar del hombre seguro y sociable que publicaba sus viajes y juergas en las redes sociales, Isaac se encogió ante ella y levantó las manos.

—Oiga —dijo el hombre mayor, acercándose a ella con aire amenazador—. Le he hecho una pregunta.

Barnes se interpuso.

—Guarde las formas, por favor. ¿Quién es usted?

—Bradley Dankworth, el propietario. ¿Por qué están molestando a mi personal?

—No lo estamos molestando —explicó Kay, y luego se volvió hacia Isaac, que palideció cuando ella empezó a leerle sus derechos—. Isaac Trimble, queda detenido como sospechoso de asesinato. No está obligado a decir nada, pero puede perjudicar su defensa si no menciona al ser interrogado algo en lo que luego se base en el juicio...

Isaac salió disparado de su escritorio, apartó la silla de un empujón y derribó a una joven que estaba de pie con un fajo de pruebas de imprenta, que se desparramaron por el suelo. Corrió a lo largo de la oficina hacia la salida, apartando a la gente a empujones en su prisa por escapar, y se deslizó al doblar una zona de escritorios con mamparas, haciendo que toda la estructura se estrellara contra la moqueta.

—Mierda —murmuró Kay, y entonces vio a Sean Gastrell echar a correr.

El agente uniformado retrocedió por donde habían entrado en la oficina diáfana, saltó por encima de una pila de cajas de archivo y llegó a la puerta apenas unos segundos antes que Isaac, bloqueándole el paso con su complexión robusta que llenaba todo el marco. Esbozó una sonrisa tensa cuando Isaac se detuvo en seco y sacó de su chaleco antibalas unas esposas que dejó colgando de la mano.

—Lo intentamos de nuevo, ¿le parece, señor?

CAPÍTULO 45

Cuando Gavin hizo entrar a Kyle en la sala de interrogatorios número dos, Liam Peyton tenía aspecto de enfermo.

Su semblante había empeorado desde que lo habían fichado en el área de detenidos y le habían presentado al abogado de oficio que lo representaba, y ahora estaba desplomado en una silla a su lado. El pelo, que le llegaba a los hombros, estaba grasiento y sucio, y le caía lacio enmarcando un rostro de tez pálida. Mantenía la cabeza gacha mientras se mordisqueaba una uña y contemplaba la superficie de la mesa, negándose a levantar la vista mientras Kyle comprobaba el equipo de grabación y Gavin aceptaba una de las tarjetas de visita del abogado.

—Gracias por venir con tan poco preaviso, señor Brackenridge —dijo—. ¿Ha tenido tiempo suficiente para informar a su cliente?

—Sí, gracias, inspector Piper. —El hombre se ajustó los bordes de la chaqueta para protegerse del frío del aire acondicionado, que Kyle había puesto a una temperatura deliberadamente gélida, y cogió el bolígrafo, preparado.

Gavin puso en marcha la grabadora y repitió la advertencia formal, luego se recostó y esperó a que Liam levantara la cabeza. La mirada del hombre era funesta, y rápidamente volvió a bajar la vista y se mordió el labio.

—Confirme su nombre para que conste en la grabación, por favor —dijo Gavin.

—Liam Peyton —masculló.

—Tendrá que hablar más alto.

—Liam Peyton.

—Bien, Liam —empezó Gavin, juntando las manos sobre la mesa—. Hablemos de lo que ocurrió el domingo pasado, cuando usted, Dominic Bridger, Isaac Trimble y Dean Spencer decidieron robar una furgoneta y conducirla hasta una plantación de lúpulo perteneciente a Justin y Cassandra Mallory. ¿Cuándo se les ocurrió la idea de ir allí? ¿Fue algo planeado con días de antelación o a última hora?

—No me acuerdo. —Liam sorbió por la nariz.

—¿Por qué la plantación de lúpulo?

El hombro izquierdo de Liam se encogió y luego se dejó caer.

—Necesito que hable para la grabación, por favor.

—No lo sé.

—Pero usted estuvo allí, Liam, ¿verdad? Cuatro de ustedes robaron una furgoneta perteneciente a Rex Trimble, el domingo pasado por la noche, y luego condujeron hasta un apartadero cerca de la granja. ¿Qué pasó entonces, Liam?

El joven cerró los ojos y negó con la cabeza, con expresión de desdicha.

—¿Creo que discutió con Dean, no es así? —insistió Gavin—. Algo ocurrió, y los tres esperaron hasta estar seguros de que nadie miraba antes de sacarlo a rastras de la furgoneta. Uno de ustedes cortó una valla y arrastraron a Dean a la fuerza por un maizal antes de llegar a un camino de herradura que corría paralelo al campo de lúpulo de los Mallory, momento en el que cortaron la valla y metieron a Dean dentro. ¿Se resistió durante todo el camino?

—No lo sé.

—No le creo —dijo Gavin, deslizando una fotografía sobre la mesa—. ¿Le importaría decirme por qué mató a Dean Spencer y luego le grabó estos símbolos en la piel?

Brackenridge carraspeó y apartó la vista rápidamente, pero Liam se limitó a parpadear y luego apartó la foto de un manotazo.

—No sé nada —dijo.

—Después de matar a Dean, los tres volvieron por donde habían venido y decidieron llevar la furgoneta a un lugar apartado, donde vertieron gasolina en el interior y le prendieron fuego —continuó Gavin—. ¿Por qué? ¿Qué pasó dentro de la furgoneta? ¿Fue ahí donde redujeron a Dean o empezaron a torturarlo cuando aún estaba dentro?

—¡Yo no lo maté! —soltó Liam, inclinándose hacia delante de tal manera que su saliva casi le dio a Gavin en la cara.

El inspector se apartó justo a tiempo y agradeció a Kyle el pañuelo de papel que le tendía. Limpiándose el hombro de la chaqueta, Gavin miró fijamente al hombre que tenía delante y tiró el pañuelo a un lado.

—¿Entonces, quién lo hizo?

Abriendo la carpeta de manila que contenía las pruebas reunidas hasta la fecha, Gavin sacó la fotografía que Kay había encontrado en el piso de Dean y la señaló con el dedo. —Los cuatro siempre estuvieron muy unidos, ¿verdad?

Una única lágrima brotó en el ojo derecho de Liam mientras su mirada recorría la imagen, pero no dijo nada.

—¿Qué cambió, Liam? —insistió Gavin—. ¿Qué fue lo que se torció tanto entre ustedes cuatro para que Dean acabara colgado entre las guías de lúpulo de los Mallory antes de que le clavaran un cuchillo y lo descuartizaran mientras aún estaba vivo?

—Yo… no puedo.

El grito ahogado de Liam fue interrumpido por un fuerte golpe en la puerta de la sala de interrogatorios, y Gavin se giró en su asiento mientras Debbie asomaba la cabeza.

—Perdón, necesito hablar contigo un momento, es urgente —dijo ella.

Gavin le hizo un gesto a Kyle para que detuviera el interrogatorio y siguió a Debbie al pasillo. —¿Qué pasa?

—No pasa nada —dijo ella, dedicándole una sonrisa tensa—. Te he traído más pruebas. ¿Te acuerdas de la agente inmobiliaria que lleva la venta del viejo pub? Pues llevo toda la maldita semana detrás de ella para que nos envíe las grabaciones de las cámaras de seguridad que tienen repartidas por el local.

—¿Y bien? —dijo Gavin, mirando por encima del hombro mientras Kyle salía sigilosamente de la sala y cerraba la puerta tras él, con el rostro expectante. Gavin se

llevó un dedo a los labios y luego se volvió hacia Debbie
—. Sigue.

Como respuesta, ella levantó una fotografía ampliada.
—Nadine ha estado revisando las grabaciones durante la
última hora y acaba de encontrar esto. El pub tiene un foco
potente sobre la puerta que ilumina la carretera, lo que le
ha facilitado un poco el trabajo. Esto es un fotograma, pero
en la grabación la furgoneta pasa a una velocidad
considerable, alejándose de la granja de lúpulo.

Gavin se la cogió y la inclinó para que Kyle pudiera
verla. En la foto se veía la imagen congelada de la
furgoneta de Rex Trimble, con el logotipo de la empresa
claramente visible en los paneles laterales.

Y, en el asiento del conductor, con el torso desnudo,
estaba Liam Peyton.

—Te pillé —murmuró Gavin—. Gracias por haber
insistido con eso, Debs. Y dale las gracias a Nadine de mi
parte cuando subas, ¿vale?

—Sin problema.

Gavin y Kyle volvieron a entrar en la sala de
interrogatorios y, mientras su compañero volvía a poner en
marcha el equipo de grabación y apuntaba la hora, observó
cómo Liam se removía en la silla, cambiando el peso de un
lado a otro; el hombre estaba evidentemente nervioso.

—Liam —dijo, dejando de nuevo sus archivos sobre la
mesa y colocando la imagen de la cámara de seguridad
entre ambos—, ¿por qué se alejaba a toda velocidad de la
granja de los Mallory el domingo pasado en la furgoneta
de Rex Trimble que usted robó? ¿Fue porque acababa de
asesinar a Dean Spencer y quería destruir cualquier prueba
que lo vinculara con el lugar?

—Sin comentarios.

Gavin retiró la fotografía de la mesa de un manotazo, cerró la carpeta y se inclinó hacia delante. —Señor Brackenridge, le sugiero que informe a su cliente de lo precaria que es su situación actual porque, se mire por donde se mire, Liam, usted sabe perfectamente lo que pasó en la granja de lúpulo de los Mallory y nos está mintiendo. Su futuro no parece muy prometedor en este momento, ¿verdad?

CAPÍTULO 46

Cuando Kay siguió a Barnes por la puerta de seguridad que llevaba a la zona de calabozos, vio a Laura y a Tim Wallace enfrascados en una conversación con Debbie delante de la sala de interrogatorios número uno.

—¿Cómo va la cosa ahí dentro? —preguntó—. ¿Nos está soltando algo ya Dominic?

—Irá mejor cuando le pongamos esto delante —dijo Laura, mostrando la imagen de la cámara de seguridad del pub abandonado—. Ha sido un hallazgo increíble, Debbie.

—Dale las gracias a Nadine cuando la veas —dijo la agente uniformada—. ¿Te han dado una copia, jefa?

Kay señaló la carpeta de cartón que llevaba en la mano. —Aquí. ¿Has hablado con Gavin?

—Él y Kyle acaban de volver a entrar en la sala dos con Liam.

—De acuerdo, gracias. ¿Se les tomaron muestras de ADN a los tres sospechosos cuando los ficharon, como pedí?

—Así es, jefa —dijo Tim—, y las hemos enviado por

mensajero al laboratorio de Harriet para que las analicen. Dada la hora, es probable que no tengamos los resultados hasta mañana.

—Bueno, esperemos obtener algunas respuestas mientras tanto. —Miró a Barnes e indicó con la barbilla la sala contigua a la derecha—. ¿Empezamos?

—Después de ti, jefa.

—Muy bien, buena suerte con lo vuestro —les dijo a Laura y a Tim—. Luego nos veremos arriba para una reunión informativa.

Al abrir la puerta de la sala cinco, vio a Isaac Trimble y a su abogado, un tal Bernard Crossley, con las cabezas inclinadas mientras hablaban en voz baja. Se enderezaron cuando la puerta se cerró, y Kay vio un destello de miedo en los ojos del joven mientras Barnes comprobaba el equipo de grabación y luego recitaba la advertencia formal y hacía las presentaciones.

Hecho esto, la sala quedó en silencio mientras ella contemplaba a Isaac desde el otro lado de la mesa.

No era tan guapo como sus amigos, eso estaba claro. Parecía haberse cortado al afeitarse en algún momento de los últimos días, y lucía un corte profundo en la mandíbula que había formado una costra, de aspecto rojizo e irritado. Sus ojos azules estaban inyectados en sangre, quizá por falta de sueño, y ya le aparecían manchas de sudor bajo los brazos a pesar del aire fresco que ventilaba la pequeña habitación.

Kay abrió la carpeta. —Hábleme de Dean Spencer, Isaac.

—¿Qué quiere saber?

—¿Hacía mucho que se conocían?

—Desde el instituto.

—¿Diría que eran muy amigos?

—Supongo que sí.

Kay deslizó la fotografía tomada en Tailandia hacia Isaac. —¿Hizo usted esta foto?

—Sí… nos apuntamos para hacer una caminata de cinco días lejos de la ciudad.

—¿Puede confirmar los nombres de los otros dos hombres que aparecen en esta foto con Dean?

—Dominic Bridger y Liam Peyton.

—¿Y desde cuándo los conoce?

—Desde la universidad.

—¿Y suelen hacer cosas como irse de vacaciones juntos?

Isaac se encogió de hombros. —De vez en cuando. No tanto últimamente por el trabajo.

—Pero ¿diría que son muy amigos?

—Supongo que sí.

—¿De quién fue la idea de visitar la granja de lúpulo de los Mallory durante el verano?

—No lo sé. Yo no fui. —Isaac se recostó en la silla, con una expresión de suficiencia en la mirada—. Estaba de vacaciones con mi novia en esas fechas.

—Y ella diría lo mismo si hablase con ella, ¿no es así?

—Rompimos el mes pasado, pero sí. Se lo diría. Estuvimos en Chipre una semana. Una de esas ofertas de última hora.

—¿Cuándo fue la última vez que vio a Dean?

Isaac frunció el ceño. —El sábado pasado, creo.

—¿Dónde?

—Yo… creo que fue en el supermercado.

—¿El supermercado? —Kay miró a Barnes, que enarcó una ceja, y luego volvió a mirar a Isaac—. ¿Es ahí donde se juntan los veinteañeros hoy en día? No suena muy emocionante.

—No, quiero decir que estaba de compras y lo vi allí. —Isaac frunció el ceño y se cruzó de brazos.

—¿Se peleó con él? ¿Discutieron por algo?

—No.

—¿Estaba celoso de él?

—No, ¿por qué?

—Porque intento comprender por qué, para ser alguien que dice que era el mejor amigo de Dean, le haría usted esto.

Kay le lanzó a Isaac la fotografía tomada a Dean en el campo de lúpulo y observó su expresión mientras primero le daba la vuelta a la imagen y luego retrocedía ante lo que veía.

Se inclinó hacia él, ignorando la expresión de consternación de Crossley mientras este desviaba la mirada.

—Robaron una de las furgonetas de su padre el domingo pasado, Isaac. Usted, Dean, Dominic y Liam. ¿Por qué? ¿Discutió con Dean y decidió asesinarlo?

—No —negó con la cabeza, meciéndose mientras se llevaba una mano al pecho.

—Ustedes secuestraron a Dean, ¿no es así, Isaac? Lo llevaron a ese apartadero cerca de la granja de lúpulo, arrastraron a Dean a través del maizal y cortaron la valla para abrirse paso antes de continuar por el camino de herradura y a través de una segunda valla hasta el campo de lúpulo de los Mallory. Sin embargo, en algún momento, uno de ustedes no tuvo suficiente cuidado y se enganchó en el alambre de espino. ¿Es de ahí de donde se hizo ese feo arañazo?

Isaac se llevó los dedos a la mandíbula, pero se lo pensó mejor y bajó la mano.

—No.

—Recuerde la muestra de ADN que le tomamos cuando llegó —dijo Barnes—. Nuestro equipo forense la está analizando ahora mismo.

Kay observó cómo la nuez de Isaac subía y bajaba por su garganta y cómo el sudor le perlaba la frente.

—Cuando llegaron al campo de lúpulo —continuó ella—, asesinaron a Dean Spencer, ¿verdad?

Isaac empujó la silla hacia atrás y la señaló.

—¡No! ¡No fui yo! Lo único que sé es que… me desperté en mi cama al día siguiente, tenía el pecho cubierto de sangre y vómito, y solo llevaba la ropa interior. No lo recuerdo. Tuvo que ser otro el que mató a Dean.

Kay retiró la mano del botón del pánico que había bajo la mesa mientras Bernard Crossley hacía que su cliente volviera a sentarse e Isaac hundía la cara entre las manos. Entonces, ella se giró al oír un golpe en la puerta.

—Pausa la entrevista —le dijo a Barnes, y luego abrió.

Gavin estaba fuera, con la mandíbula apretada.

Ella salió al pasillo y cerró la puerta.

—¿Qué ocurre?

—Liam Peyton. Creo que va a querer oír esto, jefa.

CAPÍTULO 47

Kay le dio las gracias con un gesto a Kyle, que se levantó de su asiento y le indicó que se sentara antes de dirigirse a la puerta y apoyarse en ella con los brazos cruzados sobre el pecho.

Una vez que se acomodó junto a Gavin y este hubo vuelto a poner en marcha el equipo de grabación y dicho la fecha y la hora, miró a Liam Peyton al otro lado de la mesa.

Desde que había comenzado el interrogatorio original en la sala de al lado, él había vomitado en el suelo de la sala de interrogatorios número dos y la investigación se había trasladado a una habitación más pequeña que solía utilizarse para interrogar a menores. Harry Davis había sido quien tuvo que limpiarlo todo después, pero el veterano agente le había dedicado una sonrisa estoica a Kay cuando esta pasó por su lado, y ella le devolvió el gesto asintiendo.

La sala era distinta al austero interior de las que se usaban para los delincuentes adultos. Las paredes de yeso estaban cubiertas de colores vivos y la iluminación era más suave, aunque no lograba disimular la tez pálida de Liam.

—Entiendo que tiene algo que decirme en relación con la tortura y el asesinato de Dean Spencer —dijo ella, manteniendo las manos sobre la mesa mientras Gavin abría su libreta.

Liam asintió y luego se inclinó hacia delante, acordándose de la grabación. —Sí.

—Continúe.

El joven miró a su abogado y, cuando Brackenridge le hizo un seco gesto de asentimiento, respiró hondo. —No creo que quisiera asesinarlo. Se suponía que era una broma, nada más.

—Vuelva al principio —dijo Kay—. ¿Qué hacían ustedes cuatro en la propiedad de los Mallory el domingo pasado?

—Dean ha estado saliendo con una chica, Ingrid, a la que conoció el año pasado mientras viajaba por Noruega —dijo Liam con voz temblorosa—. Ha estado pasando casi todos los fines de semana allí, o en Londres cuando ella venía en avión... Le va bastante bien, así que puede permitirse los vuelos siempre que quiere. La otra semana nos dijo que iba a pedirle matrimonio, pero que teníamos que mantenerlo en secreto hasta que se lo dijera primero a sus padres. Son..., eran muy cercanos, y todavía no se la había presentado porque ella vive en Oslo. Por lo visto, vuela para acá a finales de esta semana.

—De acuerdo... —dijo Kay.

—Isaac nos llamó a Dominic y a mí uno o dos días después y dijo que debíamos celebrarlo, solo nosotros cuatro, porque todo cambiaría una vez que Dean se casara.

Nunca volvería a ser lo mismo. Además, calculó que podíamos gastarle una broma a Dean: dejarlo en algún sitio para que lo encontraran, algo así como una despedida de soltero anticipada, así fue como lo describió. —Liam hizo una pausa—. ¿Podría darme un vaso de agua, por favor?

Kyle se despegó de la pared y salió por la puerta; regresó unos minutos después con una botellita de agua mineral que destapó y dejó sobre la mesa.

—Gracias. —Liam bebió la mitad del contenido y luego se limpió la boca con el dorso de la mano—. Fue idea de Isaac coger prestada la furgoneta de su padre. Él echa una mano allí de vez en cuando, así que en ese momento no le vimos nada de malo. Se... se suponía que la habríamos devuelto por la mañana.

Se secó unas lágrimas y sorbió por la nariz. —Isaac... ha tenido problemas en el pasado, con las drogas, quiero decir. Llevaba un tiempo limpio, creo, pero de vez en cuando... A Dean le encantaba la granja. Nos había dicho que allí era donde quería que se celebrara su boda, así que pensamos: ¿Qué mejor manera de celebrar su compromiso, no?.

Kay tragó saliva, con un nudo de emoción en la garganta mientras escuchaba, pero no dijo nada mientras el bolígrafo de Gavin rasgaba su libreta y el abogado mantenía la mirada baja, fija en su propio trabajo.

—Llevábamos algo de alcohol —dijo Liam—. Bebimos unas cervezas en la furgoneta de camino... Le dijimos a Dean que íbamos a birlar un par de hidropedales del lago de Mote Park cuando lo recogimos, así que para cuando salimos de la ciudad y nos dirigimos a la granja, él ya llevaba unas cuantas latas encima y no se dio cuenta. Cuando lo llevamos al área de descanso, ya era demasiado tarde. Nos abalanzamos sobre él. Todavía era divertido entonces, no tenía ni idea de lo que le esperaba. Lo metimos a la fuerza por aquel campo y en el jardín de lúpulo. Isaac se dio en la cara con el alambre de espino, y fue entonces cuando lo vi tambalearse. No como si hubiera bebido, sino como si estuviera super colocado.

Se detuvo, apoyó los codos en la mesa y se cubrió la cara con las manos. —Debería haberme dado cuenta de que algo iba mal entonces.

—Pero no lo detuvo.

Liam negó con la cabeza. —Dominic se estaba riendo… y Dean también, aunque nos estaba llamando de todo mientras lo atábamos. Lo único que íbamos a hacer era sacar algunas fotos. Solo iba a ser una pequeña broma antes de que se comprometiera el próximo fin de semana.

Gavin dejó de escribir y levantó la vista. —¿Cuándo se torció todo?

—Las drogas que Isaac se hubiera metido cuando no mirábamos debieron de trastornarle la cabeza. Creo que… debió de tener alucinaciones. Dom y yo nos alejamos un poco para fumarnos un porro, y entonces… —Liam se detuvo y tomó otro sorbo de agua con cautela—. Lo primero que me hizo saber que algo iba mal fue cuando Dean gritó. Corrimos de vuelta e Isaac estaba allí de pie con un cuchillo de la caja de herramientas de la furgoneta. No tenía ni idea de que lo había traído. Pensaba que solo había traído los alicates para cortar el alambre de espino para entrar en el campo. Él… ¡Oh, Dios! Había apuñalado a Dean con él. Él… simplemente lo abrió por la mitad. Había sangre por todas partes, y…

Liam se interrumpió y se echó a llorar, y sus sollozos llenaron la habitación.

Kay sintió poca compasión por aquel hombre. —¿De quién fue la idea de tallarle los símbolos en la piel para que pareciera una especie de asesinato ritual?

—De Dominic —dijo, con la voz embargada por la emoción—. Estaba aterrado, los dos lo estábamos. Isaac estaba cubierto de sangre y, después de que él… después, se quedó ahí sentado, acurrucado en el suelo, balanceándose y murmurando para sí. Se me ocurrió que teníamos que sacarlo de allí, así que lo ayudamos a pasar la valla de vuelta a la furgoneta. Lo metimos en la parte de atrás y nos fuimos. Yo no podía pensar con claridad, Dominic no paraba de decir que teníamos que deshacernos de la furgoneta, y entonces nos dimos cuenta de que también estábamos cubiertos de la sangre de Dean por haber arrastrado a Isaac. Yo… No estoy orgulloso de ello, de nada de ello. Pero le dije a Dominic que tendríamos que prenderle fuego a la furgoneta con toda nuestra ropa dentro… y el cuchillo. Y eso hicimos.

—¿Cómo volvieron a casa después de prenderle fuego a la furgoneta de Rex? —preguntó Gavin.

El cuerpo de Liam se estremeció y se abrazó el pecho. —Anduvimos… bueno, conseguimos avanzar a duras penas mientras sujetábamos a Isaac, que seguía completamente ido, hasta que llegamos a las afueras de Marden. Llegamos a la estación de tren y pedimos un coche, fingiendo que nos habían engañado para hacer una estupidez por una apuesta de borrachos. Dejamos a Isaac primero y luego le dije a Dom que él era el siguiente. Pensé que así podría pedirle al conductor que parara al final de mi calle para poder colarme en casa sin que mis padres se dieran cuenta.

—No le han contado a Isaac lo que pasó esa noche, ¿verdad? —dijo Kay—. Lo único que recuerda es despertarse en calzoncillos cubierto de sangre y vómito. Por eso no se esperaba que lo detuvieran antes.

—No sabíamos cómo decírselo. Quiero decir, ha asesinado a su mejor amigo. ¿Usted qué le diría?

Kay miró a Gavin y asintió levemente.

—Deberían haberlo denunciado —dijo él, volviéndose hacia Liam—. Podrían haberle contado a alguien lo que pasó. En lugar de eso, usted y Dominic decidieron mutilar el cuerpo de Dean para intentar ralentizar nuestra investigación, insinuando que había tenido lugar un ritual satánico o algo similar. Ocultaron pruebas, tanto al grabar esos símbolos en su piel como al quemar toda la ropa y la furgoneta de Rex Trimble. La lista de delitos que ustedes tres cometieron el pasado domingo por la noche es una de las peores que he visto en toda mi carrera.

—Pero fue culpa de Isaac —insistió Liam.

—Usted encubrió un asesinato. Mutiló el cuerpo de Dean. Destruyó pruebas deliberadamente —dijo Kay—. Dejaré que el detective Piper le explique los cargos que se le van a imputar.

Se levantó de la silla, agradeció con un gesto a Kyle mientras este le abría la puerta y salió al pasillo.

Mientras volvía para concluir su interrogatorio con Isaac, le temblaron las piernas y se apoyó en la pared para recuperar el equilibrio.

Cerró los ojos y se preguntó cómo demonios iba a contarles a Rowan y Maggie Spencer lo que le había pasado a su único hijo.

Inspiró, recuperó la compostura y enderezó los hombros mientras miraba la siguiente sala de interrogatorios.

—Bueno, Isaac Trimble —murmuró—. Ahora te toca a ti.

CAPÍTULO 48

Dos horas más tarde, la sala de incidencias estaba vacía de personal administrativo y los últimos agentes de uniforme se habían marchado poco después.

Fuera ya había oscurecido, la lluvia golpeaba las ventanas y, de vez en cuando, una ráfaga de viento proveniente del río Medway embestía los cristales. Alguien del equipo de mantenimiento por fin había puesto la calefacción, así que un agradable calor emanaba de las rejillas del techo, y la mayoría de las luces estaban apagadas, salvo las que iluminaban la pizarra blanca en torno a la cual se reunían Kay y su equipo de detectives.

Gavin había ido a toda prisa al minisúper de la misma calle a por unas latas de cerveza, y Kay todavía tenía el pelo húmedo por el corto paseo que se había dado para recoger las pizzas para todos. Un cansancio le calaba hasta los huesos, pero al mirar los rostros de los demás, sintió un inmenso orgullo.

—Por Dean —dijo, levantando su lata de cerveza.

—Por Dean —coreó el equipo, chocando sus latas con la de ella antes de beber.

—Gracias por la pizza, jefa —dijo Laura, y luego le dio una palmada en la mano a Gavin cuando este intentó coger el último trozo de la de pepperoni antes que ella—. Demasiado lento.

Kay se rio de la mirada fulminante de Gavin. —De nada. Gav, no te preocupes, hay otra de esas. Me imaginé que, si no, os pelearíais por ella.

Él le guiñó un ojo como respuesta y luego repartió más porciones a todo el mundo. —¿Alguien ha tenido tiempo de localizar ya a la novia de Dean?

—He hablado con su madre —dijo Kyle, limpiándose los labios con una servilleta—. Ingrid está destrozada, como os podéis imaginar. Su madre me ha pedido que les dé sus datos de contacto a Maggie y Rowan Spencer. Ha dicho que a Ingrid le gustaría conocerlos de todos modos, pero todavía no.

—Ha sufrido muchísima gente —murmuró Kay, contemplando la moqueta—. Siempre pasa, no solo las víctimas. Son todos los que se quedan.

—¿Qué es lo primero en la lista para mañana, jefa? —preguntó Barnes, sacándola de sus pensamientos melancólicos—. ¿Quieres que me ponga en contacto con la Fiscalía si tienes que ir a la central?

—Sería genial, gracias, Ian. Laura, ¿podrías encargarte con Debbie de que todas las declaraciones estén catalogadas y referencien las pruebas que hemos recopilado?

—Hecho, jefa.

—Kyle, me gustaría que trabajaras con Ian en el enlace

con la Fiscalía, si no te importa. Te dará más experiencia en ese campo.

—Sin problema, jefa —dijo el joven detective—. Y gracias a todos por dejarme hacer algunos de los interrogatorios en este caso.

Gavin se estiró y chocó su lata con la de Kyle. —Lo has hecho bien.

—Igual que tú, Gav, al darte cuenta de que teníamos dos investigaciones entre manos, no una —le dijo Kay—. Una vez que nos ocupamos del tema del envenenamiento, fue más fácil separar las pruebas que teníamos. Hasta entonces era abrumador.

—Todavía no me puedo creer que Dominic y Liam pensaran que era una buena idea mutilar el cuerpo de Dean —dijo Laura, negando con la cabeza—. O sea, lo único que tenían que hacer era denunciar a Isaac y explicar lo que había pasado, y ahora…

—Ahora se enfrentan a años entre rejas —dijo Kay—. Por cierto, buen trabajo descartando a Joseph Mallory de la investigación. Por un momento pensé que podría ser sospechoso.

—Gracias, jefa, yo también lo pensé —dijo Laura, y se encogió de hombros—. Pero creo que solo está resentido porque ya no tiene el control, y eso probablemente se deba más al aburrimiento que a otra cosa. Es una pena.

—¿Has tenido oportunidad de hablar con los Mallory, jefa? —preguntó Barnes.

—Llamé un momento a Justin mientras esperaba a por esto —dijo Kay—. Y le he asegurado que mañana se emitirá un comunicado a los medios a tiempo para las noticias de la noche, para que la gente sepa que nadie de la granja estuvo implicado en el asesinato de Dean.

—¿Crees que seguirán con las rutas del lúpulo? —se preguntó Kyle.

—Lo dudo. Os podéis imaginar el tipo de gente que aparecerá solo porque quieren ver dónde mataron a Dean. —Kay se estremeció—. Justin cree que es mejor que no lo hagan y, la verdad, estoy de acuerdo con él. Dijo que la nueva variedad de cultivo parece prometedora, así que esperemos que eso les ayude a mantener los beneficios.

Barnes miró las oscuras ventanas mientras una nueva ráfaga de viento esparcía gotas de lluvia por el cristal. —Parece que lo cosecharon todo justo a tiempo, además.

—Ya te digo. Bueno, ¿quién va a ir a la fiesta de jubilación de Harry el sábado?

Kay escuchaba mientras sus detectives compartían sus planes para la próxima celebración, sonriendo mientras Gavin y Barnes discutían qué gamberradas podrían hacer antes de que el respetado agente de uniforme, que había sido una parte tan importante de sus vidas en la comisaría, saliera por la puerta por última vez, y luego se rio mientras Laura los reñía.

Pronto, las cervezas se acabaron, no quedaba pizza y empezaron a recoger las cajas vacías y las latas y servilletas tiradas para el personal de limpieza antes de volver a sus mesas.

—Bueno —dijo Kay—. Mañana empezáis tarde, dadas las horas que habéis estado trabajando, así que no quiero veros antes de las nueve, ¿entendido?

—Gracias, jefa —dijo Gavin, y frunció el ceño al

coger su mochila y verla sentarse frente a la pantalla de su ordenador—. Pero ¿no te vas a casa ya?

Kyle y Laura se detuvieron en la puerta, con el rostro expectante.

—Voy en un minuto —dijo Kay, despidiéndolos con la mano—. Pero antes tengo que hacer una llamada.

Barnes esperó a que los demás se marcharan y la miró.

—Espero que vaya lo mejor posible dadas las circunstancias, jefa.

—Gracias, Ian. Nos vemos mañana.

—Desde luego.

Kay esperó a que la puerta de la sala de incidencias se cerrara tras él, cogió las llaves del coche y respiró hondo antes de salir para comunicarles a Maggie y Rowan Spencer lo que le había ocurrido a su único hijo.

CAPÍTULO 49

Sábado

—El coche ya está aquí.

La voz de Adam resonó escaleras arriba hasta el dormitorio, donde Kay se miraba en el espejo del armario y apretaba los dientes mientras se pasaba un pendiente de plata por un lóbulo que no había visto una joya en seis meses.

—Estoy en dos minutos.

—Eso has dicho hace cinco minutos.

—Es que el coche se ha adelantado.

Oyó su risa.

—Sí, se ha adelantado.

—Ah —dijo ella, con el pendiente por fin en su sitio. Ladeó la cabeza, admirando los hilos de plata que colgaban más allá de su mandíbula—. Entonces he ganado unos minutos.

—Vamos a llegar tarde.

—No pasa nada —dijo, cogiendo el bolso y un par de zapatos de tacón. Bajó las escaleras y encontró a Adam paseando por el salón. Le entregó el bolso mientras se mantenía en equilibrio sobre un pie y luego sobre el otro, y miró la cama del perro en la esquina—. ¿Poppy estará bien sola durante unas horas?

—Estará bien. —Adam se agachó y le frotó el pelaje entre las orejas—. ¿A que sí? Nada de fiestas ruidosas mientras no estamos, ¿vale?

Poppy sacó la lengua de tal forma que parecía sonreír, y Kay se rio.

—Conociendo a los labradores, seguro que al volver nos encontramos con que ha desvalijado la cocina.

—No te preocupes, he cerrado la puerta. —Adam se levantó y le devolvió el bolso—. Estás preciosa.

—Gracias, tú tampoco estás nada mal. —Lo besó—. Venga, vámonos.

Veinte minutos más tarde, el conductor se detuvo frente a un centro cívico en las afueras de Maidstone que había sido decorado con serpentinas y globos alrededor de sus puertas dobles de madera. Varios coches estaban aparcados en la gravilla del exterior, y los tacones de Kay crujieron sobre las pequeñas piedras mientras ella y Adam se acercaban.

La música sonaba desde el interior, una mezcla de lo antiguo y lo nuevo, con la voz de un DJ que se abría paso entre las melodías, amortiguada por los gruesos muros del edificio. De vez en cuando, la puerta se abría cuando alguien salía de la fiesta y se dirigía a la esquina más alejada del aparcamiento para fumarse un cigarrillo, y el olor a comida flotaba en la brisa nocturna.

—Buenas noches, jefa.

Se giró y vio a Barnes caminando hacia ella, con su

pareja, Pia, de la mano, mientras recorría con elegancia el camino de entrada con unos tacones de ocho centímetros.

—No sé cómo lo haces.

—Práctica —dijo Pia, y luego le dio un abrazo—. He oído que habéis tenido un par de semanas difíciles.

—Saldremos de esta. —Kay sonrió—. Además, fue toda una experiencia ir a la central y ver la decepción en la cara del otro inspector cuando se dio cuenta de que no iba a tener la oportunidad de auditar nuestra investigación. La revisión es dura, pero necesaria. Podría haberlo hecho mejor.

—Chorradas —dijo Barnes.

—Es solo política, Ian, nada más. Simplemente me ha tocado a mí.

—Otra vez.

—¿Vais a estar ahí hablando de trabajo o vamos a divertirnos esta noche? —gritó Gavin.

Kay se giró para verlo a él y a Leanne esperando junto a la puerta del centro cívico y levantó la mano a modo de saludo.

—¡Fiesta!

—Bien, porque huelo la comida desde aquí y me muero de hambre.

Se rieron, y entonces Gavin le abrió la puerta a Leanne y sonrió mientras Kay pasaba a su lado.

—Hacía demasiado que no nos soltábamos la melena, jefa.

—Ya lo sé. Aunque es una pena que sea en estas circunstancias. Voy a echar de menos a Harry.

—¡Kay! —bramó una voz familiar en cuanto entró en

la sala—. ¡Has venido! Pensé que todavía estarías en tu despacho.

Miró a su izquierda y vio al comisario Devon Sharp dirigiéndose hacia ella, con su mujer, Rebecca, un poco más atrás, sonriendo.

—¡Ni pensarlo! Me estoy tomando una noche libre bien merecida.

—Bien. Kyle y Laura andan por ahí. —Sharp estiró el cuello por encima de la multitud—. ¿Has conocido al nuevo novio de Laura?

—No…, no sabía que estuviera saliendo con alguien.

—Parece majo, si lo comparas con el último.

—Devon, chist —lo amonestó Rebecca—. Cualquiera diría que…

Sharp sonrió en respuesta, luego se volvió hacia Kay y Adam y les entregó a cada uno una ficha de plástico azul.

—Bueno, la barra está abierta. La primera copa corre de mi cuenta, y la comida está por… vale, de acuerdo, parece que Gavin ya la ha encontrado. Solo estamos esperando a que lleguen un par de personas más, y luego voy a ponernos en evidencia a Harry y a mí con un breve discurso.

—¿Dónde ponemos esto? —preguntó Adam, enseñando el regalo envuelto que habían traído para el agente que se jubilaba.

—Hay una mesa para eso cerca del bufé. La encontrarás. Parece un jodido árbol de Navidad —dijo Sharp, y luego se giró al oír su nombre—. Parece que tengo que socializar un poco más. Nos vemos en un rato.

Kay sonrió mientras él y su mujer se alejaban, y luego recorrió a la multitud con la mirada hasta que vio a

Harry. Le apretó la mano a Adam. —¿Me das un minuto?

—Claro. Voy a dejar el regalo con los demás.

—Gracias.

Serpenteando entre sus compañeros y varios agentes que reconoció de otros departamentos de la División Oeste de la Policía de Kent, así como familiares que se habían unido a la fiesta, Kay llegó hasta Harry justo cuando otro inspector se marchaba. Sonrió y aceptó la copa de vino que el sargento que se jubilaba le ofrecía, chocándola contra su pinta de cerveza.

Parecía relajado con vaqueros y un polo azul claro, y algunas de las arrugas que le habían surcado el rostro en los últimos años ya se habían atenuado desde que había salido de la comisaría por última vez tres días antes.

—Por ti —dijo ella, alzando la voz por encima del gentío—. Y antes de que Sharp se me adelante con su discurso, quería decirte que de verdad no podría haber hecho todo lo que he hecho sin ti, Harry.

Él sonrió. —Gracias, Kay. Y has recorrido un largo camino desde que te conocí cuando te uniste a nosotros como agente en prácticas de Tonbridge. Sabía que te iría bien. Se te veía, ya entonces.

—Ah, me halagas —dijo Kay, sonrojándose—. Tú y yo sabemos de sobra que es un trabajo en equipo.

Su mirada recorrió a la gente que había en la sala. —¿Y son un buen equipo, verdad?

—Todos vamos a echarte de menos, Harry.

—Cuidado —dijo él, y le guiñó un ojo—. Ya va a ser bastante difícil dar mi discurso como para que encima me hagas empezar a llorar. De todos modos, creo que para el final de la noche estaré hecho polvo. Y desde luego, por la mañana me voy a quedar casi sin voz.

Kay se rio. —Oh, no te preocupes. ¿Cuándo os vais de vacaciones?

—Dentro de un par de semanas. Mi mujer quiere pasar primero un tiempo poniéndose al día con la familia que vive lejos y que no hemos podido ver en todo el verano, y yo quiero tantear el terreno para algún trabajo de asesor autónomo, para tener algo que hacer cuando volvamos.

—Bueno, ya tienes mi número, así que cuando me necesites, llámame, ¿entendido?

—Lo haré. Y gracias de nuevo, Kay. Ha sido un placer.

—Igualmente. —Kay miró alrededor de la sala—. Bueno, será mejor que vaya a buscar a Adam y le lleve una cerveza. Te veo luego.

Vio a Adam hablando con Aaron Stewart en un rincón de la sala y empezó a abrirse paso entre la gente para llegar hasta él, y entonces sintió que alguien la agarraba del brazo.

—¿Tienes un minuto, jefa? —dijo Barnes, manteniendo la voz baja.

—Claro. ¿Qué pasa?

Lo siguió a través del centro cívico hasta un escenario en el extremo más alejado que habían tapado con una cortina para que solo se vieran los paneles frontales de madera de la plataforma elevada y dejó su copa de vino junto a una fila de platos vacíos que habían dejado otros invitados. Barnes se apoyó en el escenario y observó la celebración con expresión pensativa.

—¿Qué ocurre, Ian?

—Solo quería que lo supieras para que no te enteres

por otra persona —dijo él—. La central se puso en contacto conmigo hace tres semanas. Bueno, el departamento de personal, para ser exactos.

—¿Pasa algo? ¿Estás bien?

—Estoy bien, no te preocupes. En plena forma.

—Entonces, ¿qué querían?

Como respuesta, Barnes señaló con la barbilla a Harry, que estaba rodeado por otros cuatro compañeros, y cuya risa se oía por encima del gentío. —Lo mismo que acaban de hacerle a él.

Kay se quedó con la boca abierta. —¿No te jubilarás, verdad?

—No te preocupes, jefa. No me voy a ir hasta dentro de mucho tiempo. La carta solo decía que, si quería, tenía derecho a la jubilación anticipada.

—¿Qué opina Pia?

—Cree que simplemente están contactando con varios de nosotros para ver si alguien coge el dinero y corre. Voy a ignorar la petición, pero en algún momento querrán deshacerse de mí para hacer hueco a sangre nueva. — Guiñó un ojo y luego señaló a Gavin, que estaba de pie con una copa en una mano y un canapé en la otra, con el ceño fruncido en concentración mientras escuchaba a otro oficial contar una historia—. Aunque no hay por qué alarmarse, ya tienes ahí un buen sustituto para mí.

Kay siguió su mirada y frunció el ceño. —No quiero un sustituto, Ian. Y no quiero que te vayas a ninguna parte en mucho tiempo, ¿entiendes? No habríamos resuelto el asesinato de Dean sin vosotros dos, y se lo he dejado bien claro a la central, así que pueden irse a la mierda si creen que pueden obligarte a dimitir.

—Vale, vale. —Barnes levantó las manos y se echó a reír—. He captado el mensaje. Como te he dicho, de momento solo es una oferta. Además, en algún momento tendrás que ascender a Gavin, ¿no? El tiempo apremia en lo que a él respecta. Ya lo hemos dicho antes: si no consigue el ascenso a oficial aquí, se largará. No por falta de lealtad, Kay, sino por necesidad.

—Lo sé —dijo—. Y ya le he dicho a Sharp que quiero dos oficiales en mi equipo, sobre todo porque hay un par de personas que serían buenos candidatos para inspectores en prácticas durante los próximos doce meses.

—¿Ah, sí? ¿En quién has pensado?

Kay sonrió, le puso la mano en el brazo a Barnes y lo condujo hacia la barra. —Invítame a otra copa de vino y puede que te lo cuente.

FIN

BIOGRAFÍA DEL AUTOR

Rachel Amphlett es una de las autoras de ficción criminal y thrillers de espías con más ventas del USA Today; y muchas de sus obras han sido traducidas en todo el mundo.

Sus novelas están disponibles en formato digital, impresos y como audiolibros en bibliotecas y tiendas minoristas, así como en su página web.

Rachel, una viajera entusiasta e investigadora privada por accidente, tiene ciudadanía australiana y británica.

Para más información sobre los libros de Rachel entra en: www.rachelamphlet.com.

www.ingramcontent.com/pod-product-compliance
Lightning Source LLC
Chambersburg PA
CBHW010427170726
48283CB00011B/3090